국어교사

Die Deutschlehrerin

국어교사

DIE DEUTSCHLEHRERIN

유디트 W. 타슐러 장편소설
홍순란 옮김

일러두기

- 지명(오스트리아) 및 인명, 고유명사는 가능한 원문의 독일어 발음을 기준으로 옮겼습니다.
- 원문의 단위 중 제곱미터는 평으로 변환한 다음 옮겼습니다.

프롤로그

✉ ────────────────────────────────

날짜 : 2011년 11월 27일

보낸 사람 : 티롤 주 문화서비스국

받는 사람 : M·K

카민스키 선생님

당국의 시리즈 기획 '학생과 작가의 만남'에 신청해주셔서 감사드립니다. 저희 기획은 예정대로 2012년 여름학기에 각 학교에서 개최됩니다. 작가가 일주일 동안 학교를 방문하여 희망하는 학생들을 대상으로 창작 워크숍을 실시하는 것입니다.

15명의 작가 여러분이 본 기획에 참가해주셨습니다. 어떤 작가가 귀 학교를 방문하게 될지는 제비뽑기로 정해집니다. 워크숍 개최 시기를 정하기 위해 귀 학교를 제비뽑기로 뽑은 작가가 2012년 1월에 이메일 또는 전화로 직접 연락을 드릴 예정입니다. 잘 부탁드리겠습니다.

티롤 주 문화서비스국
아니타 탄처

날짜 : 2011년 12월 20일

보낸 사람 : 티롤 주 문화서비스국

받는 사람 : 크사버 잔트

잔트 작가님

당국의 기획 '학생과 작가의 만남'으로 작가님께서 워크숍을 실시할 학교가 정해졌기에 안내드립니다.

성 우루슬라 여자고등학교. 인스브루크 시 후욜스텐베크 86번지

날짜와 시간을 결정하기 위해 상기 고등학교의 담당 국어교사에게 연락 바랍니다. 선생님의 이메일 주소는 m.k.@tsn.at입니다. 잘 부탁드리겠습니다.

티롤 주 문화서비스국
아니타 탄처

재회 전에 마틸다와 크사버가 주고받은 이메일

✉ ─────────────────────────────────

날짜 : 2011년 12월 27일

보낸 사람 : 크사버 잔트

받는 사람 : M·K

M·K⑦ 선생님

두 달 전, 티롤 주에서 기획한 각 학교에서 진행되는 워크숍에 참가 의뢰를 받았습니다. 지난번에 담당자로부터 제비뽑기 결과 제 파견처가 귀 학교로 결정되었다고 연락을 받았습니다. 일주일에 걸쳐 귀 학교의 학생 분들과 창작 워크숍을 진행하게 됩니다.

워크숍 시기를 말씀드리자면 저한테 가장 좋은 타이밍은 2월 13일부터 17일까지의 주입니다. 전화를 해도 연결이 어려워 — 귀 학교 사무실에는 아무도 안 계신 것 같습니다 — 이메일로 가능한 한 빨리 회신해주시면 감사하겠습니다.

크사버 잔트

✉ ————————————————————————————

날짜 : 2011년 12월 29일

보낸 사람 : 크사버 잔트

받는 사람 : M·K

M·K 선생님

죄송하지만 워크숍의 일정을 정해주실 수 있을까요? 그 외의 일정을 조정해야 합니다!

크사버 잔트

✉ ————————————————————————————

날짜 : 2012년 1월 4일

보낸 사람 : 크사버 잔트

받는 사람 : M·K

일정을 정해주세요! 귀 학교 사무실에도 여러 번 전화를 걸어 부재중 전화에 메시지를 남겼지만 아직 답변을 받지 못했습니다.

크사버 잔트

✉ ─────────────────────────────

날짜 : 2012년 1월 7일

보낸 사람 : M·K

받는 사람 : 크사버 잔트

친애하는 크사버

친절한 이메일을 몇 번이나 보내줘서 고마워요. 크리스마스 휴가 기간이라 학교 사무실에는 사람이 없고, 저도 휴가 중에는 거의 이메일을 체크하지 않습니다.

유명한 청소년문학 작가인 당신을 곧 우리 학교로 모실 수 있어서 모두들 기대가 큽니다. 다만 제안하신 주에는 아쉽게도 일정이 맞지 않습니다. 학기 방학에 해당하거든요. 동료들도 저도 3월 초라면 괜찮을 것 같습니다. 날짜의 선택은 작가님께 맡기겠습니다.

마틸다 카민스키

✉ ─────────────────────────────────

날짜 : 2012년 1월 8일

보낸 사람 : 크사버 잔트

받는 사람 : M·K

마틸다?? 마틸다?? 마틸다??

깜짝이야! 말도 안 돼. 정말 마틸다라고?? 이런 우연이 있나!! 설마 당신일 줄은 몰랐어! 아니, 어쩌다 산골로 들어간 거야?

마음을 담아 크사버

✉ ─────────────────────────────────

두 시간 후

보낸 사람 : 크사버 잔트

받는 사람 : M·K

언제부터 티롤 지방에 사는 거야? 잘 지내고 있어? 아직도 여전히 열성적인 교사이려나? 결혼은 했고? 어떻게 지내는지 알려줘. 당신한테 올 답장이 엄청 기다려지는걸!

날짜 : 2012년 1월 9일

보낸 사람 : 크사버 잔트

받는 사람 : M·K

저기! 계세요? 저기요!!

한두 줄이라도 좋으니까 답장을 해주면 좋겠는데!

날짜 : 2012년 1월 10일

보낸 사람 : 크사버 잔트

받는 사람 : M·K

요즘 내가 위스키 마실 때 뭘 듣는 줄 알아? 톰 웨이츠!!

왈츠잉 마틸다, 왈츠잉 마틸다

(Waltzing Matilda, Waltzing Matilda)

너와 함께 왈츠잉 마틸다

(You'll come a-Waltzing Matilda, with me)

물이 끓기를 기다리면서, 녀석은 노래하였다

(He sang as he watched and waited 'til his billy boiled)

너와 함께 왈츠잉 마틸다

(You'll come a-Waltzing Matilda, with me)

기억하려나. 1986년 7월. 코르시카 섬의 밤바다, 피나렐로 해안. 티롤 남부에서 온 그 중년 남자─이름이 뭐였더라? 루이지?─가 기타를 치며 걸걸한 목소리로 이 노래를 불렀잖아. 아마 네 관심을 끌고 싶었을 거야. 벌써 며칠 전부터 너한테 마음이 있어서 우리 텐트를 자꾸 기웃거렸으니까. 손에 와인병을 들고 너에게 오프너는 없냐고 물었지. 그러고 나서 칼테러제의 코르크를 꼼지락대며 괜히 너한테 말을 걸곤 했어. 해먹에 누워 있는 내 쪽으로는 눈길도 주지 않고.

모닥불을 둘러싸고 식사를 했던 기억도 나. 누가 합류했었는지 기억이 어렴풋하지만 어쨌거나 열 명 정도는 됐을 거야. 거기서 네가 갑자기 좀 취했었는데─진짜로 술에 취해서 그런 건지는 모르겠지만─별안간 일어서더니 '왈츠잉 마틸다' 노래에 춤을 추기 시작했어. 아니, 그건 춤이라고 하기는 어려웠어. 어느 쪽인가 하면 리드미컬한 움직임 같은 느낌이랄까. 하지만 믿을 수 없을 정도로 관능적이고 열정적이었어. 그러다 마지막에는 원피스를 머리 위로 벗어 모래사장에 던져버리고는 그곳에 있던 모든 사람들 앞에서 춤을 췄어. 낡은 팬티 바람으로 말이야! 그 팬티, 아직도 생생하게 기억이 나. 짙은 자주색에 앞쪽이 작은 망사로 돼 있었어. 항상 넌 그런 오래된 팬티를 입었지. 곡이 끝나자, 너는 바다로 들어갔어. 그러더니 다시 와서 나까지 바다로 끌어들이려고 했지. 결국 그 남부 티롤 사람이 너를 텐트로 옮기는 것을 도왔어. 네 몸을 반이라도 부축하겠다면서 내 말을 안 듣더라. 텐트에 들어가 우리는 사랑을 나눴어. 그 남부 티롤 사람이 밖에서 귀를 기울였을 거라고 난 지금도 확신해. 그때는 그런 상상에 더 흥분했었지.

널 떠올릴 때마다 그날의 광경이 눈에 선해. 바닷가에서, 그 이상한 팬티 바람으로, 나와 남부 티롤에서 온 가수, 모닥불 주변을 춤추며 빙빙 돌던 너와, 바로 옆 모래사장으로 밀려오던 바다. 넌 그날 밤, 그 무엇에도 비할 수 없이 매력적이었어.

제발 답장 줘. 부탁해. 옛 좋은 시절을 그리워하기 위해서라도.

크사버

날짜 : 2012년 1월 11일

보낸 사람 : M·K

받는 사람 : 크사버 잔트

크사버에게

당신이 생각날 때마다 내 눈에 떠오르는 건 다른 풍경이
에요.

거의 16년 전인 5월 16일. 나는 새벽 일찍 일어나 자
전거를 타고 학교에 갔어요. 당신은 여전히 자고 있었고,
난 늘 그렇듯이 다녀오겠다고 키스를 했죠. 당신이 어느 쪽
으로 자고 있는지에 따라 볼이나 이마, 머리카락에. 입을
맞추는 곳은 매번 달랐지만 그날 아침은 머리칼이었어요.
예감이 있었다면 거짓말일 거예요. 왜냐면, 정말 예감이라
고는 아주 조금도 없었거든요. 그래서 더욱 최악이었어요.

그날은 여섯 시간 동안 계속해서 수업을 하고, 점심시간
에는 학생 식당을 감독하고, 심지어 그 후 한 시간 동안 보
충 수업을 했어요. 매우 무더운 날이었던 걸 지금도 기억
해요. 그 외에도 몇 가지 자잘한 것들을 기억하고 있어요.
예를 들면 3학년 C반에서 리포트를 쓰게 한 일. 학생들은

논리적으로 글을 쓰는 첫 경험이었을 거예요. 또 4학년 B반에서 토론을 벌인 일. 주제는 '동물 실험은 모두 없어져야 하는가?'였죠. 맞나, 그리고 그날 오후에는 쇼핑도 했어요. 상추, 토마토, 파프리카, 통밀 빵, 버터, 파. 그 시절에 당신은 더운 날 저녁마다 믹스 샐러드와 파를 얹은 빵을 먹는 것을 좋아했어요. 기억나요?

아파트 초인종을 눌렀는데 당신은 문을 열어주지 않았어요. 그래서 나는 일단 쇼핑백을 전부 바닥에 내려놓고 내 열쇠로 현관문을 열었어요. 당신은 분명 자전거로 집 근처를 어슬렁거리고 있거나, 파울이나 게오르크의 집에 있거나, 아니면 뭔가 다른 볼일을 보러 나갔을 거라고 생각했죠. 솔직히 말하면 별로 깊게 생각하지는 않았어요. 서로가 지금 어디에 있고 무엇을 하고 있는지 늘 알고 있어야 하는 그런 관계는 이미 지난 뒤였으니까요.

문을 연 순간 무언가 이상하다고 생각했어요. 처음에는 왜인지 몰랐지만 곧바로 알아차렸죠. 복도가 평소보다 훨씬 깔끔했거든요. 바닥에 당신의 신발도 없었고, 벽에 당신의 겉옷도 걸려 있지 않았어요. 게다가 그 남색 접이식 우산도 사라졌고요. 일단 놀랐어요. 영문도 모르고, 당신이 대청소를 했거나 아니면 고물을 쓰레기로 내놓았나 했죠.

그런데 문을 닫았더니 눈에 들어왔어요. 문 뒤쪽 벽에 걸려 있던 루마니아 풍경 사진이 없어진 게(당신이 파울과 루마니아에 갔을 때 찍은 사진 말이에요. 사진 속에는 채소를 산더미처럼 쌓은 나무 짐수레를 밀면서 들길을 걷는 이가 없는 할머니와 작은 고양이 한 마리가 호박 위에 앉아 있고, 뒤로는 널찍하고 푸르른 들판이 펼쳐져 있었죠). 사진이 사라진 벽에는 사각의 흰색 자국이 남아, 빛을 발하고 있었어요. 그 옆의 또 다른 사진 한 장은 여전히 그 자리에 있었어요. 내가 코르시카 섬에서 찍은 사진이었죠. 바다 위로 저물어가는 석양. 피나렐로 만(湾)의 사진 말이죠.

즉, 당신이 찍은 사진만 없어졌던 셈이죠. 그 순간 난 이해했어요. 적어도 예감은 했어요. 그래도 여전히 열심히 이렇게 생각하려고 애썼어요. 크사버는 사진을 담을 새 액자를 사러 갔는지도 몰라. 그게 아니면 사진이 더 이상 마음에 들지 않아서 벽에서 떼어냈을지도 몰라. 부엌으로 가니 그곳은 평소대로였어요. 아무것도 없어지지 않았다고 생각했죠. 하지만 그것도 잠시. 역시나 없어진 게 있단 걸 깨달았어요. 당신이 매일 사용하고 개수대에 놓아두는 커피 잔이요. 우리가 식기세척기에 그릇을 넣는 건 항상 저녁이 되어서였잖아요. 그날 당신은 아침마다 한 번도 거르지 않던 커피를 마실 시간도 없을 만큼 서둘러 집을 나섰나요?

거실 책장도 끔찍할 정도로 텅 비어 보였어요. 당신 책이 다 없어졌거든요. 당신 CD도. 게다가 둘이서 사용하던 서재에서는 당신의 책상과 회전의자, 그리고 새로 산 선반도 사라져 있었어요. 내 책상과 내 선반은 덩그러니 남아 있었고요. 완전히 반만 텅 비어버린 방이었어요. 쪽모이 세공을 한 바닥은 책상이 놓여 있던 곳만 검게 윤이 나고 있었죠. 침실도 당신 쪽의 침대만 비어 있었고, 아파트 열쇠는 나이트 테이블 위에 놓여 있었어요. 설명을 적은 종이쪽지 한 장 없이, 단지 열쇠뿐이었죠.

이게 바로 당신이 생각날 때 내 눈에 그려지는 풍경이에요. 쪽모이 세공 바닥의 검은 사각형. 그로부터 오랜 시간 동안 그걸 볼 때마다 당신의 비겁한 이사가 떠올랐어요. 내가 더 이상 견딜 수 없어 인스브루크로 이사할 때까지 긴 세월 동안요.

마틸다

추신 : 그 남부 티롤 사람의 이름은 루이지가 아니라 쿠르트입니다. 그리고 애초에 남부 티롤이 아니라 슈타이어

마르크 출신이었죠. 그리고 우리가 피나렐로에 간 건 1987년이지, 1986년이 아닙니다.

✉ ───────────────────────────

13분 후

보낸 사람 : 크사버 잔트

받는 사람 : M·K

사랑하는 마틸다

그 추신, 그야말로 당신다워. 언제나 당신은 나보다 기억력이 좋았지. 또 언제나 그걸 내가 느끼게 해주었어. 15년 동안 계속 말이야.

하지만 난 며칠 후에 당신에게 자세히 편지를 써 보냈었어. 내가 그런 짓을 한 이유 ― 정말로 어쩔 수 없었어!! ― 는 거기에 잘 설명했을 거야.

크사버

추신 : 아직 워크숍 일정을 받지 못했어.

✉ ─────────────────────────────────────

1시간 후

보낸 사람 : M·K

받는 사람 : 크사버 잔트

크사버

당신이 그렇게 한 이유를 — 그래, '자세히' 말이죠 — 설
명했다는 장문의 편지 말인데, 나는 받은 기억이 없어요.
그런 편지 따위 쓰지 않았잖아요. 스스로도 알고 있을 거예
요. 당신이 떠난 후, 나는 오랫동안 정말 괴로웠어요. 인생
을 다시 추스르는 데 몇 년이나 걸릴 정도로.

마틸다

추신 : 우리가 사귀었던 건 15년이 아니라, 꼬박 16년이
라는 것만큼은 아무래도 말하지 않고 넘어갈 수가 없군요.
워크숍 일정은 3월 5일에서 9일이 어떨까요?

✉ ─────────────────────────────────────

날짜 : 2012년 1월 12일

보낸 사람 : 크사버 잔트

받는 사람 : M·K

마틸다

그때는 상황이 상황이다 보니 그렇게 할 수밖에 없었어. 그 일은 이별 편지에 제대로 썼어. 편지를 받지 못한 일은 안타깝다. 하지만 정말 썼어. 내가 편지를 쓰지 않았다는 비난은 너무한걸! 마음 아프다.

그리고 나쁘게 받아들이지 않았으면 싶은데, 당신이 쓴 '인생을 다시 추스르는 데 몇 년이나 걸릴 정도로'라는 문장은 좀 과장되지 않았을까? 매일같이 무수한 커플들이 헤어지고 있어. 이별은 이제 인류의 일상이라 할 수 있을 정도야. 하나의 관계를 끝내고 새로운 관계를 시작하는 건 아주 평범한 일이야.

어찌 됐든 이런 별거 아닌 사소한 일로 싸우지 말자. 이제 다 오래전 일이잖아. 당신을 다시 만난다니 정말 기대돼!!

크사버

추신 : 3월 5일부터 9일까지면 딱이겠어!

✉ ━━━━━━━━━━━━━━━━━━━━━━━━━━━━━━━━

날짜 : 2012년 1월 14일

보낸 사람 : M·K

받는 사람 : 크사버 잔트

크사버

당신이 우리 학교에 와줬으면 하는 건지 아닌지 솔직히 잘 모르겠어요.

마틸다

✉ ━━━━━━━━━━━━━━━━━━━━━━━━━━━━━━━━

6분 후

보낸 사람 : 크사버 잔트

받는 사람 : M·K

사랑하는 마틸다

아니 그건 아니지!! 우리 둘 다 어른이야―그것도 꽤 지긋한 나이의!!―이렇게 긴 시간이 지난 후에 다시 만난다니 정말 기대돼서 어쩔 줄 모르겠어! 당신한테는 나를 다시 만나보고 싶다는 호기심이 없는 거야? 우리가 우연히―

아니, 이건 운명이라고 난 확신해—또 만날 수 있다니 아직도 믿기지 않아. 굉장하잖아!!

진심으로 크사버

✉ ─────────────────────────────

날짜 : 2012년 1월 15일

보낸 사람 : M·K

받는 사람 : 크사버 잔트

크사버

알겠습니다. 그럼 3월 5일에서 9일로. 워크숍에 참가하는 학생들에 관해서 필요한 정보가 있나요? 혹시 참가 인원 수, 나이, 애독서라든지, 뭔가 제가 그쪽에 보내야 할 것이 있나요?

✉ ─────────────────────────────

11분 후

보낸 사람 : 크사버 잔트

받는 사람 : M·K

사랑하는 마틸다

정말 반가워. 당신의 그 철저한 실무주의, 에너지, 일에 대한 열정, 기운! 당신에게 무언가를 바라는 마음은 없어. 난 그저 다시 만나고 싶을 뿐이야. (정말 미칠 듯이 기대돼!!) 그리고 다시 만나기 전에 연락처를 주고받을 수 있을까?

그 일정은 나도 좋아. 그리고 학생들에 대한 정보는 괜찮아. 준비 없이 바로 학생들 속으로 뛰어들 수 있을 것 같거든. 그럼 3월 4일 일요일에 봐! 이제 불과 6주 뒤야!! 호텔에 가기 전에 당신 집에 들러도 괜찮을까?

크사버

추신 : 둘이서 이야기를 나누는 게 분명 당신에게도 좋은 일일 거라고 생각해. 여러 일들이 분명해질 거야!

마틸다와 크사버

철이 들 무렵부터 마틸다는 자신의 가정을 꾸리고 싶다고 생각하곤 했다. 어린 시절에도, 사춘기 때도 백일몽처럼 이런 장면을 꿈꾼 것이다―해가 긴 여름밤에 자신은 저녁 준비를 한다. 아이들이 손을 거들고 있다. 줄곧 조잘조잘 이야기를 하며, 남편이 돌아와 자신과 아이들을 애정 넘치게 안아주고, 모두 모여 늦은 햇살이 눈부시게 쏟아지는 테라스에서 저녁을 먹는다. 각자가 그날 하루 동안 있었던 일을 말하는, 모두가 행복하고, 모든 것이 완벽한.

마틸다는 이 소시민적인 꿈을 친구들에게는 신중하게 감췄다. 웃음거리가 될까 걱정했기 때문이다. 때는 70년대, 여자가 직업상 커리어를 쌓는 것을 지향하는 시대였다. 물론 마틸다도 커리어에 대한 꿈을 가지고 있었다. 전업주부로 사는 자신의 모습은 상상도 하지 않았다. 마틸다는 모두 손에 넣을 작정이었다. 장래 자신의 삶을—직업상의 성공, 자녀의 생일 파티, 스키 여행, 학교 학부모회 등을—꿈꾸며 머리에 그렸다. 무엇보다 염원한 것은 만능인데다 모든 것을 조율하고 애정 넘치게 밥을 떠주며 가족을 지켜보는 자신, 가정의 중심인 자신의 모습이었다. 그러한 꿈을 그릴 때 마틸다의 머리에 자리했던 것은 단 하나의 열망이었다. 나의 어머니보다도 잘하는 것.

물론 열여덟 살 때부터 서른 살까지는 나만의 가정을 꾸리겠다는 마틸다의 꿈이 어린 시절이나 사춘기 때만큼 강하지는 않았다. 그 꿈은 마틸다의 가슴속에 적당히 얌전하게 잠들어 있었다. 마틸다는 공부와 일, 연애로 바빴던 것이다. 그녀는 열여덟 살에 대도시로 나와 대학 생활을 시작했다. 스물두 살에 크사버를 알게 됐고, 이루 말할 수 없을 정도로 격렬한 사랑을 나누다가 2년 후에는 둘이서 아파트를 빌려 같이 살기 시작했다. 교사 일이 즐겁다 보니 서두르지는 않았지만 언젠가 크사버와 가정을 꾸리고 싶다는 생각은 늘 가지고 있었다. 반드시 아이를 키우고 싶었고, 아이들을 통해 삶의 활기—그것은 마틸다 혼자서는 좀처럼 몸을 내맡길 용기가 나지 않는 것이었다—를 느끼고 싶었다.

그리고 마침내 서른 살 생일을 맞이했을 무렵, 아이를 갖고 싶다는 열망이 천천히 깨어나기 시작했고, 그로부터 몇 년 만에 행동과 사고를 모두 지배할 듯 격렬해져서 이성을 마비시켰다. 그러나 크사버는 아이 갖는 것을 완강히 거부했다. 아직 가정을 꾸리기에는 스스로가 미숙하다고 느꼈기 때문이다. 크사버는 자신이 일단 가족을 부양할 수 있는 상태가 될 때까지 기다려 달라고 반복해서 마틸다를 달랬다. 그러는 사이 친구들과 친지 대부분이 가정을 꾸리기 시작했다. 두 사람은 1년에 몇 번씩이나 약혼 파티, 총각 파티, 결혼식, 어린이 세례식 등에 초대받았다. 그럴 때마다 크사버는 따분해 보이는 얼굴로 마틸다 옆에 앉아 있었다. 크사버는 그러한 축하의 장을 괜스레 싫어했다. 반면 마틸다 쪽은 선망과 질투로 얼룩져 주인공을 바라보았다. 그녀는 신부나, 신생아의 어머니가 되기 위해서라면 뭘 바치더라도 아깝지 않았다. 그렇다. 마틸다의 꿈은 진부하고 평범한 것이었다. 새하얗고 풍성한 레이스가 장식된 드레스 차림으로 제단 앞까지 걸어가는 자신. 옅은 화장, 우아하게 묶어 올린 머리. 장갑을 낀 손에는 장미 부케. 친구들에게 반짝이는 미소를 보이고…… 그래, 웃고 싶으면 웃어. 하지만 그게 내 꿈이야. 여자라면 누구나 그렇지 않을까? 한편으로는 크사버가 그런 꿈을 꾸는 자신을 경멸하고 있다는 것 역시 마틸다는 알고 있었다.

서른다섯 살이 되자 아이를 갖고 싶다는 마틸다의 열망은 미칠 듯이 강렬해졌다. 동네에서 길을 걷거나, 학교에 자전거를 타고 출근하거나, 쇼핑을 갈 때마다 도처에서 아이의 모습만 눈에 들어왔다. 말 그대로 눈에 들어오는 것이나 다름없었다. 유모차를 탄 어린아이와 아기. 거대한 배를 자랑스럽게 내밀고 걷는 곧 엄마가 될 여자들. 사람들이 볼 때면 유독 아내의 배에 손을 대고 자랑스레 미소 짓는 남자들.

크사버는 철저하게 저항했다. 그러더니 마틸다가 피임약 먹기를 그만두고부터는 착실하게 콘돔을 사용하기 시작했다. 아니면 설사 그날이 마틸다의 생리가 끝난 날이어도 반드시 도중에 멈추곤 했다. 크사버는 절대 위험을 무릅쓰고 싶지 않았다. 그래서 절정에 다다르기 직전, 앓는 소리를 내며 마틸다에게서 몸을 떼고 일어나 어디에 숨기고 있던 건지 모를 콘돔을 꺼내어 세심한 주의를 기울이며 우물쭈물 장착을 했다.

옆에 누워서 그런 크사버를 바라보며 마틸다는 이 어이없는 광경에 원망마저 품었다. 마틸다의 다리를 풀어 옆으로 내던지고, 휙 등을 진 채, 오로지 아래를 보느라 코끝과 페니스의 끝부분이 20센티미터 정도로 맞닿을 듯 새우 등을 한 크사버의 모습. 정작 본인은 너무나 집중해 무아의 경지에 이른 표정으로, 이마에는 주름이 생기고 벌어진 입에서는 혀끝이 얼핏 보이는 일도 드물지 않았다. 한 번은 크사버가 코감기에 걸려 콧물이 흐르기 시작했는데, 콘돔의 정확한 장착을 더 중요시한 나머지 마침내 콧물이 한 방울 콘돔에 싸인 페니스 바로 끝부분에 떨어지기도 했다. 크사버는 영원할 듯한 시간을 쏟으며 콘돔을 만지작거렸는데, 솜씨가 좋다고 하기는 어려웠다. 10년 넘게 마틸다가 피임약을 복용함으로써 크사버가 콘돔을 장착할 수고를 덜어주었기 때문이었다. 게다가 애초에 크사버는 손재주도 없었다. 목수 일을 비롯한 손재주가 필요한 일들에서 자신이 얼마나 부족한지에 대한 이야깃거리로 스스로 친구들에게 종종 농담을 던질 만큼. 그럼에도 크사버는 콘돔을 끝부분까지 주름 하나 없이 장착할 때까지 포기하지 않았다. 만에 하나라도 도중에 어긋나거나, 더욱이 마틸다의 몸속에서 벗겨지는 일은 없어야 한다는 것이었다. 마침내 장착을 마친 크사버는 살짝 당황한 듯한 미소를 지으며 마틸다 쪽으로 돌아서서, 더는 시간을 낭비하지 않고 안으로 다시 밀고 들어왔다. 그러나 그때부터 크사버가 절정에 이를 때까지의 시간은 대개 콘돔을 장착하는 데 사용한 시간보다 분명히 짧았다.

마틸다는 크사버 몰래 콘돔을 찾기도 했다. 바늘로 구멍을 뚫기 위해서였다. TV의 삼류 코미디 드라마에서 얻은 지식이었다. 그러나 몇 번이나 집 안을 뒤엎으며 살펴도 콘돔은 발견되지 않았고, 자기 집임에도 물건 숨기는 곳을 다 파악하고 있는 것이 아니라는 사실에 화가 났다. 그럼에도 매번 섹스를 할 때마다 크사버는 어디에선가 콘돔을 꺼냈다. 마치 원하는 장소에 토끼가 나타나도록 선보이는 마술사처럼.

침대 위에서 마틸다는 갖은 수를 다 썼다. 사랑을 나누는 데 푹 빠진 모습이나 욕정에 달아오른 모습을 이토록 표현할 수 있나 싶을 만큼 가장하고, 크사버를 몸속에 간직하려 노력했다. 번거롭게 중단하지 못하도록. 절정 전에 중단할 틈을 주지 않고, 크사버가 그대로 마틸다 안에서 사정하지 않을 수 없도록 양다리로 단단히 크사버의 몸을 감았다. 그러나 여타 것들에는 대충대충 근성도 없던 크사버는 매달린 마틸다로부터 매번 고집스럽게 몸을 떼어냈다.

그래서 마틸다는 자신이 손재주가 더 좋다고 크사버

를 구슬렸다. 내게 맡기고 당신은 느긋하게 누워 있으면 된다고. 그러면 고무에 찢어진 곳을 만들거나 구멍이 날 때까지 손톱으로 만지작거릴 수 있다고 생각한 것이다. 그것 때문에 손톱을 꽤 길게 기르기까지 했다. 그렇지만 도저히 마음대로 되지 않았다. 크사버는 페니스를 건드리지도 못하게 했다. 마치 마틸다의 생각을 읽어냈거나, 또는 남자끼리 이 문제를 의논하고 조언을 받은 듯이.

마틸다의 온몸은 임신을 외치고 있었다. 생리 주기 중반에 접어들면 배란하는 것도, 자궁내막이 두꺼워지는 것도 느낄 정도였다. 하체가 옥죄는 듯한 느낌이 들고, 젖꼭지가 평소보다 더 딱딱해지는 느낌이 드는데다 그 시기에는 항상 욕정에 온몸이 끓어올랐다. 몸속에 있는 3센티미터 크기의 미끈미끈한 난자가 작은 올챙이와 맞붙는 꿈까지 꿨다. 거대한 자신의 배를, 출산의 순간을, 그리고 작고 끈적끈적한 생물을 품에 안는 꿈을 꿨다. 크사버를 닮은 소년이 갑자기 모래밭에서 기어 나오더니, 마틸다 쪽으로 달려와서 더러운 손으로 무릎 위로 기어오르며 맹렬한 기세로 안기고, 뽀뽀를 하고, 엄마는 세계 최고의 엄마야, 라고 말하는 광경을 꿈꿨다. 때로는 실제로 공원을 찾아 벤치에 앉아서는 아이를 데리고 온 엄마들을 관찰했다.

한번은 젊고 아름다운 여자와 두 살배기 아들을 보다가 끓어오르는 감정에 압도당한 나머지 현기증이 나서 벤치에 드러눕기까지 했다. 주위에 있던 여자들이 다 같이 간호를 해줬는데, 그때 마틸다는 자신이 임신 3개월이라고 거짓말을 늘어놓았다.

실제로 생리가 아주 조금이라도 늦으면 마틸다는 매번 임신한 것이 틀림없다고 생각했다. 그럴 리 없다는 건 알았지만 그래도 콘돔이 찢어졌을지 모른다고, 아니면 콘돔을 끼기 전에 유독 기운 넘치는 정자가 이미 자신의 몸속에서 헤엄치기 시작했을지도 모른다는 희망을 품으며. 그럴 때면 마틸다는 거울 앞에 서서 평평한 배를 쓰다듬으며 임신 초기에 나타나는 모든 증상을 자각했다. 불규칙하게 빠른 심장의 고동, 피로감, 아랫배의 당김, 메스꺼움, 가벼운 통증이 있는 팽팽한 젖가슴. 그러나 이윽고 출혈이 시작되면 진실이 백일하에 드러났다. 그러면 마틸다는 여러 날을 무거운 우울증에 시달리게 되는 것이었다. 크사버는 그런 마틸다를 구제하려 하지 않았다.

마틸다와 크사버의 16년 만의 재회

크사버 진짜 오랜만이야. 마틸다.

마틸다 크사버.

크사버 우와, 당신 아름다운데. 누군가 했어!

마틸다 고마워. 들어와.—커피 한잔할래?

크사버 좋지.

마틸다 오면서 막히지 않았어?

크사버 괜찮았어. 한산하던데. — 여기선 언제부터 사는 거
      야?

마틸다 15년쯤 됐어. 그러니까—1997년 부활절부터야.

크사버 정말 멋진 집인걸.

마틸다 벌써 잊어버렸어?

크사버 이 집을 내가 알고 있단 말이야?

마틸다 여기 마리아 고모의 집이야. 나한테 물려주셨어. 고

모님, 기억 안 나? 둘이서 한 번 여기 온 적 있었는데.

크사버 아, 그게 여기였나?

마틸다 그래, 이 집이었어. 근데 몇 년 전에 리모델링을 했어. 나이 드신 고모님 생각이 계속 나기만 하는 게 싫어서. 그리고 고모님의 불행한 연애에 대해서도 그렇고. 집 한번 둘러볼래?

크사버 응, 그럴까?―감동적이야. 방들이 전부 널찍하니 환하고. 당신한테는 중요한 부분이잖아. 게다가 인테리어도 훌륭한걸! 정말 살기 좋은 집이겠어.

마틸다 집은 두 번째 피부니까. 기억나?

크사버 (웃으며) 반대로 자동차는 실용적인 도구일 뿐.

마틸다 지하실과 대피소는 내일 보여줄게. 그럼, 일단 커피 한잔하자.

크사버 대피소?

마틸다 마리아 고모님이 체르노빌 원전 사고 후에 대피소를 만드셨어. 그 사고를 엄청 심각하게 받아들이셨거든. 측정기를 들고 집 근처를 돌아다니면서 방사선량까지 재셨어. 사고 관련 소식이 TV에 나온 날엔 슈퍼에 가서 우유를 사재기해서 냉동해 두시고. 말 다했지.

크사버 휴우, 커피가 들어가니까 살 것 같다. 그나저나 고모님은 왜 그렇게 하셨을까?

마틸다 원전 사고 이후에는 소가 먹는 풀이 방사선 범벅이 될거라고 그러셨지.—케이크는?

크사버 좋지. 고마워. 참 희한스럽네.

마틸다 대피소는 직접 설계하고 건설을 의뢰했는데, 1년 동안 흙을 파서 만들었어. 이웃들은 고모를 완전히 미쳤다고 생각한 것 같아. 비용을 아끼지 않으셨거든. 좁고 어두운 방이 아니라, 지하에 있다 뿐이지 제대로 된 살림집이야. 현관에 거실, 부엌, 침실, 욕실, 거기에 완벽한 조명 시스템까지. 체르노빌 이후에 다시 원전 사고가 나지 않아서 고모 엄청 실망했어.

크사버 그나저나, 마리아 고모님의 불행한 사랑의 상대는 누구야?

마틸다 그런 이야기가 정말 듣고 싶어?

크사버 그럼, 물론이지.

마틸다 고모가 나한테 그 이야기를 해주신 건 96년도 크리스마스였어. 12월 25일인데 해가 나고 화창한 날이라 같이 바깥 테라스에 앉아서 얘기를 나눴거든. 정원에 온통 눈이 소복하고, 장미 한 송이만 피어 있었어. 그래 맞아, 정말 진부한 풍경이었지. 연세가 지긋하신 고모가 홍차와 수제 쿠키를 내주시고. 찻잔은 백 년은 된 골동품이었어. 아무튼 모든 게 비현실적인 풍경이었어. 그때서야 나, 처음으로 편안한 기분이 든 거 있지. 그 일이 있고 나서―

크사버 흐음, 이 케이크 정말 대박이다.―미안, 계속해. 고모님의 사랑의 상대라니?

마틸다 전쟁이 끝나고 나서야. 고모는 그때 스물넷이었고, 프랑스 점령군 병사를 알게 됐어. 쟝이라는 이름의 의대생. 니스의 유명한 의사 가문 아들이었어. 두 사람은 4년 넘게 사귀었어. 마리아 고모는 쟝과 함께 그의 고향으로 떠나기로 마음먹었고, 쟝은 부대에 전역원을 냈어. 고향으로 가는 여행 계획은 다 준비됐고 이미 모든 게 정해져 있었어. 쟝이 데리러 오기로 되어 있던 날 밤, 고모는 부모님 집 앞마당에 트렁크를 놓고 그 위에 앉아서 쟝을 기다렸어. 이웃집 사람이 커튼 뒤에서 몰래 고모를 보고 있었대. 하지만 쟝은 밤새 기다려도 나타나지 않았어.

크사버 그리고 다시는 나타나지 않았어?

마틸다 맞아. 다음 날, 고모는 쟝의 친구들과 동료들을 수소

문했어. 그랬더니 쟝이 그 전날 급하게 떠났다는 이
야기를 들은 거야. 아버지가 위독하다고 했대.

크사버 그래도 고모님은 쟝에게 편지를 쓰셨겠지?

마틸다 몇 통이나. 하지만 답장은 오지 않았어.

크사버 그 자식의 고향으로 쫓아가진 않은 건가?

마틸다 나도 그랬으면 좋았을까?

크사버 마틸다—

마틸다 응?

크사버 우리의 경우는 사정이 조금 달랐잖아.

마틸다 흠, 정말?—근데 왜 고모가 쫓아가야 했던 거지? 쟝
이 고모와 함께 인생을 보낼 생각이 없다는 건 충분
히 짐작할 수 있었잖아.

크사버 슬픈 이야기야. 근데 당신은 그때까지 몰랐던 거야?

마틸다 몰랐어. 아버지는 한번도 그런 얘기가 없었고. 마리
아 고모는 말이야, 그러고 나서 양장점 가게를 냈
어. 재봉사 면허를 가지고 있었거든. 그 뒤로는 손
님을 위해서만 살고, 다시는 사랑을 하지 않았어. 결
국 까칠하고 부유한 사업가가 됐지.

크사버 고모님이 당신한테 재산도 물려주셨어?

마틸다 아니. 유산은 'SOS 어린이 마을'에 전부 기부했어.

내가 받은 건 이 집뿐이야. 그러니까 나 별로 부유하지 않아. 그런 의미로 묻는 거라면. 수리 공사하면서 낸 대출도 아직 갚고 있거든.

크사버 그런데 고모님은 왜 친구나 오래 근무한 직원처럼 이 동네에 살던 사람이 아니라 당신에게 집을 물려줬을까? 두 사람 거의 왕래가 없었잖아. 애초에 살면서 몇 번이나 봤지? 다 해봐야, 열 번?

마틸다 나한테 연대 의식을 느낀 거야. 나도 애인한테 버림받았으니까. ─ 어쨌든, 마리아 고모는 내가 찾아오고 두 달 후에 세상을 떠났어. 화장을 하고, 제일 아끼는 정장을 입고, 하이힐을 신고, 아침 식사 중에 잠이 든 채 그대로. 이웃이 마침 고모를 데리러 왔다가 발견했어. 둘이서 같이 미용실에 갈 약속을 했었다고 하더라.

크사버 멋진 최후시네.

마틸다 나, 변호사가 유언장을 읽던 순간 이미 이 집을 팔지 않기로 결정했었어. 확신이 들었거든. 여기서 살고 싶다고. 그래서 부활절 휴가 동안 짐을 옮겼어.

크사버 그래서, 지금 다니는 고등학교로 옮긴 거야?

마틸다 응, 곧바로. 좋은 학교야. 동료들도 모두 아주 좋고.

직장 생활은 즐거워. 내일이면 당신도 알게 될 거야. 국어교사들 모두 당신한테 관심이 엄청나. 게다가 창작 워크숍에 신청한 학생들도 굉장히 기대하고 있어. 애들이 대부분 우리의 3부작을 읽었거든.

크사버 '우리의 3부작'?

마틸다 『천사의 날개』, 『천사의 아이』, 『천사의 피』.

크사버 저기 벽난로 위에 있는 저건, 진짜 권총이야?

마틸다 그렇지.

크사버 왜 집에 권총이 있는 거야? 이 근방 치안이 별로인가?

마틸다 아니야. 저건 고모 거야. 구경해보고 싶어? 쟝이 약혼의 증표로 선물한 거래. 내가 지내려고 이 집을 정리할 때 도저히 버릴 수가 없었어. 고모에게 있는 쟝의 추억은 사진 몇 장을 빼면 저 권총뿐이었으니까. 고모가 아주 소중히 여겼지.

크사버 종류는?

마틸다 왈터 모델 9.

크사버 그 쟝이란 자식이 약혼의 증표로 권총을 선물했다는 거야?

마틸다 맞아. 고모가 반지 대신 권총을 달라고 했어. 당시 고모의 예전 구혼자가─골수 나치였는데─점령군 병

사와 어울린다고 고모를 쫓아다니면서 협박을 했다
지 뭐야. 그래서 고모가 장한테 말했대. "나한테 반
지 선물할 생각 마. 내가 원하는 건 왈터니까"라고.
권총을 가지고 있으면 조금은 안심이 되신 거겠지.

크사버 권총을 들고 있는 당신이라니 왠지 신기한 느낌인데,
전혀 어울리지 않아. ―아니, 그게 아니야, 잘 어울려.
권총을 드니까 완전히 다른 사람 같아. 뭔가 미스터
리한 여자 같고. 애초에 예전하고는 아예 다른 사람
이지.

마틸다 한번 살펴볼래?

크사버 아니야. 괜찮아. ―복수를 위해 날 쏴 죽이려고?

마틸다 (웃으며) 쏴 죽였으면 좋겠어?

크사버 마리아 고모님은 진짜 사용했을 것 같은데, 그 권총.

마틸다 지하실에서 밀짚 인형을 쐈을 수도 있겠다. 쟝
을 쏙 빼닮은.

크사버 아니, 진짜 쟝을 쏴 죽였을 거야. 나는 알 수 있어. 1
년 동안 답장을 계속 기다리다가 열차를 타고 니스
로 향한 거야. 한밤중에 쟝의 집을 찾아 초인종을 울
리지. 붉은색의 비단 모닝 가운을 입은 쟝이 문을 열
자 그를 총으로 쏴. 그때 마리아는 조로처럼 검은색

의 챙이 넓은 모자를 쓰고 긴 망토를 입고 있어. 그녀를 본 사람은 없고. 마리아는 다음 열차를 타고 오스트리아로 돌아가는 거야. 니스에서는 아직 미제 사건으로 남아 있지. 한번 조사해 보지 그래.

마틸다 당신의 다음 소설은 그걸로 해도 될 것 같네. 맞다, 소설 말이야―잘 쓰고 있어? 소설 이야기가 듣고 싶어.

크사버 당신 쪽에서도 내게 이야기를 들려준다면 말이지.

마틸다 옛날처럼?

크사버 그래, 옛날처럼. 나는 당신에게 지금 쓰고 있는 소설을 이야기하고. 당신도 나에게 이야기를 들려주고. 뭐 떠오르는 게 있어?

마틸다 ……아주 오래전부터 있었어.

크사버 됐다! 그럼 당신 먼저 시작해.

마틸다와 크사버

1994년 5월 23일, 두 사람이 만나기 시작한 지 정확히 14년이 되었던 날, 크사버는—아이를 갖고 싶다는 마틸다의 의견을 둘러싸고 한바탕 싸움을 한 뒤 술에 취해—노트에 이렇게 적었다.

"매달 일주일, 그녀가 항상, 반드시, 온종일 섹스를 원하는 시기가 있다. 그 일주일 동안 그녀는 완전히 다른 사람이라도 된 듯 기분이 좋고, 사랑이 넘치고, 센스를 발휘한다. 갸릉갸릉 소리를 내며 내 주위를 어슬렁거리고 섹시한 옷을 입는다. 섹스에서 내가 어떤 짓을 해도 내버려둔다. 평상시라면 굴욕적이라고 거부할 법한 어떤 기발한 체위도 그녀는 받아들인다. 좋은 섹스 파트너가 되고자 하는 그녀의 노력에 나도 분위기를 깨지 않으려고 하지만 왠지 무임승차하는 인간 말종이 되는 기분이다. 정말로 사람이란 아이를 갖고 싶다는 일념만으로 얼마나 많은 것을 해낼 수 있는지 도저히 믿을 수 없다. 나는 애초에 일부일처제 자체를 폐지해야 한다고 생각하지만, 그리 똑똑한 사람이 아니라도 사귄 지 7년이 지나면 파트너와의 주말 섹스가 얼마나 멍청한 짓인지 뻔히 알 것이다. 서로 지나치게 익숙한 두 얼굴이 짐짓 큰 소리로 절정에 다다른 척을 하거나, 무려 진짜 오르가즘에 이르렀다는 이유로 깜짝 놀라 서로를 쳐다보거나 하는 일들 말이다. 몸과 몸 사이의 냉정한 격투에서 존엄성은 눈곱만치도 찾아볼 수 없다. 애초에 성행위가 가져올 효과는 아무것도 없다. 아니, 때로는 자손을 가져다줄 수 있겠군. 하지만 나는 그것을 방지하는 방법을 알고 있다. 나는 번식 따위는 하고 싶지 않다. 18년, 어쩌면 그보다 긴 시간을 태엽처럼 살아야 한다니, 딱 질색이다. 자기 외의 생물에 대한 책임 같은 걸 질 생각은 조금도 없다. 나 자신에 대해 책임지는 것도 힘든데 말이다. 점점 늘어나는 내 코털을 책임질 생각조차 없는데 하물며. 하지만 마틸다 쪽은 기쁜 마음으로 책임을 지고 싶어 한다. 마틸다의 모든 것은 책임감으로 이루어진 것 같다. 그녀는 어떻게든 내 아이를 원하는 모양이다. 아이는 마틸다에게 있어 '충만한 삶'에서 절대 빠질 수 없는 요소다. 충만한 인생 — 아무리 들어봐도 께름칙한 울림이다. 왠지 가득 차버린 인생 속에서 익사할 것만 같다. 행복하고 흡족한 기나긴 인생 따위를 믿고, 쾌활하고 알찬 나날을 보내고 싶어 하는 이들은 얼마나 불쌍한가. 그런 사람들은 자신들의 온갖 행위를 남에게 뽐내고 싶어 못 견디는 법이니까. 내가 얼마나 내 인생을 잘 지배하고 있는지 봐봐! 내가 얼마나 활동적이고 부지런한지 보라니까! 하루 온종일 스스로를 치켜세우는 터보 인간들이라니. 아침부터 밤까지 나는 정말 대단해, 직장에서나 가정에서 어떤 어려움도 가볍게 헤쳐 나갈 수 있어, 난 요리를 엄청 잘해, 난 엄청 스포티하지, 난 이렇게 친구가 많아, 따분한 적이 없어, 어쩌고저쩌고. 놈들에겐 항상 컵에 물이 반이나 차 있지, 결코 반밖에 없는 것이 아니란 이야기다. 그나저나 참 어렵게도 빙빙 돌려서 말을 한다. 그것은 삶에 의욕이 넘치는 놈들이 삶에 지친 인간들에게 보여주기 위해 생각해낸 문구가 분명하다. "너는 어째서 컵이 반쯤 비었다고 생각하는 거야?" 그런 말을 하는 녀석들의 머리를 그 컵으로 두들겨 패주고 싶다. 그들은 만사를 아름답게 포장하는 달인이다. 하지만 나는 아름답게 포장할 수 없다. 내게 세상 모든 것은 있는 그대로다. 요컨대 비참하고 무의미한 것이다. 나는 그런 것에 집착하지 않는다. 그저 글쓰기를 통해 간신히 버티고 있을 뿐이다. 그렇다고 자살을 하려고 생각해본 적은 한 번도 없다. 어차피 아무 가치도 없는 인생을 굳이 괴로운 생각까지 하며 끝낼 필요가 있을까? 나는 어째서 인생에 혐오감을 갖는가? 그것은 인생이 다른 사람 없이는 성립될 수 없는 것이기 때문이다. 그래, 바로 그 점이다. 인간이라는 것은 너무 인간적이라 그 점이 어쩐지 불쾌하다. 왜 인간은 인간적일 수밖에 없는 걸까? 어째서, 그저 단순히 인간인 것만으로는 부족할까? 예로 마틸다가 있다. 내가 이를 닦고 있을 때, 마틸다는 내 눈앞에서 변기에 앉아 볼일 보는 걸 아주 재밌어 한다. 내가 욕실에 들어가 칫솔을 집어들 때마다 마틸다는 훌쩍 따라 들어와 변기에 걸터앉아 한가롭게 볼일을 본다. 얼굴에는 안도의 미소를 띠고, 손에는 신문을 들고. 마틸다에게는 그것이 우리가 맺은 친밀한 관계의 상징인 셈이다. 하지만 나로서는 광기가 아닐 수 없다. 어머니가 내 옆에서 틀니를 꺼내 청소하는 걸 보기만 해도 토할 지경인데. 나는 같은 아파트에 사는 비만인 여자가 쇼핑백을 끌고 계단을 올라갈 때 옆에 있다가 겨드랑이 아래의 거대한 땀 얼룩, 헐떡이는 소리, 기침 소리, 바닥에 내뱉는 초록색 가래 같은 걸 보게 되는 것만으로도 목을 졸라 죽이고 싶어진다. 말기 암 여학생의 문병을 가는 마틸다를 따라 병원에 끌려갔다가 빡빡 민 머리에 사물이 비쳐 보일 정도로 야윈, 볼이 움푹 팬 노란 얼굴의 소녀가 상처받은 눈망울로 누워 있는 것을 보게 되거나, 신문에서 팔다리를 잃은 전쟁 포로에 대해 읽다 보면, 무심코 바티칸에 편지를 써서 수천 년에 걸쳐 그 인간들이 부르짖어 왔던, 선하고 공평한 신이 존재한다는 환상에 대한 정정과 사과를 요구하고 싶어진다. 신에 대해서 초등학교 종교 담당 교사가 이렇게 말한 게 떠오른다. "이 세상의 선은 하나님이 행하신 것입니다. 악한 일이 일어난다면 그것은 인간 스스로의 책임입니다." 어린아이들에게 인간이 이룩할 수 있는 건 악한 일뿐이라고 주입시키는 것만큼 끔찍한 일이 있을까. 신은 인간을 창조했다. 터무니없는 불량품에다 지나치게 인간적인 생물로. 따지고 보면 자연에도 인간적인 구석이 있다. 폭풍, 눈사태, 지진, 홍수 같은 것들 말이다. 때때로 들판에 누워서 끔찍하게 생긴 벌레가 몸에 기어오르는 것을 보고 있노라면, 자연이란 것은 깡그리 모아다가 콘크리트로 매립해버려야 하지 않을까 생각하곤 한다. 어느 날 잠에서 깨보니 세상에 나 혼자만 있다면 좋을 텐데. 자꾸 그런 꿈을 꾼다. 그렇게 된다면 나는 이 지구에서 그저 단 한 명의 사람일 뿐 아니라 가장 행복한 사람이 되기도 하는 셈이다. 나는 고독을 두려워하지 않는다. 지구에 단 한 명밖에 없는 사람이 된다면 그런 감정 따위 느낄 새도 없이 이리저리 돌아다니다가 텅 빈 집에 숨어들어 집안을 휘저어 놓겠지. 가족 사진을 보고 거기에 어떤 인간이 살았는지 상상하면서. 그들의 삶을 떠올리며 다양한 이야기를 만들어내는 것이다. 인간 따위는 불필요한 존재이지만, 인간들의 인생 이야기는 필요하니까. 그렇지 않으면 글쓰기가 사라진다. 즉, 인간이 존재하지 않으면 이야기도 존재하지 않는다. 게다가 인간이 없으면 독자도 없다. 그렇군, 확실히 맞는 말이다. 어떻게 하면 이 문제를 해결할 수 있을까? 역시 수백만 명의 독자들이 각자 다른 행성에 산다는 것이 가장 좋은 해결책일 것이다. 그렇게 되면 나는 텅 비어버린 지구라는 행성을 어슬렁거리며 다른 사람의 인생을 뒤적거리고 하나씩 하나씩 책을 쓸 테다. 완성된 책은 한 권씩 빔을 쏴서 인간들이 사는 다른 행성으로 전송하는 것이다. '전송해 줘, 스카티(미국 공상과학 TV 드라마 시리즈 '스타 트랙'에 나오는 유명한 대사−옮긴이)!' 그리고 그 대신 내게는 충분한 식량과 의류가 전송되는 방식. 물론 최고급 음식과 최고급 옷이다. 그러고 나서 반년 후에는 역시나 빔으로 파트너가 전송된다. 존엄성은 눈곱만큼도 찾아볼 수 없는 몸과 몸의 부딪힘도 반년만 소원해지면 그리운 법이니까. 전송되는 파트너는 완벽하게 내 취향에 부합하는 여자다. 나는 그녀를 '프라이데이'라고 부르기로 한다. 그녀가 도착하는 게 화요일이든 뭐든 상관없이. 뭐니 뭐니 해도 나는 현대의 로빈슨 크루소니까. 프라이데이는 허리까지 오는 풍성한 금발 머리 아래로 여러 개의 스위치를 숨기고 있다. 이 스위치를 누르면 프라이데이의 태도와 외모가 변한다. 태도의 옵션은 '완전 침묵'부터 '아주 지적인 대화'까지 폭이 넓다. '포르노 배우'부터 '응석받이', 심지어 '정숙하고 내성적'까지 뭐든지 있다. 외모도 마찬가지로 '원어민 아메리칸', '이누이트', '인도네시아인', '아일랜드인', '바비' 전부 다 있다. 그러나 마틸다한테는 스위치가 없다. 마틸다는 마틸다 그대로다. 겉모습조차 원하는 대로 바꾸지 못한다. 14년 전부터 쭉 같은 헤어스타일에 머리색이 아주 살짝 달라질 뿐이다. 마호가니의 빨간색, 앵두의 빨간색, 짙은 자줏빛이 감도는 빨간색, 헤나의 빨간색, 녹슨 빨간색, 보르도의 붉은색, 구리의 붉은색. 미묘하게 다른 여러 가지 빨강을 매력적이라고 생각하는 남자가 세상 어디 있을까? 애당초 나는 왜 마틸다와 계속 만나고 있을까? 처음에는 그녀의 열렬한 사랑에 감동했다. 그다음에는 그녀의 에너지에 압도당했다. 그녀의 '충실한 인생'에. 그렇다. 마틸다라는 사람은 충실함 그 자체인 사람이다. 마틸다는 늘 정신없이 바쁘다. 얼마간은 그런 모습이 좋았다. 그녀의 충실한 삶을 내게도 조금 나누어주기를 바랐다. 하지만 지금은 피곤할 뿐이다. "봐봐, 인생에서 무엇이 중요한지 난 알고 있어"라는 그 잘난 척하는 태도라니. 참고로 나는 모른다. 궁금한 시기도 있었다. 하지만 지금은 그렇지 않다. 내가 더 알찬 삶을 살고 있으니까. 하지만 내가 너보다 낫다는, 행간에서 배어 나오는 저 우월감이라니. 그런데 사실 그런 것은 단지 금전 문제일 뿐이다. 마틸다는 온갖 청구서와 여행 비용을 지불할 수 있을 정도로 충분히 벌고 있다. 즉, 충실한 삶이란 돈을 버는 것과 같은 것이다. 나는 정말로 마틸다를 사랑할까? 사랑이란 게 무엇인지 난 잘 모르겠다. 물론 이게 뻔하디 뻔한 말이라는 건 나 역시 자각하고 있다. 그렇지만 정말로 모르겠다. 사랑이라는 게 어떤 감정인지. 아니, 잠시 동안, 알고 있었는지도 모르겠다. 딱 한 번, 어떤 감정에 압도된 적이 있다. 아주 오래전 일이다. 코르시카 섬으로 캠핑 여행을 갔을 때였다. 어느 날 저녁 바닷가에서 모닥불을 피웠다. 나이 지긋한 남자가 기타를 연주했다. 열 명 정도가 모여서 같이 어울리고 있었다. 갑자기 마틸다가 일어나 '왈츠잉 마틸다'에 맞춰 춤을 추기 시작했다.─왈츠잉 마틸다, 왈츠잉 마틸다, 너랑 같이 왈츠잉 마틸다, 물이 끓기를 기다리면서, 녀석은 노래하였다, 너랑 같이 왈츠잉 마틸다─마틸다는 살짝 취한 채로 모여 있는 사람들 앞에서 춤을 췄다. 팬티만 입은 채로. 그 순간의 마틸다는 비할 데 없이 아름다웠다. 늘 이렇게 분방하고 대담했으면 좋겠다고 생각했다. 그때 뭔가 가슴속 깊숙이에서 솟구치는 것을 느꼈다. 뜨거운 열기와 뭔가 간질거리는 느낌. 마틸다가 내 것이란 생각에 기분이 좋았다. 노래가 끝나자 마틸다는 바다로 달려갔고, 돌아오더니 이번엔 나를 끌고 바다로 들어갔다. 우리는 서로 부둥켜안고, 서로 뒤엉켰다. 다른 모든 사람들은 여전히 노래하고 있었다. 우리는 텐트로 돌아와서 어떻게 될 것만 같은 최고의 섹스를 했다. 사랑이란 무엇인가. 난 한때 알고 있었는지도 모른다."

재회 전에 마틸다와 크사버가 주고받는 이메일

날짜 : 2012년 1월 16일

보낸 사람 : 크사버 잔트

받는 사람 : M·K

친애하는 마틸다

우리 서로에게 이메일을 쓰자. 우리에 대해 이야기를 하자―당신이 원한다면 예전 일도 괜찮아. 나는 그보단 당신이 지금 어떻게 사는지에 대해 알고 싶지만 말이야. 어쨌든 어떤 일이든 함께 이야기하고 생각해보자. 다 옛날 일이잖아. 분명히 엄청 자극적일 거야. 어때?

크사버

날짜 : 2012년 1월 17일

보낸 사람 : 크사버 잔트

받는 사람 : M·K

마틸다? 마틸다? 여보세요, 살아 있어?

날짜 : 2012년 1월 18일

보낸 사람 : 크사버 잔트

받는 사람 : M·K

고인돌 가족 플린트스톤이 된 기분이야. 동굴 입구를 막은 바위 앞에 서서 절망적으로 주먹을 날리며 겨우 쥐어짜낸 목소리로 "윌마!"라고 외치는 프레드가 된 기분. 마틸다! 마틸다! 마틸다!

제발 기분 풀어! 이메일 줘. 어떻게 지내는지 가족은 있는지 그런 걸 알려줘. 정말 궁금해.

궁금증으로 안달 난 크사버가

날짜 : 2012년 1월 19일

보낸 사람 : M·K

받는 사람 : 크사버 잔트

그때, 내가 당신을 고소할 수도 있다는 걱정은 하지 않았나요? 그렇게나 마음 편히 새로운 생활을 하고 있었던 건가요?

6분 후

보낸 사람 : 크사버 잔트

받는 사람 : M·K

내가 왜 당신에게 고소당할 걱정 같은 걸 해야 할 거라고 생각했지? 내가 당신과 헤어졌으니까? 그런 바보 같은 소리 마.

우리는 함께 멋진 시간을 보냈어. 이윽고 그 시간은 끝이 찾아왔지. 마지막 반년 동안은 거의 대화도 없었잖아. 서로 점점 마음이 멀어져서. 우리 둘 다 새 출발이 필요하다는 건 알고 있었어. 당신한테도 필요했어.

크사버

✉ ─────────────────────────────

날짜 : 2012년 1월 20일

보낸 사람 : M·K

받는 사람 : 크사버 잔트

크사버

우리 사이는 평범한 남자와 여자의 그것과는 달랐잖아요. 물론 단순한 남녀 관계이기도 했지만 우리의 경우는 좀 더 복잡했죠! 게다가 우리에게는 일종의 '비즈니스 관계' 혹은 '합의'라고 부를 수 있는 약속이 있었어요. 당신도 그건 잘 알았을 거예요. 그렇지 않다면 그렇게 '몰래' 나가는 게 아니라 제대로 작별을 했겠죠. 이 둘 사이에는 커다란 차이가 있어요. 그러니 헤어지기 전에는 파트너와 '의논'했어야 합니다.

✉ ─────────────────────────────────

2분 후

보낸 사람 : 크사버 잔트

받는 사람 : M·K

'비즈니스 관계'니 '합의'니, 도대체 무슨 말인지 모르겠어.

✉ ─────────────────────────────────

날짜 : 2012년 1월 21일

보낸 사람 : 크사버 잔트

받는 사람 : M·K

대답 좀 줘! '비즈니스 관계', '합의'라니 무슨 소리야?

✉ ─────────────────────────────────

5시간 후

보낸 사람 : 크사버 잔트

받는 사람 : M·K

돈 말이야??

✉ ──────────────────────────────────────

날짜 : 2012년 1월 23일

보낸 사람 : M·K

받는 사람 : 크사버 잔트

　당신과 달리 나는 돈이나 성공을 당신에게 요구한 적이 없어요. 단 한 번도! 내가 진심으로 원했던 게 무엇이었는지 당신은 알고 있을 텐데요. 출판사에서 출간 승낙 답장이 오고 둘이서 축배를 든 그날 밤 당신은 내게 약속했어요. '천사 3부작'은 우리가 함께 쓴 거예요. 하지만 우리는 대화를 나누고, 공동 집필자로 내 이름은 내지 않기로 했잖아요. 출판사에서 내켜 하지 않았기 때문이죠. 대신 난 원하는 게 있었어요. 우리, 맹세의 표시로 악수와 키스까지 했잖아요. 그건 우리끼리의 계약이었잖아요! 그 이후의 일은 나에겐 그저 흔한 남녀의 이별이 아니었어요. 그건 당신의 비겁한 무단 도피였죠. 덤으로 '계약 위반'이기도 했어요.

날짜 : 2012년 1월 24일

보낸 사람 : 크사버 잔트

받는 사람 : M·K

아주 어렴풋하긴 하지만 그때 기억은 나. 둘 다 꽤 마시지 않았나? 내가 봤을 때 그때 둘이서 나눈 이야기는 '비즈니스 계약'과는 정말 아무런 상관이 없어. 게다가 그날 밤 이후로 우리 사이에는 정말 많은 일이 있었지. 그래서 나한테 이별 외에 다른 선택권은 없었어.

날짜 : 2012년 1월 25일

보낸 사람 : M·K

받는 사람 : 크사버 잔트

'그날 밤 이후로 우리 사이에 있었던 정말 많은 일'이란 게 뭐죠? 당신이 부인과 알게 된 것? 부인을 처음 만난 게 언제죠? 그날 밤 전? 아니면 후?

20분 후

보낸 사람 : 크사버 잔트

받는 사람 : M·K

그 사람은 이제 전 부인이 된 지 꽤 오래됐어. 처음 만난 게 언제인지 이제 기억도 안 나. 전부 옛날얘기야. 별일 아니잖아. 과거를 되짚어보는 건 이제 그만하자.

크사버

추신 : 당신은 결혼했어? 가족들은?

✉ ─────────────────────────────────

2012년 1월 27일

보낸 사람 : M·K

받는 사람 : 크사버 잔트

내게는 중요한 일입니다. 내가 얼마나 괴로웠는지 당신은 상상도 할 수 없을 거예요. 나를 떠난 지 겨우 1, 2주 후에 당신이 그녀가 있는 곳으로 이사 갔다는 걸 알았거든요. 그녀를 언제, 어디서 만났는지, 언제부터 사귀기 시작했는지 꼭 알려주세요. 과거를 이야기하자, 함께 생각해보자고 한 것은 당신입니다. 게다가 당신에게는 내게 말해야할 빚이 있지 않나요?

마틸다

✉ ───────────────────────────────

4분 후

보낸 사람 : 크사버 잔트

받는 사람 : M·K

알았어, 말할게. 단, 오늘은 좀 있으면 바로 나가야 하니까 다시 얘기하자. 잘 자!

크사버

추신 : 당신을 다시 만날 수 있다니 정말 기대가 돼! 처음에는 최근 사진을 주고받으면 어떨까 생각했어. 하지만 마음을 고쳐먹었어. 당신에게 내 사진을 보내지 않을 거야. 나도 당신 사진을 보고 싶지 않아. 우리, 호기심과 신나는 기분을 간직하자. 그럼 3월에 인스브루크에서!

마틸다와 크사버

마틸다가 크사버를 처음 만난 건 198X년 5월, 세기 전환기 문학 수업에서였다. 5번 대강의실은 무더웠고, 자신감 부족해 보이는 빨간 머리 교수가 강의를 시작하며 에어컨이 고장 난 것을 사과했다. 하지만 그렇다고 휴강을 할 수는 없었다는 말과 함께. 그때 마틸다는 티셔츠와 청바지가 피부에 달라붙고, 땀방울이 겨드랑이 밑에서 허리까지 조용히 흘러내리고 있었다. 마음 같아선 운동화를 벗어 던지고 싶었지만 다리와 신발이 — 서로 떨어지면 — 불쾌한 냄새를 풍기지 않을까 불안했다.

내게서 냄새가 나지 않을까, 하는 불안에 마틸다는 늘 시달렸다. 입이나 발이나 치부뿐 아니라 피부마저 퀴퀴한 냄새를 풍겨 주변 사람에게 혐오감을 주는 게 아닐까, 하는 불안감. 그건 마치 노이로제와 같아서 특히 대학 강의실에서 불쑥 들이닥치는 경우가 많았다. 악몽 같은 장면이 머리에 그려지는 것이다 — 그녀가 자리에 앉아 강의를 듣고 있으면 주변 학생들이 모두 코를 잡고 얼굴을 찌푸리며 힐끗힐끗 이쪽을 쳐다본다. 이윽고 그들은 한 명, 또 한 명 강의실을 떠나간다. 이 노이로제의 유래는 스스로도 잘 알고 있었다. 마틸다는 자신이 태어나고 자란 비좁은 사회복지주택의 악취가 아직도 몸에 배어 있지 않을까 두려웠던 것이다.

교수가 국어책을 읽듯 강의를 시작한 지 10분 후 — 교수는 정성스럽게 준비한 원고를 정말 한마디 한마디 그대로 읽고, 적혀 있지 않은 것은 단 한마디도 말하지 않았다 — 갈색 머리칼의 훤칠하고 키가 큰 학생이 슬며시 강의실 문을 열고 들어왔다. 마틸다는 순간 그 학생에게 관심이 가서 눈을 뗄 수 없게 되었다. 독일어권 문학과에 남학생은 흔치 않았다. 그리고 그 몇 안 되는 남자들은 적어도 마틸다의 눈에는 괴짜로 보였다. 온통 새까만 옷에 수염을 기르고, 장발에 바닥까지 닿는 긴 코트를 입고 돌아다니는 남자들. 하지만 강의실에 들어선 남자는 속이 시원할 정도로 평범했다. 어떤 글씨도 쓰여 있지 않은 초록색 티셔츠와 청바지, 흰색 운동화 차림에 배낭이나 가방도 들고 있지 않았다.

그 남자는 마틸다가 앉아 있는 줄로 다가와 두 자리 옆에 털썩 앉았다. 그리고 이쪽을 향해 미소를 지었다. 마틸다는 그 뺨의 보조개를 홀린 듯 바라보았다. 얼마 뒤 교수가 슈니츨러의 『윤무』를 낭독하기 시작하자 남자가 마틸다 쪽으로 몸을 들이밀고 이렇게 속삭였다. "종이와 펜, 빌려주지 않을래?"

"잠시만." 마틸다는 우물우물 대답하며 가방 속을 뒤지기 시작했다. 교수가 낭독을 중단하고 마틸다에게 눈을 돌렸고, 마틸다는 얼굴이 화끈거렸다. 종이와 볼펜을 건네자 남자는 서툰 몸짓으로 건네받곤 필기를 시작했다. 그때까지만 해도 그저 수업을 들으면서 손가락으로 책상을 톡톡 두드리기만 했던 터라 마틸다는 왠지 머리가 어지러웠다. 마틸다는 6월 초순에는 교수의 강의 원고를 비서실에서 살 수 있다는 것을 알고 있었다. 하지만 남자는 열심히 직접 노트에 필기를 하고 있었다.

강의가 끝나갈 때 남학생은 반짝이는 미소를 지으며 감사 인사를 했다. 그리고 볼펜을 돌려주며 학생 식당에서 같이 점심을 먹지 않겠냐고 물었다. 마틸다는 조금의 망설임도 없이 승낙했고, 그 순간 승낙한 게 너무 빠르지는 않앉을지 불안해졌다. 몇 분 뒤, 두 사람은 거대하고 살풍경한 학생식당 홀에 마주 앉아 잘게 썬 밍밍한 맛의 고기를 먹으며 활발하게 대화를 나눴다. 남자는 열광적인 어조로, 슈니츨러의 『윤무』의 구조는 천재적이다, 자신에게는 이것이 최초의 현대극이다, 그래서 필기를 하지 않을 수 없었다, 하지만 그 외 작가와 작품에는 별 흥미가 없었다고 말했다. 마틸다는 남자를 응시한 채, 얼굴로 내려와 성가신 머리칼을 여러 번 넘기며 이 사람이 나를 마음에 들어 하게 해달라고 계속 기도했다.

"내용은 엄청 단순하잖아? 모든 장면에서 다섯 남자와 다섯 여자, 각자 한 사람이 다른 한 사람을 만나. 병사와 창부, 병사와 하녀, 하녀와 부잣집 도련님, 이런 식으로. 그건 네가 분명 나보다 잘 알 거야. 이 구조만 해도 굉장하지! 둘 중 한쪽이 매번 다른 한쪽에 성교를 강요하고 일이 끝나면 바로 헤어져. 하지만 천재적인 점은 모든 게 등장인물의 대화 속에서 섬세하게, 경쾌하게 전개된다는 거야. 각 인물의 성격을 잘 알 수 있고, 대화 하나하나 그 자체로 드라마가 성립하는 거지!"

남학생의 이름은 크사버 잔트로, 빈에서 차로 세 시간 걸리는 오버외스터라이히 지방의 작은 마을 출신이었다. 마틸다와 동갑인 스물두 살. 거기에 태어난 달까지 같았다. 즉, 둘 다 1958년 3월생이었다. 그의 전공은 독일어권 문학과 철학이지만 강의나 세미나의 수준을 전혀 인정하지 않기 때문에 학교에 잘 나가지 않았다. 다른 학생 한 명과 방 두 개짜리 아파트에서 함께 살고 있었다. 첫 식사에서 마틸다가 알 수 있었던 것은 고작 그 정도였다.

마주 보고 이야기를 나누던 — 대부분은 크사버가 말하고 자신은 듣는 역할이었지만 — 마틸다는 사랑에 빠졌다. 처음부터 마틸다는 못 말릴 정도로 크사버에게 홀딱 반했다. 그녀의 안에서 무언가 스위치가 '딸깍' 눌린 것이다. 눈앞에 있는 남자는 구릿빛 피부에 반짝이는 듯한 미소를 띠고 있었다. 짙은 갈색의 풍성한 곱슬머리는 슬슬 다듬을 필요가 있었다. 녹색 눈과, 뺨에 있는 보조개, 그리고 마틸다 자신에게서는 찾아볼 수 없는 열정으로 문학에 대해 말하고 있었다.

마틸다가 대학에서 독일어권 문학을 전공으로 선택한 것은 책 읽는 것을 좋아했던 것, 다른 전공이 아무것도 생각이 나지 않았던 것, 학교에서 국어로 고생한 적이 한 번도 없었다는 것이 전부였다. 그 외에 별다른 동기는 하나도 없었지만 대학을 졸업할 때까지 그것만으로도 충분했다. 부전공은 영어였는데 그건 고등학교 때 두 선생님이 외국어를 하나 전공하면 졸업 후 교사로 취직하는 데 유리하다는 말을 해주었기 때문이었다. 그뿐이었다.

점심식사 후에 마틸다와 크사버는 한 시간 정도 거리를 거닐며 더 대화를 이어갔다. 크사버는 줄곧 마틸다의 몸이 닿을 듯 바로 옆에서 걸었다. 마틸다는 오랜 시간 자신의 땀범벅 된 옷이나, 땀방울이나 냄새나는 신발에 대해 의식하지 않고 있었다. 그런데 문득 그 사실을 떠올리고는 잊고 있었던 만큼 생각이 꼬리에 꼬리를 물어, 자기도 모르게 크사버로부터 한 발짝 떨어졌다. 작별을 고하기 직전에 크사버는 마틸다의 볼에 입을 맞추고 이렇게 말했다. "내일 1시에 학생식당?" 마틸다는 고개를 끄덕이며 머리에 피가 확 쏠리는 것을 느꼈다.

자신의 아파트로 돌아온 마틸다는 먼저 동거인이 없다는 것을 확인한 후, 크게 환호성을 지르며 라디오를 켜고 옷을 벗었다. 그러고는 거울 앞에 서서 자신의 알몸을 찬찬히 관찰했다. 여자치고는 큰 키에 어깨는 다소 넓고 허벅지는 튼실했다. 마치 배를 연상시키는 체형이었다. 가슴은 지나치게 작고, 허리는 평균보다 두꺼웠다. 여리고 부드러운 몸매였더라면 좋았을 텐데, 좀 더 여성스러운 인상이었다면 좋았을 텐데, 라고 생각이 들 때가 많은 몸이었다. 반면 얼굴은 대체로 만족스러웠다. 적어도 좌우 대칭이라고 생각했으니까. 눈, 코, 입은 너무 크지도 너무 작지도 않았다. 연갈색 머리 색깔은 평범하고 아무런 특징도 없고 살짝 회색빛이 돌아서 1년 전부터 마호가니 색으로 물을 들이고 있었다.

거울 앞에 서서 마틸다는 크사버 잔트라는 학생이 이 육체가 마음에 들길, 기도하는 마음으로 바랐다. 그러고는 큰 음악 소리에 맞춰 벌거벗은 채 춤을 췄다. 그런 짓을 한 것은 난생처음이었다. 샤워를 하며 노래를 몇 곡인가 흥얼거렸고, 그 바람에 필기한 노트를 옮겨 적은 것은 늦은 밤이 되어서였다.

그 후 몇 년 동안, 크사버는 자신도 첫눈에 그녀에게 반했었다고 주장했다. 볼펜도 슈니츨러도 모두 마틸다에게 말을 걸기 위한 수단일 뿐이었다고. 강의실 의자에 몸을 비집고 앉았을 때, 마틸다의 자태와 분위기에 완전히 마음을 빼앗겨버렸다고. 하지만 후에 마틸다는 그 주장에 의구심을 갖게 되었다. 분명히 크사버는 한눈에 마틸다를 완벽한 버팀목 역할로 안성맞춤인 인간이라 알아챘던 것 같다고. 앞으로 다가올 고난의 세월을 지탱해줄 존재로서 의식적으로 마틸다를 선택했을 거라고. 왜냐하면 앞으로 몇 년 동안 일과 금전적인 면에서 크사버는 고난의 세월을 보내게 될 것임을, 처음으로 같이 점심을 먹었을 때 그녀는 이미 예감했기 때문이다. 하지만 그 고난이 그토록 큰 것이 되리라고는 그녀도 예상하지 못했다. 어쨌든 크사버는 '돌봐줄' 누군가를 필요로 하고 있었다. 한번은 싸우다가 마틸다가 크사버에게 그렇게 직접 고함을 친 적이 있었다. 그때는 사귀기 시작한 지 이미 10년 또는 그 이상의 시간이 흐른 뒤였다. 물론 크사버는 부정을 했지만.

크사버 잔트는 소설가였다. 아니, 그렇다기보다 소설가가 되려고 노력하고 있다고 말하는 것이 정확하다. 마틸다를 처음 만날 무렵에는 마침 첫 장편소설을 집필 중이었다. 1년 전 학생신문에 썼던 단편소설이 한 출판사의 눈에 띄어 단편을 바탕으로 장편소설을 쓰라는 권유를 받은 것이다. 그런 탓에 크사버는 이미 1년 가까이, 하루 몇 시간씩 타자기 앞에 앉아 몸과 마음을 소모시키며 사람을 찾는 한 남자의 이야기를 쓰는 데 매진하고 있었다. 한 남자가 열일곱 살에 코르시카 섬 동쪽 해안에서 처음으로 섹스를 나눈 일곱 살 연상의 여성을 몇 년간 찾아 헤매는, 끝내 찾아내기까지 이르는 이야기였다. 마틸다와 처음 만났을 때 크사버는 『찾는 남자』라는 가제가 붙은 그 소설을 막 완성하던 참이었다.

두 번째 점심식사 때 그 사실을 알게 된 마틸다는 자신의 행운을 도저히 믿기 어려웠다. 자신이 진짜 소설가와 아는 사이가 됐다니, 게다가 그 소설가가 자신에게 흥미를 가지고 있다니!

마틸다가 크사버에게 들려주는 이야기

가끔 내가 곁에 있을 때 그는 발작을 일으킨다. 온몸이 움찔대며 굳어지고, 일그러진 입에서 그르렁그르렁, 쉬쉬 같은 기묘한 소리가 흘러나온다. 그럴 때 그는 서 있을 수 없을 정도로 약해져서 쿵, 하고 바닥에 쓰러진다. 그가 머리를 다치지 않도록 주의 깊게 그를 살핀다. 발작의 전조를 잘 알고 있기 때문에 재빨리 움직일 수 있는데, 때로는 그를 목욕시킴으로써 사전에 발작을 막을 수도 있다. 뜨거운 물이 진정 효과를 보이기 때문에 그는 마치 죽은 듯이 눈을 감고 욕조에 누워, 완전하게 긴장을 푼다. 미리 발작을 막을 수 없을 때면 그는 바닥에 쓰러진다. 팔다리는 꼬이고, 흰자위를 보이며, 입에서는 침이 흐른다. 그때 나는 그가 혀를 깨물지 않도록 나무로 된 주걱을 입에 쑤셔 넣는다.

5개월 전에 그는 핏줄기를 뿜을 정도로 혀를 세게 깨물어버렸다. 그 이후 며칠 동안 혀가 퉁퉁 부어올라 이대로 숨을 쉬지 못할까 걱정이 될 정도였다. 엄청난 소리를 내며, 열심히 코로 숨을 들이쉬고 내뱉을 때면 입에서 컥컥대는 소리가 났다. 손가락으로 몇 번이나 입술과 혀를 만져대며.

　발작이 시작된 것은 1년 반 전이다. 저녁 식사를 하던 중이었다. 갑자기 그가 포크를 떨어뜨리더니 머리와 팔을 마구 떨기 시작했다. 그러다가 의자에서 굴러떨어졌다. 나는 기절초풍했다. 살면서 그때만큼 어쩔 줄을 몰랐던 적은 없었다. 어떻게 해야 할지 전혀 알 수가 없었다. 그가 죽는 줄 알았다. 눈앞의 부엌 바닥에서 근육질인 그의 온몸이 굳어가고 있었다. 마치 판타지 소설 속의 인물처럼 다른 누군가에게 몸을 빼앗긴 듯했다. 이 모든 게 15분밖에 안 되는 시간에 일어난 일이었지만 영원처럼 느껴졌다. 나는 타일 바닥에 같이 누워 필사적으로 그를 껴안으려고 했다. 안아주고 쓰다듬어 떨리는 다리를 진정시키려고 했다. 그 몇 분만큼 그를 사랑한다고 생각해본 적이 없다. 잠시 뒤 발작이 가라앉자 그는 누운 채 몸을 둥글게 말고 헐떡댔다. 허공을 응시하던 눈동자에 놀란 기색이 역력했다. 마치 자기 몸에 무슨 일이 일어났는지 자신도 모르겠다는 눈이었다. 그 후 몇 시간 동안, 그는 다리에 힘이 풀린 듯 침대에 누운 채 내가 어떻게 해도 움직이지 않았다.

마틸다와 크사버

두 사람은 매일같이 만났고, 일주일 후 처음으로 마틸다의 집에서 하룻밤을 보냈다. 다음 날 아침이 밝았을 때, 두 사람은 연인이 되어 있었다.

크사버는 마틸다에게 있어 첫 남자 친구였다. 고등학교 마지막 학년 때 한동안 젊은 음악 교사에게 빠진 적이 있었지만, 교사는 마틸다의 열렬한 마음을 완전히 무시했다. 그 후로 빈(Wien)대학교에 진학하고 4학기째였던 스무 살 때는 아무 남자와 자야겠다고 결심했다. 어쩐지 이미 자기가 노처녀가 된 것 같은 기분이었기 때문이다. 학교 파티에서 약간 술을 과음한 마틸다는 용기가 샘솟아 한 시간 전부터 이쪽을 쳐다보며 진득한 시선을 보내던 소심해 보이는 젊은 남자에게 말을 걸었다. 그 남자는 마틸다의 방에서 어렵게 그녀의 첫 경험 상대가 되었다. 남자

71

도 경험이 없었기 때문에 마틸다 속으로 파고드는 데 영겁의 시간이 걸렸다. 마틸다는 이제껏 그런 신체적 통증을 경험해본 적이 없어서 마치 꼬치에 꿰인 듯 소리를 질러댔다. 젊은 남자―마르틴이란 이름의―는 한 시간 뒤 트라우마를 안고 돌아갔고, 마틸다는 시트에 묻은 커다란 붉은 얼룩 앞에 주저앉았다. 그로부터 반년 동안 두 사람은 어느 정도 정기적으로 계속 만났다. 마틸다는 첫 경험 때의 아픔은 줄었지만 결코 쾌감은 느끼지 못했다. 마틸다는 마르틴에게 아무런 감정도 품을 수 없었고, 결국 자신이 먼저 만남을 끝냈다. 그로부터 1년 반 뒤, 크사버를 만났다. 그리고 번개를 맞은 것처럼 사랑에 빠진 것이다.

사귀기 시작한 지 한두 달이 지나고 마틸다는 우연히 크사버의 일기장을 발견하고 훔쳐본 적이 있다. 두 사람의 관계에 대한 기술은 별로 없었다. 굳이 말하자면 그건 문득 떠오른 생각과 아이디어 등을 적은 메모장에 가까웠다. 일기장을 펼치기 전에는 아주 잠깐, 자기를 신격화했으면, 그걸 일기에 적었으면, 하는 바람을 품었지만 아마 그런 일은 없을 거라 예감하기도 했다. 두 사람의 만남에 대해 크사버는 단지 몇 줄, 이렇게 적었을 뿐이었다.

'어쨌든 별일 없이 모든 게 척척 진행되었다. 시간이 분주하게 흐르진 않았지만, 그렇다고 몇 주 동안이나 센티하게 고민한 것도 아니고, 로맨틱한 구애도 없고, 애타게 기다리지도 불안해지지도 않았다. 우리는 이제 열일곱 살이 아니고, 우리가 원하는 것을 잘 안다.'

하지만 마틸다는 달랐다. 크사버와 함께 보낸 첫 봄 동안, 마틸다는 말 그대로 매일 구름 위를 걷는 듯 황홀하면서도 동시에 엄청난 불안감을 견디고 있었다. 크사버를 절절히 사랑한 나머지 처음 몇 주 동안은 거의 먹지도 자지도 못했다. 언제쯤 크사버는 나의 여러 결점들을 알아채고 도망갈까? 그런 생각만 했다. 마틸다는 스스로도 뭔지 알지 못하는 콤플렉스 덩어리라 그걸 숨기려고 안간힘을 썼던 것이다. 설사 헤어진 지 한두 시간밖에 지나지 않았어도 크사버와 다시 마주치면 그때마다 마틸다는 불안에 사로잡혀 몸이 떨렸다. 그런 자신이 너무 괴로워 좀 더 어깨에서 힘을 빼고 인생을 즐길 수 있으면 좋겠다는 생각도 많이 했다. 마틸다는 온갖 것들이 크사버의 마음에 들기를 바라며 노력했지만, 실제로 그가 마음에 들어 하는지는 자신이 없었다. 크사버는 절대 마틸다를 유난스레 칭찬하지 않았고, 그녀가 내는 의견들에 감탄하는 모습을 보이지도 않았다. 두 사람의 관계를 당연한 것으로 여기는 크사버를 보며, 마틸다는 줄곧 자신이 교체 가능한 존재라는 느낌을 받았다. 크사버는 패기가 없는 냉철한 남자였다. 그리고 아마도 그렇게 되려고 애쓰고 있었다.

마틸다는 칼린이란 이름을 가진 여자 친구와 방 두 개짜리 아파트에서 동거하고 있었다. 크사버는 거의 매일같이 마틸다의 방에서 자고 갔다. 크사버가 찾아오기 전까지 마틸다는 한 시간이 넘게 방과 저녁 식사와 자신을 필사적으로 다듬었다. 모든 것이 정성스레 정리된 깔끔한 느낌을 주면서도, 동시에 모든 것이 우연이고 변덕스러워 보이도록, 그리고 결코 진부해 보이지 않게. 크사버는 진부하고 평범한 것을 무엇보다도 싫어했으니까.

처음 몇 주 동안은 수업까지 소홀히 했다. 끊임없이 크사버만 떠올라 집중을 할 수 없었다. 크사버와 함께 있을 때 그녀는 그를 응시하고, 그의 입에서 나오는 그 어떤 사소한 말도 기억에 새겼다. 한시라도 빨리 크사버를 정확하게 알고 싶었다. 어떤 음악을 좋아하는가? 무슨 책에 감동하는가? 어떤 꿈을 가지고 있는가? 어떠한 삶을 살고자 하는가? 그리고 무엇보다ㅡ어떤 스타일의 여자가 이상형인가? 마틸다는 크사버의 모든 것을 알고 올바로 대처하고 싶었다.

처음엔 밤에도 위가 꼬르륵대는 바람에 잠을 이룰 수가 없었다. 그녀는 최대한 조용히 몸을 뒤척이며 크사버를 바라보았다. 크사버는 거의 항상 똑바로 누워 잤다. 머리를 어깨 쪽으로 기울이고 깊이 숨을 쉬면서. 마틸다는 잠을 자고 있는 크사버를 관찰하는 게 좋았다. 크사버에게 열등감을 품지 않아도 되는 유일한 순간이기에, 온몸의 조직에서 아플 정도로 강렬한 애정이 맥동하는 것을 느꼈다. 마틸다는 사랑했다. 그것도 아주 격렬하게 ― 때로는 스스로를 잊을 만큼.

마틸다와 크사버의 16년 만의 재회

마틸다 처음엔 나, 그닥 좋은 것만은 아니었어. 굳이 말하자면 압박이었어. 뭐랄까, 나 자신에 대해서도 잘 모르면서 당신이 감탄해줬으면 좋겠고, 당신 맘에 들고 싶어서 항상 스트레스를 받았지. 한번은 말이야, 가게 앞에 가만히 서서 저녁거리로 뭘 살까 필사적으로 고민한 적이 있어. 또 파스타를 할까, 이러면서. 결국 레드와인 두 병에 프랑스산 치즈, 통밀빵, 포도 같은 걸 샀지. 과소비였어. 학생 때는 늘 돈이 없었는데. 그리고 집에 가서는 마치 이런 것쯤은 평범하다는 듯이 산 걸 테이블에 늘어놓는 거야. 그러면 당신은 아무 말 없이 처먹고.

크사버 아니 마틸다, 정말 당신답다. 말을 해주지 그랬어. 얼마 들었으니까 반만 내달라고. 학생끼리는 그게 평범했잖아.

마틸다 학생끼리 그게 평범했으면 당신이 먼저 반을 줘도 됐 잖아. 나는 소심하니까. 그리고 아마 긴장돼서 반 을 내달라고 못했을 거야.

크사버 시간을 되돌릴 수 있으면 좋겠네. 내가 초인종을 울 리면 당신이 문을 열지. 늘 그렇듯 막 샤워를 하고, 머리는 젖었고, 입술에는 분홍색 립밤을 잔뜩 바르 고. 그 러프한 청바지와 검은 브래지어 차림으로. 나 는 당신을 껴안고 3분 동안 시시덕거려. 그때 당신이 랑 같이 살던…… 그 친구 이름이 뭐였더라?

마틸다 칼린.

크사버 맞아, 칼린이 놀리는 듯한 미소를 지으면서 우리 곁 을 지나가. 사랑이 흘러넘치는 내 눈은 세팅된 테이 블로 향하지. 레드와인이 두 병, 프랑스산 치즈, 통밀 빵과 딸기.

마틸다 포도.

크사버 포도. 난 자기가 최고야! 하고 소리치고, 바지 주머니 에서 지갑을 꺼내 100실링을 당신의 브래지어에 끼 우는 거야. 그러면 당신의 젖꼭지가 딱딱해지지. 둘 은 허둥지둥 침대까지 옮겨가고, 몇 시간 동안 사

랑을 나눠. 한밤중이 되어서야 테이블에 앉아 식사
를 즐기지. 하지만 포도는 칼린이 다 먹어 치운 뒤야.

마틸다 (웃으며) 말이나 못하면.

크사버가 마틸다에게 들려주는 이야기

이 소설의 가제는 『떠나가지 마』야. 내 할아버지, 리하르트 잔트의 인생 중 4년을 주제로 한 내용이지. 가족을 부양하기 위해 미합중국에서 고향으로 돌아온 1918년 12월부터 자신의 집에서 임신한 아내와 첫 크리스마스를 축하한 1922년 12월까지의 4년 동안을 풀어낸 이야기야. 그전은 모두 회상으로, 그리고 이후를 살짝 다루는 정도로. 결말은 열어놓을 생각이야.

마틸다 열린 결말은 별로인 것 같아. 독자에게 불만을 품게 하고 그냥 내버려두다니.
크사버 글쎄, 독자들의 상상력을 자극하잖아.

1919년 10월 27일 월요일 아침, 리하르트는 전소한 뒤에 새로 건축 중인 부모님의 집 앞에 서서 앞으로 어떻게 해야 할지 머리를 싸매고 있다. 우유부단한 자신이 증오스러웠고, 절망의 구렁텅이에 빠진 듯했다. 앞으로 고향인 뮐피르텔에 머무르면서 이 집을 물려받고, 가업인 구두 공방을 다시 일으키고, 늙은 아버지와 여동생들을 돌보고, 안나와 결혼을 해야 할까? 차분하고 상냥한 안나. 리하르트가 고향을 떠났을 당시 안나는 고작 열네 살이었다. 그런데 얼마 전 리하르트에게 사랑을 고백했다. 아니면 미국으로 돌아가야 할까? 고향에 돌아오기 전까지 10년 동안 살던 밀워키로? 자유롭고 행복했던 10년의 시간은 고향을, 가족을, 친구를 그리워하는 10년의 세월이기도 했다. 하지만 밀워키에는 도로시가 기다리고 있었다. 아일랜드인과 아메리카 원주민의 피를 이어받은 감성이 풍부하고 정열적인 신발 가게 아가씨. 아무런 부담도 의무도 없는, 행복한 세월을 함께한.

리하르트는 돌담과 큰 집을 다시 짓는 데 쓸 돌무더기 앞에 멈춰 서 있었다. 어떻게 해야 할까? 어떻게 결정을 내리면 되지? 그는 두 여자를 사랑하고 있었고, 눈앞에는 두 가지 길이 열려 있었다. 안나인가, 도로시인가? 옛 고향인가, 새로운 고향인가? 리하르트는 옛 고향을 택했을 경우의 책임과 양심의 가책, 또 새로운 고향을 택했을 경우의 향수병과 양심의 가책을 두려워하고 있었다.

밀워키로 돌아간다면 오스트리아의 가족들은 이제 맏아들이 된 자신을 잃고 마음고생을 할 터였다. 그래도 그럭저럭 꾸려나갈 수는 있을 것이다. 열여섯 살인 남동생 칼이 재산, 병든 아버지, 지참금과 함께 시집보내야 할 세 자매를 책임질 테니까. 분명 칼은 아직 어리지만 신뢰할 만한 강한 남자이며, 인생에 있어서 무엇이 중요한지 잘 이해하고 있었다. 어떠한 상황도 대처할 수 있을 테니 걱정할 필요도 없었다. 오히려 칼 자신이 그 모든 것을 물려받고 싶어 하는 눈치이기까지 했다. 사실 자신을 이곳 뮐피르텔에 묶어두고 있는 것은 가족에 대한 의무감만이 아닌 도리어 점점 커져가는 어떠한 소망이었다. 상냥한 미소와 주근깨, 황갈색의 생머리에 등줄기가 꼿꼿하고 늘씬한 안나가 리하르트 속에 커다란 자리를 차지한 것이다. 하지만 잠깐이라도 온전히 도로시를 떠올리는 것만으로도 ― 항구에 서서 리하르트를 배웅하는 도로시, 열정적인 키스를 하는 도로시 ― 그녀의 명랑한 웃음소리, 언제나 반짝거리는 듯 아름답고 반듯한 이목구비, 브론즈색의 부드러운 몸매를 떠올리면 당장이라도 열차에 뛰어올라 함부르크로 향해서, 함부르크 항구의 뉴욕행 첫 배에 오르고 싶어진다. 도로시인가, 안나인가? 안나인가, 도로시인가? 옛 고향인가, 새로운 고향인가?

리하르트가 꿈꾸는 자신의 모습은 어느 쪽일까? 몇 세대 동안 고향을 떠나지 않고 대대로 일군(과거에는 부유했지만, 이제는 매우 가난한) 가문의 후손? 땅과 나무가 우거진(너무 허름해서 다시 손을 봐야 하는) 큰 집과 백 년 전부터 가업으로 이어오는 구두 공방(전쟁 중반부터 계속 폐쇄 중이지만) 소유주? 할아버지나 아버지와 마찬가지로 언젠가는 촌장이 될 전망을 가진 남자? 촌장이 되는 것에 마음이 끌리는 것은 솔직히 인정하지 않을 수 없었다. 가문을 전쟁 전과 같은 부흥으로 이끌 수 있을 것인가? 아니, 어쩌면 그 이상의 번영을? 하지만 동시에 리하르트는 그러한 삶이 필연적으로 짊어지게 될 책임이 두렵기도 했다. 안나에게는 아픈 남동생이 있어서, 일단 결혼을 하면 분명히 동생과 동거를 해야 한다. 게다가 지참금도 거의 기대할 수 없겠지. 또 리하르트의 아버지는 죽을 때까지 간병이 필요하고, 누이들에게는 시집갈 훌륭한 집을 찾아주거나 적당한 일자리를 챙겨줘야 한다.

반면에 낯선 이가 가득한 나라의 큰 도시에서 이방인으

로 사는 자신은? 그 나라에서는 출신도 가계도 이름도 거의 의미를 갖지 못한다. 중요한 것은 양손의 힘과 머리의 비상함, 그 둘을 써서 무엇을 해낼 수 있는가 뿐이다. 평생 그 나라 말에 익숙해지지 못하는 외국인이겠지만, 여러모로 고향에 있을 때보다 훨씬 더 자유로울 것이다. 그러나 어찌됐든 고향에서는 수백 년에 걸친 가문의 짐이 따라다녀서 늘 무엇인가를 강요받고, 모종의 태도와 행동("너는 잔트 가문의 인간이라는 것을 잊지 말아야 한다!")을 해야 할 의무를 지게 될 것이다. 밀워키에서 보낸 첫해에 자신이 어떤 기분을 느꼈는지 리하르트는 똑똑히 기억하고 있었다. 마치 다시 태어난 듯, 깃털이 난 듯이 가뿐한 기분이었다. 자신이 무슨 짓을 해도 불평하는 사람이 없는 데다 자신이 어떻게 할 수 없는 일로 무언의 비난을 던지는 사람도 없다. 네 할아버지가 우리 집의 목초지를 싸게 사들였다느니, 네 아버지는 내 신발에 조악한 가죽을 썼다느니, 네 형은 난폭해서 내 이를 깨 먹었다느니, 네 큰어머니는 저런 술독에 빠진 남자가 아니라 나를 택했어야 했는데 지금의 궁한 처지는 그 보답이라느니 같은 말들 말이다. 마을 사람들이 자신과 조상들을 모두 알고, 그 지식에 근거해 자신을 판단한다는 사실을 리하르트는 부담스럽게 느끼고 있었다. 그러므로 밀워키의 수많은 인간들 사이에서 어떤 사람도 아닌 자기 자신으로 있을 수 있다는 건 부담으로부터의 해방을 의미했다. 그러나 리하르트는 누이의 편지로 어머니와 큰형이 화재로 죽었다는 사실을 알게 되고, 1918년 12월 다시 고향으로 돌아와야 했을 때, 한편으로는 온갖 것들이 반갑고 편안하게 느껴졌다. 누구나 자신과 같은 말을 하고 있었다. 자기가 사용하는 방언을. 근처에 있는 바윗돌 하나까지 그는 다 알고 있었다. 눈에 들어오는 것은 친숙한 얼굴들뿐이었다. 리하르트는 집으로 돌아왔다는 기분을 사무치게 느낀 것이다.

어떻게 결정을 내려야 할까? 어쩔 줄을 모른 채 리하르트는 산더미 같은 돌무더기 위에 주저앉아 손에 얼굴을 파묻었다. 그는 벌써 몇 주째 결정을 내리지 못한 채 몸부림치고 있었다.

나의 일생이 단 한 번의 결정에 달려 있다! 어째서 인간은 인생의 여러 청사진들을 하나씩 시도해보고 그중에서 하나를 정할 수는 없는 것일까? 단 한 번의 삶은, 삶이 아닌 것이나 다름없었다. 잘못된 결정을 내리고, 세월이 흐른 뒤에 그 잘못을 인정할 수밖에 없게 된다면, 그 얼마나 두려운 일인가.

마틸다 집안의 역사에 몰두한 작품은 처음이네.

크사버 슬슬 때가 된 것 같아서.

마틸다와 크사버

두 사람이 서로 각자의 집에서 살던 연애 초기 2년은 동시에 가장 밀도가 짙은, 행복하고 활기찬 시간이기도 했다. 거의 매일 밤, 두 사람은 마틸다네 부엌에서 크사버의 친구 파울과 마틸다의 동거인 칼린과 함께 스파게티를 만들어 먹고, 술을 마시고, 마리화나를 피우고, 테이블에 발을 올린 채 끝없이 이야기를 나누었다. 두 사람은 항상 대화를 했다. 큰 목소리로 대화를 나누었다. 보고, 듣고, 읽고, 감동한 모든 것에 대해 대화를 했다. 그날의 일에 대해서, 교수들에 대해서, 정치에 대해서, 철학에 대해서, 신과 이 세상에 대해서, 그리고 무엇보다도 책에 대해서. 책에 대한 대화를 통해 마틸다는 많은 것을 배웠다. 때로는 대학교 수업에서 배우는 것보다 훨씬 더 많이 배웠다. 그렇게 마틸다는 이야기와 등장인물에 대한 크사버의 열정적인 해석을 탐욕스럽게 흡수했다. 그러나 대체로 마틸다가 책에 대해서 즉흥적으로 꺼낼 수 있는 의견은 좋아한다, 싫어한다 정도에 불과했다. 책에서 받은 막연한 느낌을 전하는 걸로 그쳤고, 그걸 넘어서서 소감을 짜내기까지는 한참 시간이 걸리는 데다, 겨우 쥐어짜내도 지루하고 무의미하게 느껴졌다. 마틸다는 자신도 크사버처럼 웅변적으로 말할 수 있으면 좋겠다고 생각했다.

마틸다와 크사버는 늦은 밤이 되면 친구나 아는 사람들과 같이 술집이나 펍 또는 누군가의 집에서 여는 파티에 몰려다녔다. 주말마다 친구나 주변 사람 중 누군가가 좁은 학생 주택에서 파티를 열었고, 그런 자리에서도 변함없이 모두 맥주를 든 채 큰 소리로 대화를 나눴다. 그러다가 새벽이 되면 어쩌다 이렇게 취했는지도 모를 정도로 술에 취해서 엉뚱한 몸짓으로 마구 춤을 췄고, 졸음이 오면 서로 부둥켜안고 방구석에 드러누워 진한 키스를 주고받았다. 나중에 크사버는 마틸다에게 그 시절이 가장 좋았다고 털어온 적이 있다.

1981년 6월 27일, 마틸다는 일기에 이렇게 적었다.
"우리의 삶은 거의 대화로 이루어져 있다. 그리고 파티.

단둘이 있는 시간은 거의 없다. 항상 많은 사람들에 둘러싸여 있고, 어딘가로 놀러 간다. 크사버는 즐기고 있지만, 난 가끔은 좀 더 조용한 생활을 즐기고 싶은 것 같다. 크사버를 혼자 보내고, 집에 남아서 간만에 잠이나 푹 자자고 마음먹는 날이 종종 있다. 그렇지만 실천한 적은 없다. 항상 크사버의 곁에 있고 싶으니까. 게다가 같이 가지 않으면 재미없는 사람이라고 생각할까 두렵기도 하다. 그 탓에 낮 동안엔 계속 피곤하다. 공부에 집중이 되지 않아 양심에 찔린다. 졸업 논문을 쓰고, 가을에는 졸업 시험에 합격해서 이제 슬슬 교사가 되어야 하는데. 스스로 돈을 벌고 싶다. 적은 장학금에 의지하는 생활을 끝내고 싶다. 그리고 초라한 카페에서의 아르바이트도 더는 못하겠다. 교사가 돼서 크사버와 함께 살 날이 기다려진다! 크사버가 나만의 남자가 될 날이 기다려진다."

거의 2년을 만난 후, 두 사람은 방 세 개짜리 아파트에서 같이 살기 시작했다. 1982년 3월, 둘 모두 스물네 살이 된 달이었다. 그해 2월에 마틸다는 한 어학 고등학교에 교사로 취업해 국어와 영어를 가르치기 시작했다.

집을 구하는 데는 엄청난 행운이 따랐다. 순식간에 ―

둘이 같이 보러 간 두 번째 아파트였다 — 해가 잘 드는 살기 좋은 주거지를 찾을 수 있었던 것이다. 큰 방이 세 개 있고, 현대적인 주방과 남쪽과 서쪽을 빙 둘러서 널찍한 발코니가 있었다. 크사버는 첫 번째로 본 아파트가 좋다고 했지만, 마틸다는 비좁고 해가 잘 들지 않는 느낌이었다. 마틸다에게는 아름다운 집에서 쾌적한 일상을 보내는 것이 아주 중요했다. 집은 자신의 또 다른 피부와 같았다. 그리고 적어도 이 또 다른 피부에서는 절대적인 편안함을 느끼고 싶었다. 무엇보다 어린 시절과 사춘기를 보냈던 어둡고 좁은 주거지를 떠올리고 싶지는 않았다.

마틸다가 학교에서 수업을 하는 동안 크사버는 두 번째 장편소설을 쓰고 있었다 — 적어도, 마틸다는 그렇게 생각하고 있었다. 크사버는 밤에도 집필을 하곤 했다. 두 번째 소설은 크사버가 너무도 사랑하는 아르투어 슈니츨러의 『윤무』를 바탕으로 한 작품으로 『다섯 여자, 다섯 남자』라는 제목이었다. 그 소설은 현대판 『윤무』였다. 80년대의 남자와 여자가 열 개의 이야기에서 각각 한 사람씩 만나, 한쪽이 다른 한쪽에게 성교를 강요한다. 그리고 관계를 마치자마자 급하게 헤어진다는 내용이었다.

그런데, 어느 순간부터 갑자기, 마틸다와 크사버는 자주 대화를 나누지 않게 되었다. 그렇다고 예전에 비해 불행해진 건 아니었다. 오히려 예전과 비교하면 온화한 생활로 돌아온 것 같았고, 마틸다는 둘이서 보내는 조용한 시간을 사랑했다. 물론 말은 이렇게 해도 크사버가 자신에게 더 잘해 주길 바랐지만, 소설을 쓸 때 발휘되는 크사버의 상상력은 두 사람의 관계에서는 그다지 두각을 나타내지 못했다.

주말에는 때때로 같이 자전거를 타고 공원을 찾아 풀숲에 드러누워 일광욕을 하거나 책을 읽었다. 크사버는 항상 친구를 부르고 싶어 했다. 크사버에게는 관객이 필요했다. 하지만 마틸다는 친구들이 시간이 나지 않아 단둘이 나가게 됐을 때가 가장 기뻤다. 나무에 기대앉은 크사버를, 마틸다는 옆에서 살며시 바라보았다. 마틸다의 눈에 비치는 크사버는 너무나 완벽하고 아름다웠다. 그 순간 마틸다는 이런 생각이 드는 것이었다─분명히 금방 잠에서 깨어 모든 것이 꿈이었다는 걸 알게 될 거야. 이 사람이 내 것이란 사실이 현실일 리가 없어.

재회 전에 마틸다와 크사버가 주고받는 이메일

✉ ──────────────────────────────

날짜 : 2012년 1월 28일

보낸 사람 : 크사버 잔트

받는 사람 : M·K

좋은 아침이야, 마틸다!

내가 전처인 데니스를 알게 된 건 출판사에 처음 방문했을 때야. 1995년 6월 말―너라면 구체적인 날짜를 분명 기억하고 있겠지―행복한 기분으로 출판사를 나서던 참이었어. 미팅이 순조롭게 끝나서 출판사가 세 작품을 전부 내겠다고 했거든. 그때 데니스의 아버지가 차에서 내려 출판사 정문 앞으로 다가왔어.

데니스는 아버지의 몸을 부축하고 있었지. 그런데 갑

자기 아버지가 쭈그려 앉았어. 난 데니스를 도와 아버지를 안전하게 건물 안으로 부축해 의자에 앉혔어. 아마 물도 한 잔 가져다줬을 거야. 구급차를 기다리는 동안 데니스와 잠깐 몇 마디를 주고받았어. 그녀의 아버지는 금방 다시 괜찮아져서 병원에 가기 싫다고 했는데 데니스는 구급차를 부르겠다고 우기면서 말을 듣지 않았어(데니스의 아버지 요아힘은 투지가 넘치는 사람이었지만, 그로부터 2년도 안 돼 돌아가셨지). 아무튼 우리들은 그때 서로 자기소개를 했어. 나는 데니스에게 '천사 3부작' 이야기를 하고 방금 출간 약속을 받은 참이라고 했지. 데니스는 축하한다고 해줬고, 그 후에 둘이서 잠시 대화를 나눴어. 데니스의 아버지 요아힘 조넨펠트(당신도 물론 이름을 알고 있을 거야)는 회고록을 집필하고 있었고 데니스는 그걸 돕고 있었어. 요아힘의 생전 마지막 몇 년 동안은 데니스가 아버지의 매니저 비슷한 일을 했거든. 뭐 그런 이유로 가끔 우리는 우연히 출판사에서 만나게 됐지.

사귀기 시작한 것은 훨씬 이후의 일이야. 아마 내가 빈을 떠난 뒤였던 것 같아.

이 정도면 될까?

날짜 : 2012년 1월 29일

보낸 사람 : M·K

받는 사람 : 크사버 잔트

크사버!

첫째, 날짜라면 물론 기억하고 있어요. 잊을 수 있을 리가 있나요. 우리는 그날 밤에 축하를 하고 그 '합의'를 했잖아요. 그건 6월 17일의 일이었어요.

둘째, 억만장자 요아힘 조넨펠트의 회고록이라면 읽었습니다. 유대인이고(고작 며칠 동안이면서도 바르샤바 게토에 살았던 적이 있다는 걸 자랑스럽게 썼죠. 먼 친척인 나치 고위 관료 때문에 금방 나올 수 있었으면서. 회고록 중 꼬박 넉 장이 그 짧은 며칠간의 일이었어요), 한평생 스스로 부를 쌓아 성공을 했다고 주장하고(첫 호텔 체인을 조부로부터 물려받았다는 건 굳이 쓰지 않았더군요), 결국에는 호텔 체인 소유자로 대부호가 된 사람이죠(그런데 딸을 부끄러워하던가요? 다른 게 아니라 딸에 대한 언급은 단두 줄뿐이었어요). 아마 그런 사람의 딸과 함께하는 화려한 생활은 즐거웠을 테죠. 그녀의 이름만으로도 당신까지 유명인사가 되었으니까요.

셋째, 둘이 사귀기 시작한 게 당신이 빈을 떠난 뒤부터라는 것은 새빨간 거짓말입니다. 스스로도 알고 있잖아요.

✉ ────────────────────────────────

15분 후

보낸 사람 : 크사버 잔트

받는 사람 : M·K

데니스에 관해 더 이상 할 이야기는 없어. 벌써 몇 년 전에 이혼했으니까. 어쨌든 트집 좀 그만 잡았으면 해. 내가 데니스에게 반한 건 그녀의 명성과 부 때문이 아니야. 그리고 그녀와 사귀기 시작한 건 내가 당신과 헤어진 후의 일이야. 당신과 사귀는 동안 데니스와 바람을 피우진 않았어.

요즘 어떻게 지내는지 서로 얘기하자!

✉ ────────────────────────────────

날짜 : 2012년 1월 30일

보낸 사람 : M·K

받는 사람 : 크사버 잔트

크사버에게

트집??

당신이 데니스를 좋아하게 된 게 그녀의 명성과 부 때문이라고, 그렇게 말한 적 없어요. 데니스와 함께 유명인사로 살면서 호화로운 생활을 하는 것이 분명 즐거웠을 거라고 썼을 뿐이죠. 5월 16일, 그날 일은 전에도 말했죠. 내가 집에 돌아왔더니 당신이 사라진 날 말이에요. 아파트 열쇠가 침대 옆 나이트 테이블에 놓여 있었어요. 그 옆에는 메모도 편지도 없었어요. 난 무릎이 덜덜 떨리고 현기증과 몰려오는 메스꺼움 때문에 침대에 누울 수밖에 없었죠. 머리가 뒤죽박죽돼서 아무것도 이해할 수 없었어요. 그 어떤 것도. 둘이서 3부작을 쓰고 출판사로부터 출간 약속을 받아낸 그 마지막 1년 동안 우린 굉장히 행복한 것 같았거든요. 무엇 하나 이해할 수가 없어서 스스로를 바보라고 여겼어요. 당신이 떠난 건 아무한테도 말하지 않았어요. 누가 당신에 대해 물으면 독일에서 창작 워크숍을 열고 있다고 대답했죠. 하지만 얼마 지나지 않아 다들 날 믿기 어려워하더니 내게 동정하는 눈길을 보내게 됐어요. 당신 어머님께도 몇 번이나 전화해 봤어요. 하지만 어머님은 처음에는 정말 아무것도 모르셨고, 나중엔 내게 아무것도 얘기해주지 않으려고 하셨죠. 처음에 난 아직 결정된 게 아니라고, 당신은 분명 돌아올 거라고, 그렇게 믿었고 희망을 가졌어요. 이제 와서 보면 우스운 얘기지만 백일몽마저 꿨어요―당신이 우리 둘을 위한 집을 몰래 사서 리모델링을 하는 중이고, 날 놀라게 해주려고 준비하고 있다고 말이죠.

그런데 3주 후에 잡지에서 당신들, 두 사람의 사진을 봤어요. 여학생 한 명이 국어 시간에 그 잡지를 책상 위에 펼쳐놓고 있었죠. 아마 일부러 그랬던 것 같아요. 그 당시에 학생들은 모두 내가 당신과 만나고 있다는 것을 알고 있었거든요. 그 학생의 책상 옆을 지나 교단으로 가는 도중에 나는 두 사람의 커다란 사진을 봤어요. 청소년 문학계의 샛별 크사버 잔트와 대부호 호텔 사장 요아힘 조넨펠트의 외동딸인 데니스 조넨펠트. 당신들은 데니스가 자연에 둘러싸여 조용한 삶을 살고 싶다며 갓 구매한 큰 농가 앞에 서 있었죠. 둘 다 반짝이는 미소를 띠고 행복해 보였어요. 당신은 반바지에 셔츠 앞 단추를 풀고, 그녀는 얇은 여름용 미니 원피스 차림이었죠. 원피스 위로 부풀어 있는 배가 확실히 보였어요. 몸을 꼬챙이에 찔린 듯했어요. 정말 온몸에 통증이 느껴지는 동시에 힘이 빠졌어요. 그 자리에 멈춰 서서 기사를 읽었어요. 데니스는 임신 5개월이고,

2주 후에는 그 농가에서 성대한 결혼식이 있을 예정이다, 요아힘 조넨펠트는 딸의 선택을 진심으로 축복하고 있다, 라는 기사였죠. 가난한 환경에서 자수성가한 조넨펠트 씨는 사교계의 겉만 번지르르한 원숭이와 딸이 결혼하는 모습은 보고 싶지 않았기에 크게 기뻐했다, 라고도 적혀 있었어요. 다 읽고 나서 나는 간신히 교단까지 돌아왔어요. 하지만 거기서부터는 아무것도 기억하지 못해요. 나중에 들은 얘기론, 그대로 의자에 앉아 무슨 말을 걸어도 대답하지 않았다고 해요.

어쨌거나 만약 당신들이 사귀기 시작한 게 당신이 빈을 떠난 뒤였다면 그때 데니스가 임신했을 리가 없어요. 이제 내게 거짓말하지 말아 주세요. 뭐든 싸잡아 부정하지 말아 주세요. 이렇게 긴 시간이 흐른 뒤에 그런 짓을 해봤자 오히려 우스꽝스러울 뿐입니다. 제발 사실을 알려줘요. 과거의 일들과 현재를 이야기하고, 잘 생각해보자고 제안한 건 당신입니다. 그로부터 16년 가까이 지났으니 난 진실을 잘 견딜 수 있어요. 그때 그럭저럭 진실과 타협할 수밖에 없었으니까요. 하지만 어쩌면, 타협할 수 없는 건 당신 쪽일 수도 있겠네요. 자신이 무시무시한 망할 쓰레기(표현이 심한 것은 사과할게요)였다는 진실을 감당하기가 어려울 테니.

마틸다

✉

날짜 : 2012년 1월 31일

보낸 사람 : 크사버 잔트

받는 사람 : M·K

친애하는 마틸다

우리들에 대한 일을 전부 그런 식으로 알게 됐다니, 정말 미안해. 믿어줘, 제발 날 믿어줄래? 그런 일을 겪게 할 생각은 없었어. 그래서 모두 다 설명하는 긴 편지를 썼었어. 등기로 보냈어야 했는데.

메일을 받고 많이 고민하며 사실을 정리해봤어(이렇게나 오랜 시간이 지난 지금에야 별 상관 없는 일이라고 생각하지만 그래도 당신에게는 중요하다는 걸 이해해). 데니스와 내가 만난 건 지난번에 말한 대로 1995년 6월, 출판사에서였어. 일주일 뒤에 편집 작업 때문에 뮌헨에 다시 갔을 때 약속을 잡고 바에서 만났고. 정확히 알고 싶다고 하니까 말하는 건데 처음 알게 됐을 때 나한테 명함을 준 건 그 사람이었어. 그렇지만 결국 전화를 한 건 나야. 그리고 그때 아직 섹스는 하지 않았어. 그 후로 가끔씩 만나게 됐어. 처음으로 잔 건 크리스마스가 얼마 안 남았던 때였어. 1996년 2월에 임신을 알게 됐고, 7월 초에 결혼해서 10월 21일에 야코프가 태어났어.

그 뒤에 일어난 그 끔찍한 비극에 대해선 아마 당신도 알고 있겠지. 계속 신문에 났으니까. 내게 그 일은 그 어떤 것보다 중요해. 그 사건에 비하면 다른 건 모두 아주 사소해 보여. 극단적인 체험을 하게 되면 다른 건 모두 크게 신경 쓰이지 않는 법이지.

✉ ──────────────────────────────

날짜 : 2012년 1월 31일

보낸 사람 : M·K

받는 사람 : 크사버 잔트

크사버

당신과 부인에게 일어난 그 끔찍한 사건은 알고 있어요. 당시에 뉴스를 찾아보고 있었거든요. 안됐다고 생각해요. 이것은 진심으로 하는 말이에요. 정말 안됐어요. 두 사람 모두 아마 매우 괴로웠을 거예요. 하지만 내 입장에서 보자면 그 건은 또 다른 건과는 별개예요. 한쪽이 다른 쪽의 변명거리가 될 수는 없죠. 잠시 후에 극단적이고 괴로운 경험을 하게 될지도 모른다고, 지금 망할…… (이하 생략) 같은 행동을 해도 된다는 법은 없잖아요!?

그러니까 묻겠어요. 크리스마스 전에 벌써 데니스와 사귀기 시작했다면 어째서 이듬해 5월까지 나와 같이 살았나요?

마틸다

✉ —————————————————

1시간 후

보낸 사람 : 크사버 잔트

받는 사람 : M·K

오랫동안 데니스인지 당신인지, 어느 쪽을 택해야 할지 몰랐기 때문이야. 당신도 사랑했어. 두 사람 모두 사랑했어. 게다가 당신과 함께한 16년을 매몰차게 내던질 수 없었어!

데니스는 임신한 사실을 알고 빨리 결정을 내리라며 다그쳤어. 하지만 마음을 먹기까지는 석 달이 걸렸어. 당신을 버리는 결정은 쉬운 게 아니었어. 이건 사실이야!

✉ ──────────────────────────────

날짜 : 2012년 2월 1일

보낸 사람 : M·K

받는 사람 : 크사버 잔트

다른 사람을 좋아하게 됐다고, 나한테 왜 한 번도 얘기하지 않았죠? 독일에 애인이 생기고, 당신의 아이를 임신하고!! 왜 나랑 헤어지고 싶다는 기색을 전혀 내비치지 않았어요? 확실히 당신은 그때쯤 집을 자주 비우곤 했지만 내 앞에선 우리 관계가 괜찮은 척 연기를 했잖아요!

✉ ──────────────────────────────

16분 후

보낸 사람 : 크사버 잔트

받는 사람 : M·K

당신에게 상처를 주고 싶지 않았으니까. 거기다 나는 겁이 많은 비겁한 남자였기 때문이야. 데니스와의 관계가 오래갈 줄 몰랐어. 무엇보다 그때 그 사람은 레이서였던 두 번째 남편과 서류상으론 아직 결혼을 한 상태였거든. 혹시라도 당신에게 다 털어놨는데 금방 헤어지면 나는 당신한테 그저 바람둥이가 됐을 테니까. 그게 싫었어! 모르겠어? 이만큼 시간이 지나도 아직 내 뜻을 알아주지 않는 거야?

그리고 한 가지만 더 기억해줘. 우리 사이는 이미 별로 좋지 않았어. 물론 그때의 당신은 그걸 절대로 인정하려고 하지 않았겠지만 말이야! 당신은 학교 일에 정신이 쏠려서 나한테 전혀 시간을 내주지 않았잖아!

✉ ─────────────────────────────

1분 후

보낸 사람 : M·K

받는 사람 : 크사버 잔트

당신이야말로 나한테 할애할 시간이 있었어요? 갑자기 바쁜 작가가 돼서 이리저리 돌아다니기만 했잖아요!

✉ ─────────────────────────────────

4분 후

보낸 사람 : 크사버 잔트

받는 사람 : M·K

그때 내 새로운 삶에 당신은 아무 관심도 없었잖아! 그 분주함을 경멸하는 말만 했지. 마치 내가 내 성공에 부끄러운 줄 알아야 한다는 듯이! 성공해서 행복해지는 것이 잘못인 것처럼!

✉ ─────────────────────────────────

날짜 : 2012년 2월 2일

보낸 사람 : M·K

받는 사람 : 크사버 잔트

만약 당신이 무명이고, 평범한 사람이었더라도 부인이 좋아했을까요? 만약 당신이 언론에서 청소년 문학계의 재능 넘치는 샛별이라고 대접받지 않았어도?

날짜 : 2012년 2월 3일

보낸 사람 : 크사버 잔트

받는 사람 : M·K

데니스는 내가 성공했든 하지 않았든 전혀 상관하지 않았어. 그녀가 나를 좋아했던 건 내가 작가이고, 그녀의 상류층 거드름쟁이 친구들과는 완전히 달랐기 때문이야. 또 질문 있어?

나도 한 가지 묻고 싶은 게 있어. 당신은 결혼했어? 결혼하지 않았더라도 만나는 사람은 있나? 아니면 독신에다 욕구 불만인 국어교사가 돼서 갈색 카디건 차림으로 녹차를 마시고 있어? 아니길 빌게.

크사버

✉ ─────────────────────────────────

9분 후

보낸 사람 : M·K

받는 사람 : 크사버 잔트

당신은 나를 이용했어요. 성공하고 경제적으로도 풍요로워진 순간에 집을 나가다니! 게다가 애초에 당신이 작가로 성공한 건 내 아이디어 덕분이잖아요. 『천사의 날개』, 『천사의 아이』, 『천사의 피』에 관한 아이디어는 내가 생각해냈어요!

추신 : 카디건은 좋아하고 자주 입어요. 어떤 색이든. 그리고 차도 자주 마셔요. 녹차 말고도 어떤 차든지.

✉ ────────────────────────────

30분 후

보낸 사람 : 크사버 잔트

받는 사람 : M·K

마틸다

당신을 '이용했다'니 말도 안 돼! 서로 마음이 소원해졌던 게, 우연히 ─ 아니, 혹시 우연이 아닌가? 글쎄, 당신에게는 성공하지 못한 작가가 성공한 작가보다 더 좋았을지도 모르지! ─ 내가 비로소 성공했던 시기와 겹쳤을 뿐이야!!

끝에 데니스와 바람을 피운 건 미안해하고 있어. 정말이야, 미안해. 그때도 계속 마음에 걸렸어. 하지만 내가 스스로 인정하는 죄는 바람뿐이야. 남녀의 80퍼센트가 바람을 피워! 그거 말고는 난 당신에게 언제나 떳떳하고 성실했어.

크사버

✉ ────────────────────────────

1분 후

보낸 사람 : M·K

받는 사람 : 크사버 잔트

정말 재미있는 농담이네요!
이제 잘게요. 잘 자요!

✉ ────────────────────────────

날짜 : 2012년 2월 9일

보낸 사람 : 크사버 잔트

받는 사람 : M·K

친애하는 마틸다

벌써 일주일째 당신에게 연락을 받지 못했어. 내가 혹여나 당신에게 상처 되는 말을 하지 않았길 빌게. 그리고 당신이 아프지 않길 기도하고 있어. 일도 너무 바쁘지 않기를. 그간 과거의 일은 실컷 파헤쳤으니까, 오늘은 내가 요즘 어떻게 지내는지 좀 적어보려고 해.

사실 반년쯤 전부터 부모님 집에 살고 있어. 아니, 정말이야. 부모님이 물려준 집에 살고 있어. 분명히 믿지 못하겠지. 믿을 수 없다고 얼굴로 고개를 저으며 '설마' 하고 말하는 당신 모습이 눈에 선해. 하지만 사실이야. 부모님 집에 살고 있고, 그 집에서 일을 하고 있어.

지난여름에 어머니가 돌아가시고 나서, 난 갑작스럽게 부모님이 물려준 집에 살 것인지, 아니면 모두 재단에 기부할 것인지 선택해야만 했어. 재단은 내가 집을 팔지 못하도록, 오로지 그 목적으로 어머니가 설립한 단체야. 결국 난 여기서 살기로 결정했어. 어쨌거나 새 출발을 하고 싶었던 마음도 있었어. 벌써 몇 년 전에 시작했어야 했는데 용기가 없었지. 그래선지 '집에 간다'는 게 낙이 되었어. 집에 틀어박혀 글만 쓰고, 또 쓰려고 했지. 이곳에서라면 일생일대의 장편을 드디어 쓸 수 있을 거라고 생각했어. 모든 게 잘 풀릴 거라고 말이야. 이곳에서의 고독한 삶이 나를 치유해줄 거라고. 그런데 도대체 무엇으로부터의 치유일까? 과거의 망령?

하지만 나는 외로운 삶을 살지 못해. 원래부터 고독을 싫어했고(당신이 가장 잘 알 거야!), 고독도 날 좋아하지 않으니까. 고독의 진정 작용은 나를 치유해주지 못해. 오히려 내 기분만 상하게 하지. 그래서 요새는 거의 매일같이 마을 술집에 다니고 있어. 식사를 한다는 구실로. 하지만 사실은 주위에 있는 사람들을 뚫어지게 관찰할 뿐이야. 아마 당신도 아직 기억하고 있지 않을까. 내가 다른 사람과의 가까운 거리를 못 견디는 거. 난 사람들과 가깝게, 친하게 지낼 수가 없어. 금방 답답해지거든. 하지만 사람을 관찰하고, 그들의 삶에 관한 이야기는 들을 필요가 있어. 동시에 그들이 날 볼 필요도. 내게는 내 삶, 내 행동을 보는 사람들, 말하자면 '내 삶의 증인'이 필요해. 늪에 가라앉지 않기 위해서. 방종한 생활에 빠지기 직전에 어떻게든 멈추기 위해서.

내가 술집의 가장 안쪽 테이블을 향해 어두운 실내를 가로지르면 마을 사람들은 늘 동정과 호기심이 섞인 눈으로 나를 쳐다봐. 그들에게 나는 낙오자, 실패자야. 얼핏 낯이

익은 얼굴들도 있지(여기서 자랐으니 당연하지만). 하지만 누구 하나 이름은 기억하지 못해. 크리스마스를 며칠 앞둔 어느 날에는 옛 동급생이 내 테이블로 다가왔어. 초등학교 시절에 늘 붙어서 놀던 절친했던 친구 녀석이었어. 이름은 베른하르트고, 이웃 마을에서 가구 일을 하고 있지. 녀석이 멋대로 둘이 마실 맥주를 주문해서 나와 건배를 했어. 그때 비뚤어진 미소로 그 녀석이 내뱉은 단 한마디─빌어먹을 인생에 건배.

난 나도 모르게 웃음을 터트렸어. 너무 베른하르트다웠거든. 모기 같은 목소리로 피식거리며 말한 '망할 인생에 건배'만큼 그 자식에게 더 어울리는 말은 없을 거야. 자, 건배, 빌어먹을 인생을 위하여, 네 건강을 위하여! 그 후로 우리는 정기적으로 만나서 맥주를 마시게 됐지. 하지만 대화는 거의 없어. 대부분 조용히 상대 얼굴에 담배 연기만 내뿜을 뿐이야. 베른하르트의 삶은 그야말로 이 건배사에 걸맞달 수밖에 없는 인생이야. 남편 없이 홀몸으로 그 녀석을 키운 어머니는 음식 살 돈을 벌기 위해 하루 종일 일을 나가야 했어. 아이들은 유치원 때부터 오후가 되면 자기들끼리 집을 봐야 했지. 그래선지 베른하르트는 결혼한 뒤 아내를 위해 호화로운 집을 짓느라 어마어마한 액수의 대출금을 껴안았는데, 그 아내는 2년 전에 베른하르트의 곁을 떠나 의사와 재혼했어. 어린 딸과는 자주 보지도 못해. 딸이 '노동자' 집에 가는 건 싫다나 뭐라나. 일곱 살짜리 애가 그런 말을 하는 거야.

어쨌든 나는 192일 전부터 이곳 '슈로트'에 살아. 어머니와 할아버지에게 인생의 전부였던 집, 젊었을 적의 내가 '거대한 돌 요새'라고 부른 집. 어릴 때부터 불편하고, 늘 어려웠고, 33년 동안 이틀 이상 묵어본 적이 없는 집에 살고 있지. 그런데 9월에 이사한 이후로 이 집은 여기서 살도록 날 내버려두지 않고 있어. 계속 나를 토해내려고 내 존재와 싸우는 것만 같아. 나를 내쫓아서 마음 편히 황폐해지는 데 몸을 맡기고, 언젠가 무너지고 싶어 하는 것만 같아. 매일같이 수도관 파열이나 합선, 곰팡이, 보일러 고장을 나한테 뿜내고 있어. 그래서 이사한 지 한 달 만에 나는 이 집에 전쟁을 선포했지. 커튼을 다 뜯어내고, 소파 커버도 쿠션도 융단도, 덮개란 덮개를 모두 걷어치우고, 집 뒤편에 거대한 모닥불을 피우고 그 위로 집어던졌어. 활활 타오르던 모닥불을 당신도 봤어야 했는데. 푸른 하늘을 향해 몇 층 높이의 불길이 치솟았거든! 난 의자와 어머니의 옷, 내가 입었던 배내옷을 불에 집어 던졌어. 책도 태웠어. 그래, 집 안에 있는 책들을 다 꺼내서 분서를 했어. 문자와 단어들이 타닥타닥 타오르며 사라져가는 모습을 보는데 기분이 꽤 괜찮았지. (어차피 세상엔 책이 너무 많아. 당신도 그렇게 생각하지 않아?) 머리에 나사가 빠진 것처럼, 난 불 옆에서 펄쩍펄쩍 뛰며 춤을 췄어. 우연히 개를 산책시키고 있던 이웃 사람이 입을 떡 벌리고 보고 있더라. 병원에 전화를 걸겠다 싶었지.

미안, 솔직히 살짝 과장을 좀 했어.

지금은 이곳이 맘에 들고, 그리 불편하지도 않아. 이곳이 내 고향이 되고, 여기서 살고, 심지어 부모님의 집에서 맘 편히 생활을 할 수 있게 될 줄은 정말 꿈에도 몰랐어. (지난 14년간의 내 인생은 지옥이었어!) 지금 난 장편소설에 집중하고 있어. 인스브루크에서 만나면 자세히 말해줄게. 분명히 마음에 들 거야. 내가 처음으로 즐겁게 쓴 소설이야. 진짜로, 매일 규칙적으로 컴퓨터 앞에 앉아 있어. 도저히 믿기지 않지?

매일같이 많은 사람들이 찾아와. 아무래도 집이 공사 중이라 말이지. (재단 이사들이 관대하게도 공사를 허가해줬어.) 집필에 방해가 되지 않을까 걱정했지만, 아직까지는 괜찮아. 업자들이 1층에서 일하는 동안 나는 2층에 올라가 있고,

2층에서 일하면 내가 1층으로 내려가거든. 집 외벽은 그대로 남길 거지만 인테리어는 완전히 바꿀 거야. 방 구조도 바꾸고. 어린 시절의 집이 떠오를 어떤 사소한 요소도 남기고 싶지 않아!

결혼했냐는 내 질문에는 또 대답해주지 않네. 왜지?

크사버

날짜 : 2012년 2월 10일

보낸 사람 : M·K

받는 사람 : 크사버 잔트

크사버

난 당신을 사랑했어요. 성공했든 안 했든 전혀 상관없이 사랑했어요. 물론 당신이 성공하기를 기도했죠. 얼마나 바랐는지 상상도 못할 거예요! 당신이 얼마만큼 성공을 필요로 하는지, 얼마나 성공을 원하는지 나도 알 수 있었거든요. 주변의 친구와 지인들이 모두 당신의 성공을 기대하고, 당신이 그 기대감에 힘들어하는 걸 알았으니까요. 당신이 메일에 적은, 성공하지 못한 작가가 성공한 작가보다 더 좋았을 거라는 말에 큰 상처를 받았어요. 난 당신의 성공을 원했어요. 하지만 성공하자마자 당신은 완전히 변해 버렸어요. 마치 그간의 '별 볼 일 없는' 생활―소시민적인 국어교사와 아파트 5층의 허름한 방 세 칸짜리 집에서 사는 생활―을 부끄러워하는 것처럼. 갑자기 당신은 나한테 소홀해지기 시작했어요.

부모님의 집을 고향으로 정했다는 소식, 다행이네요. 내가 그 크고 낡은 집을 늘 아꼈단 거 알잖아요. 그리고 질문에 대해 답하자면 결혼은 하지 않았어요.

모레부터 여행을 다녀올 예정이에요. 학기 방학이라. 여행지에서는 인터넷에 접속하지 않을 거예요.

마틸다

마틸다와 크사버

처음부터 마틸다는 학교에서 하는 일이 좋았다.

열의 넘치는 교사가 된 마틸다는 업무를 즐기고, 학생들을 사랑하며, 자신이 도움이 되는 존재임을 실감했다. 신기하게도 처음부터 교실을 무대라고 느꼈고, 그 무대에 오르는 걸 즐겼다. 교실에 있으면 긴장도 되지 않고 어깨에서 힘을 뺄 수 있었다. 그 공간에서 마틸다는 제구실을 하는 사람이었다. 교사이자 주도권을 가지는 인간이었다. 학생들은 마틸다의 말을 따라야 했다. 그리고 실제로 학생들은 그녀의 말에 순순히 따랐다. 처음 1, 2주 동안은 교실에서 아이들을 통솔하는 데 다소 애를 먹었지만, 그 역시 얼마 되지 않아 극복했다. 마틸다는 어린 학생들을 존경으로 대했고, 동시에 필요한 거리를 유지했다. 개개인의 기분과 요구를 재빨리 감지했다. 반 전체의 기분이나 요구도 마찬가지였다. 그때마다 재빠르고 적절하게 대처했다. 불안감과 불편함을 주로 느끼는 평소 자신의 모습과 달리 학생들 앞에 서 있을 때는 지각과 감각이 더욱 또렷해졌다. 학교에서의 자신에게는, 세상 다른 곳에서의 자신에게는 없는 눈과 센서가 달려 있는 것 같았다. 학교 밖에서는 사물이 희미하게 번져 보이는 경우가 많았는데 말이다.

그래서 마틸다는 집에 돌아오면 쾌활하게, 그러나 아직 긴장한 마음 그대로 마치 콸콸 쏟아지는 폭포수처럼 학교에서의 일을 이야기했다. 그런 마틸다의 이야기를 크사버는 가볍게 비웃는 듯한 미소를 입가에 지으며 들었다. 마틸다가 비웃고 있냐고 물으면, 크사버는 부인하며 이건 비웃음이 아니라 단순히 흥미롭게 이야기를 듣고 있는 것뿐이라고 대답했다.

마틸다가 집을 나서는 아침에 크사버는 아직 잠들어 있는 경우가 많았다. 하지만 딱 한 번, 일어나서 사각팬티 하나만 입은 채 침실 밖으로 휘청거리며 나온 적이 있었다. 두 사람이 함께 살기.시작한 지 얼마 되지 않았을 무렵이었다. 크사버는 복도에 서서 거울에 비친 외모를 체크하고 있는 마틸다를 봤다. 그리고 입을 벌린 채 마틸다를 응시하다 말고 그대로 욕실로 도망치듯 사라졌다.

1982년 6월 12일 크사버의 일기

'마틸다란 인간은 뼛속까지 교사다. 소년 소녀 들의 교양을 채워주려는 격렬한 열의에 들떠 있다. 아침이 되면 번개처럼 집을 나선다. 삶의 의욕이 넘쳐서 반짝반짝 빛나며, 정장에 몸을 쑤셔넣고, 붉게 염색한 머리를 바싹 묶어 올리고, 새빨간 립스틱을 바르고, 싸구려 향수의 향기에 휩싸인 채, 무엇보다 엄청난 에너지와 자신의 직업에 대한 무시무시한 자긍심으로 가득 차서!'

실제로 학교라는 직장은 마틸다를 뿌듯함으로 충족시켰다. 그건 마틸다 개인에게 있어 어릴 때부터 지향해 온 엄청난 사회적 출세를 의미했다. 마틸다는 노동자 계급, 정확히 말하면 농민 가문 출신이었다. 집안에 대학 입학 자격시험을 통과한 사람도, 따라서 대학을 다닌 사람도 없었다. 집안에서 처음으로 대학을 나온 마틸다는 교육에 의해 힘을 얻었다고 느꼈다. 어린 시절을 보낸 린츠의 사회복지단지 18평 아파트는 옹색함, 무지, 범용, 협량, 질투와 체념이 넘쳐흐르는 곳이었다. 마틸다는 그곳에서 달아나기를 꿈꾸며, 열여덟이 되는 날을 손꼽아 기다린 것이었다.

재회 전에 마틸다와 크사버가 주고받는 이메일

✉ ————————————————————————————————

날짜 : 2012년 2월 18일

보낸 사람 : 크사버 잔트

받는 사람 : M·K

친애하는 마틸다

여행에서 무사히 돌아왔길 바랄게. 누구랑 어디로 갔었어?

만나는 사람은 있어? 누구랑 같이 살고 있는 거야? 당신의 삶에 대해 좀 더 들려줬으면 좋겠어. 정말 궁금해!!

크사버

✉ ───

날짜 : 2012년 2월 20일

보낸 사람 : M·K

받는 사람 : 크사버 잔트

친애하는 크사버

어제저녁에 돌아왔어요. 제 친구 실비아와 뉴욕에 갔었
어요.

마틸다

✉ ───

7분 후

보낸 사람 : 크사버 잔트

받는 사람 : M·K

난 아직 뉴욕에 가본 적이 없다오, 난 아직 하와이에 가본 적
이 없다오!

(Ich war noch niemals in New York, ich war noch niemals auf
Hawaii. 오스트리아 출신의 인기 가수 우도 유르겐스의 노래 – 옮긴
이)

기억나? 당신 이 노래 수십 번도 더 듣곤 했잖아. 난 때때로 머리가 돌아버릴 것 같았지만, 당신은 우도 유르겐스의 엄청난 팬이었지!! 지금도 그래?

뉴욕에 간 건 처음이야? 어땠어? 제발 당신의 생활에 대해 더 알려줘. 궁금해 죽겠어!

크사버

✉ ───────────────────────────────

4분 후

보낸 사람 : M·K

받는 사람 : 크사버 잔트

크사버

뉴욕은 두 번째였어요. 이번에도 역시나 만끽했죠. 그리고 아직도 우도 유르겐스의 팬이에요.

마틸다

✉ ───────────────────────────────

1시간 후

보낸 사람 : 크사버 잔트

받는 사람 : M·K

친애하는 마틸다

만끽? 만끽했다?? 그걸로 끝???

내가 듣고 싶은 건 당신이 멋진 뉴욕의 바에서 술에 취했다던가, 취해서 탁자 위에서 춤을 추기 시작했다던가, 그런 얘기인데 말이야!

크사버

✉ ─────────────────────────────

13분 후

보낸 사람 : M·K

받는 사람 : 크사버 잔트

난 내 인생을 즐기고 있어요. 하지만 다른 사람들처럼 그걸 주위에 뽐내고 싶지는 않아요. 그런 짓을 하는 사람들을 보면 당신은 옛날부터 치를 떨었죠. '터보 인간'이라는 말, 기억해요? 당신이 만든 말이에요.

내 생활에 대해서는 주말에 써서 보낼게요. 주말이라면 시간이 나니까. 하지만 분명히 말하지만 읽어도 실망스러울 뿐일 거예요.

마틸다

추신 : 그런데 아드님 일은 뭔가 진전이 있나요? 경찰
은 아직도 수색 중인가요? 아니면 수사는 이미 중단되었나
요?

✉ ─────────────────────────────

날짜 : 2012년 2월 21일

보낸 사람 : 크사버 잔트

받는 사람 : M·K

친애하는 마틸다

우리 야코프 말이지.

그 사건과 관련해서 나한테 가장 괴로웠던 게 뭔지 알
아? 시간이 지나도 다시는 원래의 삶으로─적어도 원래의
삶과 비슷한 모습으로─돌아가지 못한다는 거야. 다시 말
해서, 원래 일상으로 돌아가려고 하면 주변에서 안 좋게 본
다는 거지! 그렇지만 2년이란 시간이 흐르고 나면 매일같
이 그 일만 생각하기보다 원래의 생활로 돌아가고 싶어지

는 것도 당연하지 않을까?

오해하지 말았으면 좋겠어. 날 비정한 놈이라고 욕하지 말아줘. 그 당시부터 난 사건의 원인이 아니라 결과에 절망을 했어. 데니스는 몇 년 동안 마음 정리가 힘들어서 희망을 포기하기도 그렇고, 경찰에 수색을 일임하기도 꺼렸지. 그녀는 총 일곱 명의 사립 탐정을 고용하고 ─생각해 봐, 탐정 일곱 명이라니까!─신경안정제 중독에 걸려서 삐쩍 말라버렸어. 내 일상은 하루하루가 혼돈이었어. 집필을 할 수도 없었고, 내가 낭독회 일을 거절하지 않으면 데니스는 그걸 모욕이라고 느끼고 상처를 입었어.

미안, 공사 때문에 부른다. 또 봐! 맞다, 질문에 대한 답말인데 진전은 없어. 아직까지 아무런 흔적도 없어. 뭐 사실, 그렇게 열심히 수사를 계속하는 것도 아니지만.

크사버

✉ ─────────────────────────────

날짜 : 2012년 2월 22일

보낸 사람 : M·K

받는 사람 : 크사버 잔트

크사버

당신의 이메일에 뭐라고 답해야 할지 잘 모르겠네요.

어쩌면 그런 아픈 사건엔 아버지보다 어머니가 더 지독하게 시달리는 건지도 몰라요. 데니스가 일상으로 돌아가지 못한 건 그저 아드님만을 생각했기 때문일지도.

마틸다

21분 후

보낸 사람 : 크사버 잔트

받는 사람 : M·K

친애하는 마틸다

왜 아빠보다 엄마의 애정이 클 거라고 생각하는 거야? 그런 건 이미 예전에 없어진 고정 관념이야!

난 데니스가 야코프를 잊을 수 있도록 힘이 되어 주고 싶었어 ― 적어도 야코프만 떠올리며 지내지 않도록. 그래서 개발도상국의 아이를 입양하자고 제안하기도 했어 (그때 데니스는 더 이상 둘째 아이를 가질 수 있는 나이가 아니었어). 그런데 그 일로 데니스는 오히려 나를 미워하게 됐어. 매일 서로 고함만 쳤고, 결국 난 집을 나왔어.

모든 것이 너무 괴로웠어! 몇 년이고 계속 자기 자신을 책망해선 안 돼. 인생은 흘러가는 거야. 끔찍한 사건에 계속 머물러 있는 건 누구에게도 좋지 않아. 하지만 데니스는 바로 그, 누구에게나 좋지 않은 일을 계속했지. 그 시절의 나는 심지어 교통사고로 아이를 잃은 부모들을 부러워하기까지 했어. 그도 그렇게, 교통사고라면 아무리 슬퍼도 마음속에서 결말을 낼 수 있을 테니까.

크사버

✉

8분 후

보낸 사람 : M·K

받는 사람 : 크사버 잔트

전 부인은 지금은 어떤가요? 결말을 낼 수 있었나요?

✉

날짜 : 2012년 2월 23일

보낸 사람 : 크사버 잔트

솔직히 말하면 데니스가 지금 어떻게 지내는지는 나도 잘 몰라. 이미 별거한 지 10년이나 됐고, 이혼한 지는 8년이 넘었으니까. 아무래도 이혼을 해야겠다고 말한 건 그 사람이야. 그 후로 우리는 서로 연락하지 않아. 데니스는 기본적으로 사건의 책임이 나한테 있다고 생각하기 때문에 날 끝까지 용서하지 않았어.

데니스는 그 후에 비슷한 처지의 사람들과 피해자 모임을 만들고 거기에 몰두했어. 아마 지금도 그 일로 바쁠 거야. 그 시절의 데니스는 막대같이 빼빼 마른 몸으로 이 기자회견에서 저 기자회견으로 뛰어다녔어.

크사버

추신 : 욕실의 색깔, 당신이라면 어떤 걸로 할래? 진한 적녹색, 아니면 부드러운 노란색?

✉ ─────────────────────────────

5분 후

보낸 사람 : M·K

받는 사람 : 크사버 잔트

내가 어떤 색을 선택할지 알잖아요.

✉ ─────────────────────────────

3분 후

보낸 사람 : 크사버 잔트

받는 사람 : M·K

적녹색? 거울 앞에 설 때마다 당신 생각이 나. 내가 이를 닦고 있으면 화장실에 들어와 옆에 앉던 당신의 모습.

✉ ─────────────────────────────

1분 후

보낸 사람 : M·K

받는 사람 : 크사버 잔트

물론 적녹색!

✉ ───

2분 후

보낸 사람 : 크사버 잔트

받는 사람 : M·K

바로 업자한테 전달할게!

✉ ───

날짜 : 2012년 2월 24일

보낸 사람 : M·K

받는 사람 : 크사버 잔트

어째서 데니스는 당신에게 책임이 있다고 생각한 걸까
요? 궁금해지네요. 아드님이 납치당했을 때 당신은 그 자
리에 있지도 않았잖아요. 적어도 신문에는 그렇게 적혀 있
었죠.

마틸다

2시간 후

보낸 사람 : 크사버 잔트

받는 사람 : M·K

친애하는 마틸다

그날의 일, 그 사건을 말하는 건 아직도 굉장히, 정말 엄청나게 어려워.

야코프가 납치됐을 때 나는 분명히 그 자리에 있지 않았어. 서재에서 한창 일을 하고 있었으니까. 서재는 집 안쪽에 있고 길가에 인접해 있었어. 즉, 정원과는 거리가 멀었지. 반대쪽에 있었어. 야코프가 잠들어 있던 유모차는 정원의 사과나무 아래에 놓여 있었는데, 서재는 거기서 200미터 정도 떨어져 있었어.

그러니까 확실히 그 자리엔 없었어. 그렇지만 데니스(와 나 자신)의 부담을 덜기 위해 보모를 두자고 주장한 건 나였어. 데니스는 굳이 따지자면 신경질적인 타입이라서 금방 육아가 벅차다고 힘들어할 게 빤히 보였거든. 그런데도 그 사람은 보모를 고용하기보다 아들을 스스로 돌보고 싶어 했어. 물론 예상처럼 그 욕심은 감탄이 나올 정도로

실천으로 옮겨지지 않았지만. 자꾸 밖으로 쏘다니기만 했
거든. 그래서 내가 매일 몇 시간씩 아들을 돌봐야 하는 바
람에 도무지 집필할 시간을 낼 수가 없었어. 결국 데니스
는 보모를 두자는 내 설득에 넘어갔어. 그리고 그 보모였
던 여자애가 주의를 게을리해서 정신을 차리고 보니 야코
프는 유모차에 없었고, 아무리 찾아봐도 찾을 수 없었어.
오늘에 이르기까지도 발견되지 않았지. 그게 얼마나 괴로
운 일인지 당신은 아마 상상도 못할 거야.

크사버

✉ ───────────────────────────────

7시간 후

보낸 사람 : M·K

받는 사람 : 크사버 잔트

상상은 할 수 있어요!

보모는 스웨덴 사람이었나요? 지금도 연락해요? 그 사람
에게도 참 힘겨운 사건이었겠어요.

날짜 : 2012년 2월 25일

보낸 사람 : 크사버 잔트

받는 사람 : M·K

　맞아, 보모는 리브라는 이름의 스웨덴 사람이었어. 출신은 린셰핑, 스톡홀름에서 남쪽으로 두 시간가량 떨어진 곳이지. 리브는 당시 열아홉 살의 어린 나이로 앞날이 창창했어. 머릿속은 많은 계획과 꿈으로 가득했겠지. 독일에서 몇 년 살고 나서 스톡홀름 대학에서 어학을 배우고 싶다고 했었어. 리브가 우리 주방에 서 있던 모습이 아직도 눈에 선해. 긴 금발, 녹색 눈, 주근깨. 쾌활한 아이였고, 볼 때마다 항상 떠들거나 웃고 있었어. 하지만 그 일 때문에 리브의 인생도 망가져버렸다고 볼 수 있지. 경찰도 언론도 리브를 들들 볶았어. 물론 데니스도 마찬가지야. 한번은 데니스가 리브를 때리기까지 했지. 그때 리브는 헛간에서 꽤 긴 시간 동안 스웨덴에 있는 애인과 통화를 하고 있었어. 그리고 문득 정신을 차리고 보니까 사과나무 아래에 둔 유모차에서 잠을 자던 야코프가 사라져 있었지. 유모차는 텅 비었고, 그 이후로 야코프의 모습을 본 사람은 없어. 1998년 5월 27일의 일이야.

　리브는 이제 거의 연락이 되지 않아. 가끔 이메일을 교환하는 정도야. 1년에 한두 번? 리브는 결국 스톡홀름 대학에 가지 않았어. 지금은 린셰핑 쪽에서 비서로 일하고 있어. 결혼은 안 했고 자식도 없어. 별로 행복해 보이진 않는 것 같아. 딱 한 번, 요즘도 매일같이 그때 생각을 한다고 연락이 온 적이 있어.

　자, 이쯤에서 우리 화제를 바꾸자! 당신의 이야기를 듣고 싶어. 괜찮지?

크사버

마틸다가 크사버에게 들려주는 이야기

오후에 내가 그의 집을 방문하면, 그는 이미 초조해하며 나를 기다리고 있다. 문턱을 넘어서자마자 내 옷을 난폭하게 잡아당긴다. 우리는 곧바로 사랑을 나누기 시작한다. 그는 내 등을 쓸고, 내 젖꼭지를 빨고, 탐욕스럽게 내게 입을 맞춘다. 그리고 결국, 순식간에 끝이 나버린다. 상처 받은 짐승과도 같은 포효와 함께. 이 포효를 들을 때마다 내 흥분은 되살아난다. 그래도 간신히 이성을 끈을 잡고 우리는 우선 한 시간 동안 운동을 한다.

우리는 이 운동을 좋아한다. 제인 폰다의 오래된 에어로빅 비디오를 재생하고 함께 몸을 움직인다. 몸에 걸친 건 속옷뿐. 알몸일 때도 있다. 비디오 안에서 날뛰는 사람들은 젤을 발라 번들거리는 몸으로 빙긋 미소를 짓고, 파스텔 컬러 수영복에 레깅스를 신고, 머리는 드라이로 세팅이 되어 있다. 우리는 그 모습을 보고 쓰러질 정도로 웃는다. 정확히는 쓰러질 정도로 웃는 건 나다. 그는 비디오 속의 움직임과 포즈를 정확히 따라 하려고 애쓰느라 웃을 정신이 없다. 매일 하는 운동 덕분에 기분도 좋아지고 건강도 챙긴다. 우리에게 필요한 시간이다. 비디오가 끝나면 우리는 서로를 향해 다시 달려든다. 땀범벅이 된 몸으로 그렇게 두 번째 사랑을 나눈다. 이번에는 함께 오르가즘에 이를 때까지 그도 참을 수 있다. 그러곤 함께 밥을 먹는다. 언제나처럼 완벽한 저녁이다. 밤이 되고, 나는 그가 잠들 때까지 기다렸다가 무거운 문을 닫는다.

크사버 와, 마틸다! 세상에! 무슨 내용이야? 〈플레이보이〉에 연재하기 위해 쓰는 중이야?

마틸다 써놓은 적 없어. 머릿속에서만 존재하는 이야기야.

크사버 그래서, 당신의 머리가 그 이야기를 통해서 무슨 말을 하려는 것 같아? 다시 섹스를 해야 한대?

마틸다 내가 섹스를 하든 말든 당신한텐 상관없잖아.

크사버 흥분하지 마. 어때, 지금부터 우리―?

마틸다 (웃으며) 그만해!

크사버 옛날에 당신은 완전히 다른 이야기를 만들었는데.

마틸다 흠, 어떤?

크사버 점잖고 교과서에 나올 것 같은 가족 드라마 말이야. 왜 진작 이런 에로틱하고 대담한 이야기를 만들지 않았어? 애초에 당신은 더 세고, 더 경박하지 않았을까? 만약 그랬다면 나도—

마틸다 나도 뭐?

크사버 떠나지 않았을 텐데. 그러면 그 후의 일도 모두— 요컨대 그런 끔찍한 사건도—일어나지 않았을 텐데.

마틸다 잠시만, 다 내 잘못이라고 말하고 싶은 거야? 내가 꿈에 그리던 여자랑은 달라서, 가엾은 당신이 떠날 수밖에 없었다는 말이야? 그래서 돈 많고 신경질적인 여자로 갈아탔다는 거야?

크사버 아니야. 미안해. 미안하다니까!

마틸다 당신에게 일어난 그 일이 내 잘못이란 말이야?

크사버 미안, 말이 잘못 나왔어!

마틸다 아이가 납치된 건 당신들이 게을렀기 때문이잖아. 두 사람 다 게을러서 자기 아이를 돌볼 수도 없었지. 그래서 아직 미숙하고 생판 모르는 사람을 필요로 했어.

크사버 데니스나 내가 아이를 돌봤어도 같은 일이 일어났을 수도 있잖아.

마틸다 (속삭이며) 내가 했다면 일어나지 않았어.

크사버 그럼, 그럼. 당신은 완벽하니까! 당신은 항상 완벽
했어. 완벽, 완벽! 지금까지 잘못 같은 건 저지른 적
이 없지, 응?

마틸다 이제 가줄래? 잘 가. 내일 학교에서 봐.

크사버 잔트의 진술 기록

2012년 3월 9일

요제프 잔거(형사과 소속 형사, 이하 요제프) 신분증을 가지고 계십니까?

크사버 잔트(이하 크사버) 운전면허증이 있어요.

요제프 괜찮습니다. 보여주시죠. 크사버 잔트, 1958년 3월 1일생. 주소는?

크사버 작년에 이사했습니다. 오버외스터라이히 주 헤크네르스도르프, 슈로트 1번지, 우편번호는 4135. 그전엔 베를린에 살았어요.

요제프 직업은?

크사버 소설가입니다.

요제프 어디 보자, 방금 말씀하신 대로 야코프 조넨펠트 유괴사건에 관해 새로 증언을 하기 위해 오셨죠?

크사버 그렇습니다.

요제프 알겠습니다. 오늘은 2012년 3월 9일. 현재 시각은 23시 15분. 자, 무슨 일이 있었는지 처음부터 말씀해주세요. 인스브루크에는 언제 오셨죠?

크사버 지난 일요일에 왔습니다. 3월 4일입니다. 오후 4시쯤에 도착했어요.

요제프 어디서 지내고 있죠?

크사버 베르기젤베크 31번지에 있는 마틸다 카민스키의 집입니다. 마틸다는 어디 있습니까?

요제프 옆방에서 조사를 받고 있습니다. 카민스키 씨와는 친한 사이인가요?

크사버 네. 예전에 만나던 사이였어요. 빈에 있을 때. 16년 동안.

요제프 기간이 어떻게 됩니까?

크사버 1980년부터 1996년까지입니다.

요제프 이번에 카민스키 씨와는 무슨 일로?

크사버 그녀는 인스브루크에서 국어교사로 일하고 있습니다. 성 우르슬라 여자고등학교에서. 저는 이번 주에 거기서 창작 워크숍을 했습니다.

요제프 즉, 카민스키 씨에게서 워크숍을 부탁받았다는 건가요?

크사버 아니요, 직접 부탁을 받은 것은 아닙니다. 복잡한 이야기예요.

요제프 제 머리로도 그럭저럭 이해할 수 있을 겁니다. 말씀하시죠.

크사버 티롤 주의 교육부가 15개 고등학교에서 창작 워크숍을 개최했습니다. 한 학교당 한 명의 오스트리아인 작가가 파견을 가게 되었습니다. 어떤 작가가 어떤 학교에 가는지는 제비뽑기로 결정됐습니다. 그런 이유로 저는 제비뽑기로 마틸다가―카민스키 씨가 ― 근무하는 학교에 배정받은 셈입니다. 1월에 이메일로 연락을 하고, 날짜는 3월 5일에서 9일로 정해졌습니다. 그녀를 다시 만나는 게 정말 기다려졌어요.

요제프 일요일 16시쯤에 도착하셨고, 그리고 무슨 일이 있었습니까?

크사버 별일 없었어요. 둘이서 즐거운 시간을 보냈습니다. 수다를 떨거나, 커피를 마시거나, 케이크를 먹거나, 산책을 하거나. 그리고 저녁을 같이 먹었어요. 마틸다―카민스키 씨―는 요리 솜씨가 훌륭해요. 음악을 듣고, 와인을 마시고, 워크숍에 참가하는 학생들에 대해 이야기를 나눴습니다. 그러고 나서 저는 10시쯤에 호텔로 향했습니다.

요제프 카민스키 씨와 어떤 이야기를 했나요?

크사버 아주 많은 이야기를, 옛날 일들을요. 만나자마자……정다운 분위기였어요. 단지 둘째 날 저녁에는 약간 말싸움이 일어나 일찍 호텔로 돌아갔습니다.

요제프 왜 다투었나요?

크사버 아실 필요 없는 일입니다. 이 일과는 상관없습니다.

요제프 관계가 있는지 없는지는 제가 결정하겠습니다.

크사버 당신의 이해력이나 판단력을 의심하는 게 아닙니다.

요제프 듣던 중 다행이네요.

크사버 제가 바보 같은 소리로 마틸다를 탓했습니다. 제가 그녀와 헤어지고 다른 여자를 택한 건, 마틸다의 예전…… 그러니까…… 행동 패턴이 이유였다고. 거기다 안타깝게도 더 바보처럼 계속 말을 지껄였습니다. 한마디로, 만약 옛날에 마틸다가…… 뭐랄까…… 그렇게 바른 생활에 소시민적이지 않았다면 저는 헤어지지 않았을 거고, 그랬다면 전 부인과 아이를 가지지도 않았을 테니 아이가 실종되지도 않았을 거라고. 왜냐하면 그 아이는 애초에 존재하지 않았을 테니까요. 어쨌거나 이렇게 말했어요―"그랬으면 그렇게 끔찍한 사건은 일어나지 않았을 텐데"라고. 그 말이 카민스키 씨를 화나게 한 셈입니다.

요제프 그래서 지금은 어떻게 생각하십니까? 만약 카민스키 씨가 당신과 사귀고 있을 때 실제로 달랐더라면, 정말 헤어지지 않았을 거라고 생각하십니까?

크사버 원래 그런 질문에는 묻는 사람이 상담사가 아니면 대답을 하지 않죠. 당신에게 대답할 얘기도 아니고요. 왜냐하면 이야기의 핵심과는 상관이 없으니까요. 하지만 대답할게요. 어쨌든 진실이 밝혀졌으면 좋겠거든요. 16년이 지난 지금이라면, 전 이렇게 말하겠습니다. 마틸다는 그대로의 마틸다라서 다행이야! 라고 말이죠. 그때 그렇게 생각하지 못했던 제가 바보였습니다. 저는 데니스를―조넨펠트 씨를―좋아하게 되었고, 그래서 카민스키 씨와 헤어졌습니다. 물론 조넨펠트 씨의 재산과 인지도에도 끌렸다는 건 부정할 수 없습니다. 그때의 저라면 절대 인정하지 않았을 테지만.

요제프 무슨 말인지 잘 모르겠는데요.

크사버 들어봐요. 당시에 저는 유명인과 사귀는 것이 결코 제 커리어에 방해가 되지 않을 거라고 생각했습니다. 그때는 일이 막 잘되기 시작하던 때였어요. 하지만 곧 이 운도 다하지 않을까, 3부작의 성공은 불꽃처럼 반짝한 것에 불과하지 않을까 불안했습니다. 그래서 유명인사들과 어울린다면 내 인지도도 쉽게 끝나지 않게 될 거다, 그렇게 생각했죠. 사실 나 자신도 모르게 그렇게 생각하고 있던 거죠. 나 혼자선 여태껏 인정을 받지 못했으니까요. 최근 마틸다에게 보낸 이메일에서조차 인정을 받지 못할 정도였으니까. 어쨌든 마틸다의 성격이나 행동과는 아무 상관이 없었습니다. 지금은 확실히 알 수 있어요. 그저 그때의 전, 마틸다는 너무 바르고, 너무 소시민적이고, 너무 통속적이고, 너무 재미없어서 나한테는 안 어울린다고―아, 마틸다는 전혀 그렇지 않았는데―그래서 데니스를 택할 수밖에 없다고 마음속으로 자신을 정당화하기 위해, 그렇게 스스로를 타일러야 했습니다. 하지만 제가 선택한 것은 조넨펠트 가문의 인지도였습니다. 그것이 진실입니다. 나는 커리어를 연장시키고 싶은 소망 때문에 마틸다를 희생시켰다. 지금이라면 이렇게 표현하겠습니다. 그래서, 아까 질문에 대한 답인데요 — 비록 당시에 마틸다가 달랐다 해도, 저는 헤어졌을 겁니다! 그게 서글픈 부분이에요! 만약 마틸다가 달랐더라도 저는 이별을 정당화하기 위해 다른 이유를 찾아냈을 거예요! 저는 조넨펠트 씨 옆에 서서 얻게 되는 인지도를 어쨌든 포기하고 싶지 않았던 것입니다.

요제프 조넨펠트 부인의 생년월일은요? 지금 어디에 사십니까? 이혼은 언제 하셨죠?

크사버 생년월일은 1956년 4월 27일. 지금은 뮌헨에 살고 있습니다. 쇤베르크가(街) 112번지. 이혼은 2004년 봄에 했습니다.

요제프 알겠습니다. 뮌헨 경찰이 조금 전에 부인께 연락을 취해 아드님 사건에 관한 새로운 사실이 있다고 전했습니다.

크사버 직접 만날 필요는 없죠? 마틸다와 전처가 — 게다가 저랑 그 사람도—얼굴을 마주치는 건 싫습니다.

요제프 장담은 못 드립니다. 자, 납치된 야코프 조넨펠트는 당신과 조넨펠트 씨와의 결혼으로 생긴 자녀죠?

크사버 벌써 진이 빠지는 느낌이에요. 잠깐 쉴 수 있습니까?

물 한 잔 마실 수 있을까요?

마틸다

고등학교의 마지막 4년은 마틸다에게 더없이 굴욕적인 세월이었다. 울면서 잠드는 밤도 많았다. 아버지가 집을 나간 것은 고등학교에 입학한 직후였다. 아버지는 더 좋은 학교에 가고 싶다는 마틸다의 희망을 응원해 준 단 한 사람이었다. 마틸다의 어머니는 딸이 직장을 다니며 집세를 보태는 게 더 낫다며, '고학력자'가 돼 봤자 아무런 고마움도 느끼지 못한다고 딸에게 기회가 있을 때마다 피력했다. 그래서 마틸다는 학교 수업과 양립 가능한 모든 시간 동안 보모와 식당 아르바이트를 하며 옷과 학용품 살 돈을 스스로 마련했다. 열다섯 살 생일을 맞은 이후로 어머니에게는 단 한 푼도 받지 않았다.

대학 입시를 마치고 마틸다는 대학교에 들어가기 위해 빈으로 이사를 했다. 그 뒤로 어머니와 동생을 보러가는 것은 1년에 겨우 두세 번뿐이었다. 집에 갈 때마다 어머니는 입을 꾹 다문 채 딸에게 구겔호프(그릇 모양의 스펀지 케이크류─옮긴이)와 커피를 내놓고 팔짱을 낀 채 식탁 대각선 맞은편에 앉았다. 그러곤 켜놓은 TV을 가만히 바라보았다. 모녀 사이에는 할 말이 아무것도 없었다.

동생 슈테판은 마틸다가 집을 떠났을 때 열다섯 살이었다. 그 후 얼마 지나지 않아 가구 장인 밑에서 수습이 되었고, 열일곱 살에 마찬가지로 독립을 했다. 남매가 모두 내성적인 편이었는데, 사춘기 때는 그럭저럭 사이가 좋았다. 하지만 마틸다는 어렸을 적 어머니가 가장 좋아한다고 분명하게 말한 동생을 사실은 몹시 질투하고 있었다. 두 남매는 협소하고 곰팡이 냄새 나는 아파트에서 벗어나 부모님과는 완전히 다른 삶을 살고 싶어 했다. 하지만 마틸다는 슈테판에게는 현실적으로 어려운 일일 거라고도 생각했다. 슈테판은 지나치게 얌전했기 때문이다. 게다가 생각하고 배우는 데에도 시간이 많이 걸렸고, 어떤 학문 분야에도 그다지 관심이 없었다. 마틸다는 항상 동생은 분명히 뒤룩뒤룩 살찐 나태한 어른이 돼서 어머니와 마찬가지로 TV 앞에 앉아 일생을 마감할 게 분명하다고 상상하곤 했다. 맥주병을 손에 들고 방귀를 뀌는 슈테판의 모습이 눈에 선했다. 곁에는 동생과 비슷하게 칠칠치 못한 연인이 있고, 슈테판이 무직이라는 이유로 끊임없이 싸움만 하는 것이다.

그런 광경을 떠올리면 마틸다는 가슴이 후련해졌다. 자신만 성공하는 것이다. 엄마가 가장 좋아하는 아들이 아니라 바로 내가, 어머니에게 보여주는 것이다. 소녀였던 자신에게 고등학교에 다닌다고 우쭐대지 마라, 어차피 너도 엄마의 비슷한 인생을 걷게 될 것이다, 아무튼 간에 높은 곳을 바라보는 사람은 밑으로 확 떨어지는 법이다, 라고 끊임없이 저주를 쏟아내던 어머니에게. 언젠가는 훌륭한 어른이 돼서 어머니를 호화로운 저택에 초대할 것이다. 그리고 함께 저녁 식사를 하는 것이다. 내 옆에는 교양 있고 친절한 남편과 매너 있고 사랑스러운 아이들이 있다. 가정부가 조용히 음식을 나른다. 그러면 어머니는 질투로 얼굴이 창백해지겠지.

미래의 그 순간을 향해 소녀 마틸다는 살고 있었다. 그 순간을 현실로 만들기 위해 공부하는 것이라고 스스로를 계속해서 타일렀다.

재회 전에 마틸다와 크사버가 주고받는 이메일

✉ ──────────────────────────────

날짜 : 2012년 2월 26일

보낸 사람 : 크사버 잔트

받는 사람 : M·K

자, 당신 차례야!

✉ ──────────────────────────────

8시간 후

보낸 사람 : M·K

받는 사람 : 크사버 잔트

친애하는 크사버

나는 매일 자가용인 골프로 출퇴근을 해요. 학교에선 국어를 가르치고, 영어 과목도 아주 조금 겸하고 있어요. 교사가 된 지 30년이 지났지만 아직도 이 일을 좋아해요. 이렇게 긴 시간 동안 교사를 했어도 다른 일을 하는 제 모습은 상상해 본 적이 없어요. 주변 사람들은 대부분 믿지 않을 테고, 당신도 마찬가지겠지만 진짜예요.

난 같은 일을 반복하는 게 귀찮거나 지루하지도 않아요. 오히려 마음이 편안해져요. 반복은 자유로움과 평안함을 줘요. 학교에 가는 게 기대되고, 교실에 있기만 해도 기운이 나요. 하지만 그게 다가 아니에요. 내게는 학교 특유의 생기 넘치는 분위기가 필요해요. 쉬는 시간에 들려오는 학생들의 소란스러움, 수업에서 하는 문학에 관한 논의, 동료들과의 대화 같은 것들이 나한텐 꼭 필요해요. 사무실에 혼자 앉아서 묵묵히 일만 한다는 건 무리예요. 때때로, 특히 겨울에는 몇 주일 동안 학교 밖의 내 삶이 너무 외롭다고 느끼는 경우가 있어요. 그렇기 때문에 직장에서까지 외로움을 느끼고 싶지 않아요(내기를 해도 좋은데, 당신은 벌써 이걸 읽으며 따분해하고 있을 거예요).

나의 하루는 월요일부터 금요일까지 늘 똑같아요. 오후 한 시 반까지 수업을 하고 점심은 학교 식당에서 먹든지 집에서 간단하게 만들어 먹어요. 오후에는 정원 손질을 하거나, 산책을 하거나, 하이킹을 가요. 계절에 따라 다르죠. 그리고 밤에는 다음 날 수업 준비를 하고, 학생들의 시험지를 채점하거나 숙제를 첨삭해요. 한낮에 낮잠 자는 습관을 들이려고 했는데 별로 나와는 맞지 않아 관뒀어요. 잠을 자고 나서 두 시간 후에 깨어나면 오히려 기분이 우울해지고, 더군다나 밤에는 잠이 오지 않기 때문이에요.

난 이런 일상생활을 사랑하고, 일상생활 없이는 살아갈 수 없어요. 사람들이 음식과 마실 걸 필요로 하듯이, 나는 하루의 정해진 흐름을 필요로 해요. 일상의 단조로운 반복을 완전히 받아들이고 잘 수행함으로써, 때때로 자신의 삶과 화해할 수 있는 순간이 찾아오는 거죠(꽤 잘 쓴, 아름다운 문장이라고 생각하지 않나요?).

그런 순간이 찾아오는 건 대개 아침, 햇살이 비추는 주방(동향이에요)에 발을 디딜 때예요. 모든 작업이 수년에 걸쳐 손에 익은 순서로 이루어져요. 라디오를 켜서 〈오스트리아 1〉 방송을 틀고, 창가의 꽃에 오른쪽부터 왼쪽으로 물을 주고, 커피메이커의 전원을 켜고, 컵을 선반에서, 빵을 서랍에서, 버터와 잼을 냉장고에서 꺼내 탁자에 배열해요. 그러고 나서 대충 30분 정도 테이블 앞에 앉아 아침 식사를 하고, 음악을 듣고, 정원에서 기르고 있는 장미를 바라봐요. 그런 순간 속에서 익숙한 일상을 몸으로 실감해요. 일상이 내 의식으로 파고들어 퍼져나가는 걸 말이죠. 간혹 학생들이나, 때로는 동료들이 내 일상생활에 항거하고 반기를 드는 걸 목도하기도 해요. 그들은 내게 파티나 행사에 가자고 하거나, 나와 함께 어떤 행사에 참가해야 할지 열심히 고민하죠. 나는 언제나 많은 사람들에게 둘러싸여서, 죽을힘을 다해 활동적으로 살려고 해요. 페이스북, 트위터, 움직임, 소란스러움, 모든 자리에 있어야 한다는 강박 관념들—그런 것들을 보면 그저 쓴웃음이 나요.

자, 크사버, 오늘은 여기까지. 잘 자요. 내일 이어서 쓸게요. 나의 지루한 생활에 대해서, 아직 읽고 싶다면 말이지만.

마틸다

✉

8분 후

보낸 사람 : 크사버 잔트

받는 사람 : M·K

물론 읽고 싶어…….

······특히, 지금 당신에게 파트너가 있는지 알고 싶어. 그럼 잘 자. 속마음을 말하자면, 자기 전에 당신과 레드와인을 한 잔 마시고 싶은 참인데 말이지!

크사버

✉️ ──

날짜 : 2012년 2월 27일

보낸 사람 : M·K

받는 사람 : 크사버 잔트

좋은 아침이에요, 크사버! 저는 일주일에 한 번씩 친구인 실비아를 만나요. 실비아가 우리 집에 와인 한잔하러 오거나, 같이 영화관, 낭독회를 가거나, 주말에 하이킹을 하거나 하죠. 매년 여름엔 일주일간 함께 여행을 가요. 작년에는 아일랜드를 일주했어요. 비가 자주 와서 계속 마시기만 했죠(술에 취해서 정말 탁자 위에서 춤을 췄어요─농담이 아니라!).

그리고 한 달에 한 번, 동료 세 명과 우리 집에서 일종의 독서회 같은 걸 해요. 책을 읽고 감명 받은 점에 대해 얘기를 나누는 거예요. 가끔은 영화를 보거나 같이 요리를 해요. 매년 크리스마스에는 케빈과 데지레라는 두 아이와 함께 동생 가족이 네덜란드에서 찾아와요.

동생 슈테판과는 안타깝게도 아직도 서먹한 관계예요. 노력은 하고 있지만 동생이 마음을 열어주지 않아요. 하지만 올케인 나탈리와는 정말 친하게 지내요. 나탈리는 배려심이 있고, 사랑이 넘치는 사람이죠. 동생 부부를 만날 때마다 멋진 반려자를 발견하는 행운을 타고난 남동생이 부러워지곤 해요.

간혹 여름에 조카인 데지레가 혼자 찾아올 때도 있어요. 대녀(代女)인 데지레를 오냐오냐하느라 용돈도 넉넉하게 주죠. 그렇게 하는 게 좋아요. 그래선지 데지레는 언젠가 집을 떠날 때 내 도움을 기대하는 것 같아요. 첫 차나 처음으로 혼자 사는 아파트를 마련할 때 필요한 돈을. 난 조카의 기대를 부정할 만한 어떤 말도 하지 않아요. 게다가 아마 정말 도움을 주게 되겠죠.

고향에는 어머니가 돌아가신 이후로 한 번도 내려가지 않았어요. 빈에 갈 일도 전혀 없어요. 하지만 칼린은 가끔 인스브루크로 놀러와요. 처음 몇 년 동안은 아주 가끔, 재밌는 이야깃거리를 기대하는 눈초리로 당신에 대해 캐묻곤 했어요. 초반엔 아직도 당신을 생각하고 있냐는 질문이었고, 얼마 지나지 않아 당신한테 연락은 있었냐는 질문으로 바뀌었죠. 한번은 당신 이름을 입에 담지 말아 달라고 칼린에게 딱 잘라 말한 적이 있어요. 그러자 칼린은 불같이 화를 냈어요. 그리고 그 후에는 발걸음이 뜸해졌어요.

어쨌든 이렇게, 전 평온한 삶을 살고 있어요. 좀 더 다른 삶이었더라면 좋았을 텐데, 하고 생각했던 시기도 있었지만 지난 2년 동안 마음을 다잡았어요. 적어도, 대부분의 일에 대해서는.

마틸다

추신 : 그리고 답변은 '노'예요. 결혼은 안 했고, 아이도 없고, 지금은 애인도 없어요. 마지막으로 교제를 한 건 2년 전이에요.

✉ ──────────────────────────

4분 후

보낸 사람 : 크사버 잔트

받는 사람 : M·K

그 남자 친구 이름은? 뭐 하는 사람이야? 얼마나 만났어?

날짜 : 2012년 2월 28일

보낸 사람 : M·K

받는 사람 : 크사버 잔트

호기심이 앞서나 보네요! 그 사람의 이름은 마르틴이고 주립 극장의 감독이었어요. 거의 2년을 만났죠. 관계를 끝낸 건 제 쪽이었어요. 그 사람을 온 마음을 다해 사랑할 수 없었기 때문에. 그것 말고도 비슷하게 끝난 만남이 두 번 있어요. 항상 상대방이 사랑에 목말라하다가 끝이 났죠.

그런데 그쪽은 어때요? 지금 만나는 사람 있나요?

3시간 후

보낸 사람 : 크사버 잔트

받는 사람 : M·K

친애하는 마틸다

아니, 지금 만나는 사람은 없어. 만나고 싶지도 않아. 지금은 부족한 게 없고, 쓸쓸하지도 않아. 아니 뭐, 솔직히 말하자면 아무래도 가끔씩은 외롭지만 말이야. 베를린을 떠날 즈음에 했던 연애들은 다 잘되지 않아서 대형 참사로 끝나거나 이상하게 무관심한 채 헤어졌어. 떠올리고 싶지도 않아. 상대방 이름조차 기억이 안 나.

크사버

✉ ————————————————————————————

3분 후

보낸 사람 : M·K

받는 사람 : 크사버 잔트

친애하는 크사버

당신의 2년 전 연인은 캣이라고 하던데요. 본명은 콜린나 뭐라고 했는데. 직업은 문신사였어요.

마틸다

✉ ─────────────────────

4분 후

보낸 사람 : 크사버 잔트

받는 사람 : M·K

떠올릴 수 있게 도와줘서 고맙군!

근데 어떻게 알지? 지난 16년 동안 탐정을 고용해서 날 염탐했던 거야?

✉ ─────────────────────

날짜 : 2012년 3월 1일

보낸 사람 : M·K

받는 사람 : 크사버 잔트

저기요, 당신은 유명한 청소년 문학 작가예요. 가끔 잡지에 기사가 실리는. 그리고 요즘도 실릴걸요? 전 다 모으고 있어요. 2년 전 〈분텐〉지에 실린 당신의 기사까지도. 기사 옆에 당신과 당시 연인 캣의 사진이 있었죠. 베를린의 나이트클럽에서 거나하게 취해서 나온 두 사람이 난동을 부리고, 길 가던 사람에게 폭력을 휘둘렀잖아요. 기사에는 당신이 몇 년 전 아들을 납치당한 과거의 유명 작가지만 현재는 중증 알코올 중독을 치료받을 예정이라고 쓰여 있었어요. 사실인가요?

마틸다

✉

날짜 : 2012년 3월 2일

보낸 사람 : 크사버 잔트

받는 사람 : M·K

친애하는 마틸다

나의 마지막 연인이 문신사이고, 캣이란 이름으로 알려졌던 것은 사실이야. 하지만 중증 알코올 중독이나 치료 중이라는 내용은 사실이 아니야. 아마 그런 건 언론의 자유 범위 내에 있을 거야. 확실히 몇 년 동안 과음했던 건 맞아. 하지만 중독은 아니었고, '슈로트'로 이사 오면서 마시는 양도 조절할 수 있게 됐어. 요새는 가끔 저녁에 맥주나 와인 한 잔을 마시는 정도야.

야코프가 납치된 날 이후로 난 지옥에서 살았어. 그날 내 인생은 망가졌어. 그리고 지금까지도 망가진 그대로

야. 모든 것이 망가졌어. 그 후로 내 삶은 쓰레기 더미야. 아니, 나 자신이 쓰레기 더미 그 자체라고 느끼는 날도 많아. 내 자신이 점점 잘게 부서져 수천 개의 파편이 돼. 너덜너덜 무너져 내리는 듯한 감각을 자꾸 느껴. 한밤중에 공포에 떨며 땀에 흠뻑 젖어 벌떡 일어나면 야코프의 울음소리가 들리는 것만 같아.

마틸다, 우리 곧 만날 수 있겠지? 내가 얼마나 우리의 재회를 기대하고 있는지, 얼마나 당신을 궁금해하고, 들떠 있었는지 말로는 도저히 표현할 수가 없어! 당신을 곧 만날 수 있다는 생각이 지난 몇 주 동안 날 지탱해줬어. 이제야 비로소 깨달았어. 내가 과거를 돌아봤을 때 행복한 기분이 드는 건 당신과의 관계뿐이라고. 진심으로 하는 말이야. 당신과 함께한 시간이 가장 행복했어.

크사버

추신 : 일요일 오후에 보자. 그때까지 잘 지내!

마틸다

마틸다의 어머니 마르타는 1926년생으로 다섯 명의 형제와 함께 린츠에서 차로 30분 거리에 있는 큰 농장에서 자랐다. 맏딸인 마르타는 어릴 때부터 많은 집안일을 도왔고, 학교를 졸업하자마자 큰오빠의 농장에서 일했다. 마르타의 노동력 없이는 살림을 꾸려나갈 수 없었기 때문이다. 하루에 열두 시간이나 농사일을 하는 날도 꽤 많았지만 대부분의 경우 어떤 형태로도 보수를 지급받지 못했고, 보험 혜택도 일절 꿈꿀 수 없었다. 서른 살이 되고 나서 마르타는 파울 카민스키와 결혼했다. 파울은 건설회사에서 비정규직으로 일하던 인스브루크 출신 남자였다. 두 사람은 농장의 한 칸짜리 작은 방에서 살림을 시작했지만, 이윽고 린츠의 사회복지단지에 주거지를 마련했다. 오빠가 얼마 안 되는 지참금을 지불하는 것조차 거절했기 때문에 마르타는 친정과 크게 다투고 갈라섰다.

파울에게 딱 하나 있는 손위 누이인 마리아는 아이가 없었고 교류도 드물었기 때문에, 마틸다와 동생 슈테판은 친척들을 알지 못하고 자랐다. 마르타는 완강히 아이들을 친정 사람들과 만나지 못하게 했다. 마틸다와 동생은 어릴 적엔 단지의 마당에서 여러 친구들과 놀며 싸움을 벌이고 다녔지만, 이윽고 커튼으로 칸막이를 친 조그마한 방에 틀어박혀 지내게 됐다. 마틸다가 독서를 하고 있으면 한편에서 슈테판은 헤드폰으로 음악을 들었다.

마르타는 원래 집에서 아이를 키우는 데 전념했지만 슈테판이 유치원에 들어가자 건축 자재점 청소부로 일하기 시작했다. 다른 일자리는 찾지 못했다. 어머니는 아무런 직업 교육도 받지 못한 걸 원통해했다. 어머니가 세상과 등지기 시작한 것은 이때쯤으로, 어머니의 불만과 언짢음으로 안 그래도 소소했던 일가의 행복은 완전히 모습을 감췄다.

마틸다의 어머니 마르타가 결코 용서할 수 없었던 것은 친정으로부터 무엇 하나 상속받지 못했다는 사실이었다. "침대 커버 한 장, 테이블보 한 장 들고 나오지 못했고, 결혼식 비용 역시 100실링도 보태주지 않았어. 가족을 위

160

해 직업 교육도 포기하고 몇 년이나 무상으로 중노동을 했는데도 말이야." 어머니는 기회가 있을 때마다 그렇게 한탄했다. 목재로 지은 집과 널찍한 목초지에 익숙한 농가의 딸인 어머니는 사회복지단지의 허름한 임대주택에 적응하지 못해 점차 질투와 증오에 빠져 황폐해졌다. 결국 어머니는 농촌 생활로 돌아가고 싶어 했던 것이다. 원래 자신은 농장을 소유한 집안의 사람이고, 자기 마음대로 지시를 내릴 수 있는 농장의 여주인이 될 사람이었다고. 어머니는 세상을 등지고, 뒤룩뒤룩 살이 오른 구질구질한 모습으로 시간이 나면 그저 가만히 소파에 앉아 TV을 바라보았다. 큰 목소리에, 지배적이며, 극성맞은 어머니의 성격 탓에 집안에서 활기 따위는 찾아볼 수 없었고, 가족들은 함께 모여 시간을 보내지도, 웃지도 않았다. 주말에 가족끼리 외출을 하는 일도 없었다. 하루에도 여러 번 어머니와 마틸다는 다퉜다. 마틸다는 어머니의 피뢰침 그 자체였다. 어머니의 모든 불만이 집중되는 상대였다. 어머니는 마틸다를 못난이, 뚱보, 멍청이라고 욕했다. 커서 변변찮은 인간이 될 여자라고. 어렸을 적 마틸다는 어머니를 무서워했다. 하지만 열두 살이 됐을 무렵부터는 어머니를 미워하기 시작했다.

때로 외할머니나 숙모가 전화를 해서 농장에 놀러오지 않겠냐고 초대할 때가 있었다. 하지만 어머니는 결코 방문을 허락하지 않고 끝없이 친정에 대한 험담을 늘어놓았다. 특히 농장을 물려받은 큰오빠와 올케를 마치 범죄자처럼 욕했기에 마틸다와 동생 슈테판은 삼촌과 숙모가 괴물인 줄 알았다. 큰삼촌 부부가 나오는 악몽을 꿀 정도로.

그런데 마틸다가 일곱 살 때 슈테판이 중증 천식 발작을 일으켜서 어머니가 병원으로 동생을 데려가게 됐다. 일을 해야 하는 아버지는 급한 대로 마틸다를 마르타의 친정 농장에 맡겼다. 마틸다는 그곳에서 3주를 보냈다. 그리고 그곳은 그야말로 천국이었다.

처음에 마틸다는 농장이 어머니의 이야기와 어쩜 이렇게 다른지 이해할 수 없어서 몹시 혼란스러웠다. 뭐 하나 어머니의 말과 부합되는 게 없었다. 탐욕스러운 악당 따위는 어디에도 없었고, 온순하고 부지런하며 친절한 사람들만 있었다. 그들은 삶을 긍정적으로 바라봤고 모든 것에 불만을 제기하는 법이 없었다.

할머니는 매일 아침 마틸다의 머리칼을 빗어서 땋아주었다. 어머니는 결코 해주지 않던 일이었다. 할머니는 마틸다에게 빵 반죽을 건네며 옛날 이야기를 들려주었고 마틸다가 배가 아플 때는 배를 문질러주었다. 누군가 자신을 만지고 있다는 감각은 마음을 편안하게 했다. 숙모는 마틸다의 손을 잡고 외양간으로 데려갔다. 그곳에서 마틸다는 송아지를 어루만지고, 퉁퉁 부은 소의 젖을 짜서 따스한 우유를 마실 수 있었다. 무엇보다 근사했던 것은 푸르른 목초지의 고요함과 광활함, 그리고 그 향기였다. 마틸다는 몇 시간이고 혼자서 초원을 돌아다녔다. 어느 날에는 목초지에 한참을 누운 채 주변의 꽃들과 벌레들을 바라보며 푸른 하늘과 어두운 숲을 번갈아 관찰하기도 했다. 갑자기 이 세상이 너무나 아름답다는 생각에 눈물이 흘렀다.

삼촌과 숙모에게는 세 명의 자식이 있었다. 마티아스, 헬무트, 그리고 마틸다보다 네 살 어린 막내 안나. 마틸다는 큰 방에서 그들과 함께 잤고, 매일 밤 베개 던지기를 하며 놀았다. 낮에도 네 사람은 늘 함께였다. 사촌 남매들은 마틸다를 배려하며 함께 놀고 농장의 심부름에 마틸다를 끼워주었다. 마틸다는 괴롭힘을 당하지도, 시골 생활을 잘 모른다고 놀림을 당하지도 않았다. 일요일 예배를 드리러 가기 전에는 마틸다가 창피해하지 않도록 사촌들이 미리 언제 어떤 말을 하면 좋을지, 무엇을 하면 좋을지를 일일이 가르쳐주었다. 난생처음 마틸다는 진짜 가정

생활이 무엇인지 알게 되었다. 집으로 돌아가야 할 때가 되자 마틸다는 너무나 서러웠다. 이제는 예전보다 더 협소하게 느껴지는 조그마한 집, 풀 따위 한 포기도 자라지 않고, 바로 옆에 차가 휙휙 지나가는 지저분한 마당이라니.

하늘색 디른들(오스트리아 전통 여성 의상-옮긴이)에 왕관 모양으로 정성스레 땋아 올린 머리로 주뼛주뼛 집에 발을 들여놓은 마틸다는 어머니가 황당해하며 입을 벌리는 것을 보았다. 어머니는 화를 내며 마틸다에게 호통을 쳤다. 대농장의 딸내미라도 된 것 같으냐, 넌 그런 대단한 아가씨가 아니다, 너 같은 건 하찮은 인간이다, 우리 가족 넷은 모두 별거 아닌, 보잘것없는 인간이라고. 어머니는 다짜고짜 달려들어 마틸다의 머리를 헤집고 가위를 손에 들었다. 가위를 손에 들고 마틸다 앞에 우뚝 서서 겁에 질린 딸의 얼굴을 들여다보며 웃음을 지었다. 아버지가 작은 트렁크를 들고 방으로 들어오고서야 어머니는 가위를 테이블에 내려놓고 마틸다에게 방으로 돌아가 옷을 갈아입으라고 명령했다.

그 뒤로 끝없이 애원한 끝에 마틸다는 딱 한 번 할머니 댁에 며칠간 방문할 수 있었다. 하지만 처음 방문했을 때처럼 행복한 시간을 보낼 수는 없었다. 다시 방문했을 때

는 동생 슈테판이 함께였고, 모든 것이 동생 중심으로 돌아
가서 마틸다는 질투를 느껴야 했다.

마틸다와 크사버의 16년 만의 재회

크사버 점심을 대접하고 싶은데 어때? 어제 했던 무개념에
　　　다가 바보 같고 재수 없는 발언을 사과하는 의미로.
　　　16년 전에, 몰래 떠난다는 돌이킬 수 없는 비겁한 짓
　　　을 한 사과의 의미로.
마틸다 (웃으며) 그럼 한턱 쏴.
크사버 근처에 괜찮은 레스토랑 알아?
마틸다 옆 골목에 좋은 카페가 있어. 런치도 괜찮아.
크사버 그럼, 갈까?

—

크사버 저기, 그 학생이 나한테 뭐라고 물어봤는지 알아?
　　　그 있잖아, 5학년이고, 약삭빠르게 영리한 흑발

인 애 말이야. 약간 몸집이 작은.

마틸다 발렌티나?

크사버 그래. 걔가 우리가 친척이냐고 묻는 거야.

마틸다 그런 걸 물어봤다고?

크사버 응. 그래서 내가 왜 우리가 친척이라고 생각하느냐고 되물었어.

마틸다 뭐라고 대답해?

크사버 그게, 발렌티나가 이렇게 말했어. 잔트 선생님은 카민스키 선생님 만큼이나 잘 떠들고, 말투가 세련되었기 때문이래.

마틸다 세련? 정말 세련됐다고 했어?

크사버 그렇다니까. 요컨대 번역하면 이런 거겠지―너희 늙은이들은 신이 나서 나불대고, 말할 때 덤으로 조미료도 친다.

마틸다 우리 말투가 비슷하다는 건가. 16년이란 세월은 무시 못하나 보네.

크사버 그러게, 사귀기 시작했을 무렵엔 참 잘 떠들어대긴 했어. 생각나? 파울, 게오르크, 칼린, 당신, 나. 늘 그렇게 모여서 떠들어댔잖아. 무슨 경기처럼 말이야. 누가 가장 자주 입을 열 것인가? 중요한 건 누

가 가장 공들인 의견을 말하는지가 아니라, 어쨌
든 누가 가장 빨리 의견을 말하는가였어. 화제가 뭐
든 상관없이. 한마디로 누가 가장 빨리 말로 호통을
칠 수 있느냐 비슷한 거였지. 그 초반의 몇 년이 틀
림없이 가장 시끌벅적한 시절이었어.

마틸다 난 크라인틀가세에서 살았을 때가 가장 행복했어.

크사버 학교에서 수업하는 게 즐거워서 그랬잖아. 맨날 자
기는 벌써 일하는데 내가 아직도 학생이라고. 교사
가 되고 나서 당신 자신감이 1미터 정도 급성장했지.

마틸다 늘 그렇게 계속 잔소리한 건 당신 어머니였잖아. 내
가 아냐.

크사버 아, 그랬던가.

마틸다 난 당신이 언제까지 학생이건 상관없었어. 작가
와 사귀는 게 자랑스러워서 견딜 수가 없었거든.

크사버 친구들한테 전부 자랑했었지.

마틸다 당신도 내가 자랑하는 게 좋았잖아.

크사버 좋았지.

마틸다 크라인틀가세에 살았을 때 매일 당신은 부지런히 집
필을 했어. 그 규칙적인 생활에 감탄했고, 이 사람
은 꼭 성공할 거라고 나도 의욕에 불타올랐지.

크사버 우리들의 16년을 4년마다 네 기간으로 구분한다면, 문제가 발생한 건 제3의 기간이었다고 할 수 있을 거야.

마틸다 그때쯤엔 당신도 더 이상 집필에 열을 올리지 않았고.

크사버 게다가 어머니도 더 이상 생활비를 지원해주지 않았지.

마틸다 그리고 우리 어머니는 나랑 당신이 궁핍하게 생활하는 모습을 즐겼어. 나에게는 그게 가장 괴로웠어.

크사버 어? 그런 얘기는 한번도 안 해줬잖아. 하긴 오래 만날수록 당신은 자신에 대해 얘기하지 않게 됐지.

마틸다 어떻게 말할 수 있었겠어? 어차피 당신도 어머니를 싫어했는데.

크사버 당신도 마찬가지지.

마틸다 그렇네.

크사버 이야기해 줘. 어머니가 왜 기뻐하셨지?

마틸다 다른 사람의 불행에 즐거워하는 인간이었으니까. 그게 다야. 우리가 경제적으로 곤란하고, 당신의 책이 팔리지 않고, 우리가 자주 싸우는, 그런 것들이 좋았던 거야.

크사버 그걸 어떻게 알았지? 당신은 어머니랑 거의 교류가 없었잖아.

마틸다 동생한테 억지로 캐물었어. 동생은 알고 있었으니까. 어차피 내가 크리스마스에 집에 내려가면…….

크사버 (웃으며) 크리스마스랑 어머니 생신, 아니다, 아무튼 그럴 때면 집에 내려가기 전 당신은 늘 꽹장히 기분이 별로였지.

마틸다 집에서 크리스마스트리 옆에 앉아 있으면…… 슈테판과 나탈리도 그 자리에 있는데, 어머니가 히죽히죽 웃으면서 나한테 이러는 거야. 얘, 너희 집 식충이는 어쩌고 있니? 아직도 돈 안 벌어다줘? 네가 다 내는 거야? 그래서 말했잖니, 글쟁이는 아무 소용없다고. 미장일이 훨씬 벌이가 좋겠다―그런 말들.

크사버 너무하네. 글쟁이는 아무짝에도 쓸모가 없다고 한 거야? 그것도 한번도 말해주지 않았잖아.

마틸다 사귀기 시작한 지 2년 정도 됐을 때 남자 친구가 있다고 어머니한테 말했었어. 막 같이 살 아파트를 찾던 그때 말이야. 그랬더니 어머니가 바로 당신 직업을 물어봤어. 이름도, 어디 출신인지도 아니고 직업만. 어머니에게는 늘 사람이 어떤 직업을 가진지가 굉장히 중요했어. 성격 따윈 상관없었지. 뭐 어쨌든, 물어봤으니까 대답을 했던 거야. 당신이 작가라고. 하지만 어머니는 처음에 전혀 이해를 못했어. 그래서 책을 쓰고 있다고 설명했거든. 그랬더니 웃음을 터뜨렸어. 요란하게 계속 웃었어. 웃음을 그치지 않았지. 그러고 나서 나한테 이렇게 물었어 ─ 더 멀쩡한 남자를 못 찾았냐고. 우리 대학생들에게 예술가는 특별한 존재였지만, 어머니는 장난 같았겠지.

크사버 나중에 어머니 몸무게가 얼마나 나가셨지?

마틸다 200킬로그램쯤 됐던 것 같아.

크사버 어머니와 처음 만났을 때 진짜 걸작이었어.

마틸다 걸작? 당신을 위아래로 빤히 훑어보고, 하루 종일 한마디도 하지 않았잖아.

크사버 그래도 코 고는 소리는 들려주셨어.

마틸다 뭐?

크사버 당신이 처음으로 날 고향 집에 데려갔을 때. 같이 살기 시작한 지 3년쯤 됐을 때였나. 당신이 집에 내려가려던 때 한번 같이 가자고 내가 애원한 끝에 겨우 갈 수 있었잖아. 당신은 내가 당신 가족들을 만나는 것을 계속 완강하게 거부했어.

마틸다 부끄러웠거든. 부끄럽다고 생각하는 걸 당신한테 말하기도 싫었어.

크사버 말할 필요가 없었지. 빤히 보였으니까. 뭐 어쨌든, 어머니 생일 축하하러 나도 같이 내려갔을 때. 언제였지?

마틸다 85년 4월 5일.

크사버 그래, 맞다. 그 좁은 부엌에서 커피를 마시고, 케이크를 먹으면서, 서먹하게 날씨 얘기도 하고 말이야. 그러다가 당신하고 동생하고 동생이 그때 만나던 여자 친구 모두 불쑥 일어나더니 시내로 산책 갈 준비를 시작했잖아. 나는 좀 더 커피를 마시고 싶어서 나중에 합류하겠다고 말했어. 그래서 어머니 맞은편에 앉아서 커피를 두 잔째 마셨지. 어머니는 걸신들린 것처럼 케이크를 먹더니 손으로 입을 닦고는, 출렁출렁한 배 위로 팔짱을 낀 채 잠이 들었어. 테이블에 앉은 채 잠들었다니까!

마틸다 응, 자주 그랬지.

크사버 그래도 그렇게 갑자기! 방금 전까지 그 돼지 같은 눈으로 날 가만히 노려봤던 것 같은데 다시 보니

172

까 푹 자고 있지 뭐야! 아니, 처음엔 눈을 감았을 뿐이었던 것 같아. 그런데 금방 코를 골기 시작했어! 내 눈앞에 앉은 채 엄청나게 큰 소리로 코를 골면서 말이야. 믿을 수 없는 소리였어. 우렁차고 드르렁대는, 인간이 낸다는 게 믿기지 않는 소리로 말이야. 당장 도망가려고 했는데, 그때 당신 집의 그 좁은 부엌에서 함정에 빠졌다는 걸 깨달았지.

마틸다 모서리에 앉아 있었어?

크사버 그랬던 거야! 어머니는 문 앞의 의자에 앉아 계시고, 나는 안쪽 모퉁이였어. 복도로 이어지는 문은 열려 있었지만, 그 무시무시한 비대한 몸이 출구를 완전히 막고 있었어. 완전히 꽉! 오른쪽으로도 왼쪽으로도 내가 통과할 만한 틈은 10센티미터도 안 됐어. 출구는 막혔고, 바리케이드를 치고 있는 그 거대한 배가 코를 골 때마다 바르르 떨리고 말이지.

마틸다 (웃으며) 그래서 어떻게 했어?

크사버 어쩔 수 없잖아, 탁자 밑으로 내려가 상황을 살폈어. 의자를 확인했지. 어머니가 눈치 채고 깨어나지 않도록 조심조심 의자 밑을 포복하며 전진해서 빠져나갈 수 있을까, 생각했어.

마틸다 정말 의자 밑을 기어서 나왔어?

크사버 응. 죽음의 공포를 극복했지. 정말 무서웠어. 혹시
라도 의자가 망가지면 깔린 채 질식사할 테니까. 마
침내 밖으로 나왔더니 당신이 이렇게 긴 시간 동
안 뭘 한 거냐고, 왜 그렇게 지저분하냐고 물었어. 하
지만 난 방금 내 옷으로 부엌 바닥 청소를 하고 왔다
고는 차마 말하지 못했지. 정말, 참 희한한 분이셨어.

마틸다 희한한 게 아냐, 끔찍한 엄마였어. 내게는 고향 집
에 있는 모든 게 끔찍했어. 당신의 어머니에 대해
서는 뭐랄까, 애초에 당신의 시골에서의 어린 시절
이 참 부러웠지. 맞다, 어머니는 어떻게 돌아가신 거
야?

크사버 병원에서, 폐렴으로. 서둘러 차를 몰고 베를린에서 벨
스까지 갔는데 한 시간 늦게 도착을 했어.

마틸다 참 비극이지. 그 집을 물려주려고, 가문을 존속시키
려고 그렇게 열심히 싸웠는데. 그 싸움 끝에 뭐가 남
았지? 병원에서 외롭게 떠나다니.

크사버 그래도 아직 내가 남았잖아.

마틸다 그치만 그 집을 당신 다음으로 유지해 나갈 아이는 이
제 없을 텐데?

마틸다

어머니 쪽 친척들은 크리스마스와 마틸다의 생일에 매년 편지를 보내주었다. 고마움에 마틸다도 종종 답장을 했다. 마틸다의 첫 영성체에는 놀랍게도 초대하지도 않은 할머니와 큰삼촌 내외가 직접 찾아오기까지 했다. 그들은 레스토랑에서의 식사 대금마저 모두 지불했다. 그래도 어머니는 그들과 한마디도 말을 섞지 않았다. 마틸다는 하루 종일 진땀을 흘려야 했다. 고마움에 친척들을 대접하고자 안간힘을 썼지만 불과 몇 분 만에 이야깃거리가 바닥났기 때문이다. 과묵한 아버지도 동생도 아무런 도움이 되지 않았다. 견진 성사와 대학 입시에 합격했을 때는 숙모로부터 현금이 든 편지를 받기도 했다. 그러나 그 후론 몇 년이나 소식이 없었다.

마틸다의 마음이 가장 편안한 때는 책을 읽는 시간이었다. 그녀는 몇 시간씩 침대 위를 이리저리 뒹굴며 해치울 듯이 책을 읽고는 했다. 책은 시민 도서관에서 빌렸다. 때때로 아버지가 서점에 데려가 책을 한 권 사줄 때도 있었다.

열다섯 살이 되었을 때, 마틸다의 책장에는 스무 권의 책이 있었다. 뒤마의 『몬테크리스토 백작』도 그중 한 권이었다. 아버지가 집을 떠나기 전에 선물한 책이었다. 아버지가 마틸다의 편을 들어준 덕분에 간신히 진학할 수 있었던 명문 고등학교에 들어간 지 반년쯤 됐을 때, 아버지는 다른 여자를 만나 가족을 버렸다. 어머니는 미칠 듯이 분노했고 허탈감에 몸부림쳤다. 어머니도 이미 아버지를 사랑하지는 않았지만, 그래도 다른 여자에게 아버지를 빼앗기는 걸 용서하기는 어려웠던 것이다. 그날부로 어머니는 보다 더 사나워졌고 세상을 원망하며 마틸다에게 더욱더 적의를 드러내고 심술궂게 대하기 시작했다.

마틸다는 학교를 마치고 집으로 돌아갈 때면 항상 모든 일에 대비해 마음의 준비를 해야 했다. 실제로 아버지가 떠나고 나서 벌어진 첫 사건은 마틸다의 책이 모두 사라진 일이었다. 책꽂이에 책이 한 권도 남아 있지 않았다. 다리가 풀려서 마틸다는 침대에 주저앉아야 했다. 그러지 않았다면 쓰러졌을 것이다. 가쁜 숨을 내쉬며 어떻게든 마음을 진정시키려고 했지만 소용이 없었다. 난생처음으로 마틸다는 큰 소리로 어머니에게 대들었다. 하지만 어머니는 아무 짓도 하지 않았다고 우기며 누군가에게 빌려주고 잊어버린 게 아니냐, 스테판이 가져갔겠지, 라고 히죽히죽 웃으며 대꾸했을 뿐이었다. 며칠 후 마틸다는 거실에 있는 장작 난로 속에서 갈기갈기 찢어진 책 페이지와 잿더미를 발견했다. 침대에 누운 마틸다는 차오르는 증오에 질식할 듯했다. 하지만 동시에 자신의 무력함도 알고 있었다. 마틸다는 아직 미성년자였고, 어머니가 마음대로 할 수 있는 존재였던 것이다. 그 뒤로 마틸다는 열여덟 살 생일이 될 때까지 날짜를 세기 시작했다. 더 이상 책은 사지 않고, 모두 도서관에서 빌려서 밤마다 다른 장소에 숨겼다.

아버지는 평온하고 내성적인 사람이었다. 사실 마틸다는 아버지가 무엇을 생각하고 무엇을 느끼는지, 인생에 무엇을 기대하는지 전혀 알지 못했다. 조용할 뿐, 아무런 요구도, 자신을 내세우려 하지도 않았기 때문이다. 아버지는 부엌 탁자 앞에 앉아 베이컨을 잘게 다지고 있어도, 소파 끝에 앉아 TV 뉴스를 보고 있어도 가끔 마치 그 자리에 없는 것 같을 때가 있었다. 아버지는 아내와 두 아이가 있는 가정을 꾸려 작은 아파트에 사는 걸로 만족하고 그 이상은 바라지 않는 듯했다. 야심 같은 것도 하나도 없었다. 아마 지식도 부족한 듯했는데, 실제로 마틸다는 아버지가 신문을 읽거나 글을 쓰는 모습을 본 적이 없었다. 아버지가 읽고 쓸 줄을 모르는 것은 아닌가 하는 의심이 깊어진 것도 그래서였다. 아버지는 건설 일에 만족했지만 가족을 위해 스스로 집을 지을 생각은 없어 보였다. 은행에 수십 년 동안 갚아야 대출금을 빌리는 게 싫었던 듯했다. 하지만 사실은 복잡한 대출 계약서가 두려웠을 뿐인지도 몰랐다. 아버지가 말하기를 은행원들이란 정장을 입은 온갖 인간들과 마찬가지로 그저 양아치일 뿐이었다. 그런데 그런 젊은 양아치 앞에서 계약서를 읽어야 하는 상황에 처하는 걸 두려워한 것은 아니었을까. 어머니가 애정이 넘치는 상냥한 여성이고 집안일을 제대로 해냈다면, 아마도 아버지는 세상에서 가장 행복한 인간으로 살아갈 수 있었을 것이다.

그러나 20년 가까이 일했던 건설회사에서 해고됐을 때, 아버지는 일과 함께 직장에 대한 마음가짐도 잃었다. 그 후에는 어느 회사도 오래 다니지 못했고 실업 기간이 길어질수록 술에 빠져들었다. 부모님의 모습은 서로 묵묵히 잠자코 있든지, 아니면 어머니가 아버지를 향해 고함을 지르고 아버지가 말없이 집 밖으로 나서든지 둘 중에 하나였다. 부모님은 각자의 방식으로 자신의 인생이 파탄에 이른 책임을 상대방에게 떠넘기고 있었던 것이다. 어머니는 큰 소리가 나는 고함으로, 아버지는 자기 안에 틀어박혀서 상대방을 비난하는 듯한 시선으로.

그러던 어느 날 마틸다의 얌전한 아버지는 에바라는 다정한 여자를 만났고, 몇 주 지나지 않아 가족을 버리고 집을 나갔다. 마틸다는 그런 아버지를 나쁘게 생각할 수조차 없었다. 마틸다의 입장에서 본다면 어머니는 인간쓰레기였을 뿐이었으니까. 그녀는 어머니 같은 인간은커녕 어머니와 조금이라도 비슷한 인간이 결코 되고 싶지 않았다. 마틸다의 눈에 아버지가 가족을 버린 것에 대한 책임은 어머니 단 한 사람에게 있었다. 그래서 아버지가 새로운 행복을 찾은 것을 기뻐하기까지 했으며, 한편으로 어머니의 불행에 가슴이 후련했다.

반년 뒤, 마틸다는 학교에서 귀가하다가 길모퉁이에 선 아버지를 봤다. 아버지는 손에 〈파수대(한 기독교 단체가 정기적으로 발행하는 성경 관련 출판물 — 옮긴이)〉를 들고 있었다. 놀란 마틸다는 아버지에게 달려가 어떻게 된 일인지 따졌다. 아버지는 껄끄러워하면서도 솔직하게 사정을 털어놓았다 — 에바는 '여호와의 증인' 신도이고, 자신 또한 그녀를 위해 입교를 했다고. 마틸다는 도저히 믿을 수가 없었다. 마음이 약하고 남에게 휘둘리기 쉬운 아버지는 사랑하는 사람을 위해 자신의 신앙마저 바꿔버린 것이다. 마틸다는 울면서 집으로 돌아올 수밖에 없었다.

아버지는 에바와 함께 북독일로 이사해 새로운 삶을 살기 시작했다. 아버지가 지금은 어느 동네 거리에서 〈파수대〉를 들고 서 있는지 마틸다나 슈테판도 알지 못했다. 크리스마스에는 매년 카드가 도착했다. 하지만 두 사람 모두 카드를 쓴 것은 분명 에바이고, 아버지는 그냥 서명만 했다는 것을 알고 있었다.

대학 졸업시험을 준비할 때, 마틸다는 테오도어 슈토름의 삶과 작품에 관한 많은 책을 읽었다. 그녀는 슈토름의 『백마의 기사』와 『익사한 아이』를 아주 좋아했다. 마틸다는 시험 공부를 하면서 슈토름의 출생지인 북독일 후줌의 한 거리 모퉁이에 서서 세계의 멸망을 이야기하고 있을 아버지를 상상했다. 게다가 한번은 아버지가 나오는 악몽을 꾸기도 했다. 꿈속에서 아버지는 제방 위에 서 있었다. 캄캄한 밤이었고 바다는 요란한 소리를 내며 요동치고 있었다. 그때 백마를 탄 기사가 달려오다가 아버지에게 부딪히고, 비틀거리던 아버지는 거친 파도 속으로 떨어져 버렸다.

크사버가 마틸다에게 들려주는 이야기

1889년 봄, 스무 살의 리하르트 잔트는 같은 마을 출신의 청년 세 명과 함께 미국으로 이주했다. 먼저 이주해서 미합중국을 일종의 낙원처럼 묘사한 편지를 마을에 보내온 다른 젊은이들과 가족들의 뒤를 따라 미국으로 건너간 것이다. 마을에서 건너간 이주자들은 대부분 위스콘신 주의 밀워키로 향했다. 이것은 고향과 비슷한 기후를 가진 토지에 이주처를 정한 최초의 이주자가 만든 전통으로, 가장 정착하기 쉽다는 이유로 그대로 이어져 내려오고 있었다. 밀워키에는 이미 뮐피르텔 출신들이 많이 살고 있어서 나중에 오는 사람들의 부담이 여러모로 가벼워졌던 것이다. 마을과 그 주변에는 적당한 임금을 벌 수 있는 일자리가 얼마든지 있었고, 싸게 매입할 수 있는 땅도 풍부했다. 심지어 한가할 때 놀 수 있는 장소도 있었다—'오크나무 잎'이라는 이름의 클럽이.

출발을 앞두고 리하르트 잔트는 이웃 마을의 양복점에서 기나긴 여행에 필요한 정장을 맞췄다. 그리고 양복점에서 나와 집으로 가기 위해 숲 변두리의 작은 농장을 지나가는데 고통스러운 비명과 신음 소리가 들려왔다. 깜짝 놀란 리하르트는 소리가 들려온 외양간으로 달려갔다. 이윽고 외양간의 어둠에 익숙해지자 한 소녀를 덮치고 있는 남자가 눈에 들어왔다. 리하르트는 바지를 무릎까지 내린 남자를 소녀에게서 떼어내고 외양간에서 끌고 나가 흠씬 두들겨 팼다. 그리고 잔뜩 위협을 한 뒤 쫓아버렸다. 소녀는 갈기갈기 찢어진 앞치마 차림으로 쭈그리고 앉아 오들오들 떨며 울고 있었다. 두려움에 정신을 차리지 못했다. 소녀를 안은 리하르트는 외양간에서 나와 석양으로 따스해진 풀밭에 앉힌 다음 자신의 겉옷을 어깨에 둘러주었다. 그리고 부드러운 목소리로 자신이 기르는 강아지인 젠타에 대해 들려주었다. 젠타는 암컷 양치기 개로 1~2주 전에 닭장에서 출산을 했다. 그래서 젠타가 땅바닥에 누우면 강아지와 병아리가 그 배에서 나란히 잠이 든다는 이야기였다. 잠시 뒤 침착함을 되찾은 소녀는 우물거리는 작은 목소리로 자기 이름을 말했다. 안나라는 이름의 소녀는 열네 살이었다. 가족 모두가 건초를 만드는 동안 외양간에서 소 여섯 마리의 젖을 짜려고 했는데, 소에게 먹이를 주고 있을 때 갑자기 남자가 나타났다고 했다. 남자는 동네 농부로 결혼을 했는데도 예전부터 희번덕대는 눈초리로 안나를 쫓아다녔다고 한다. 리하르트는 안나와 함께 외양간으로 돌아가 젖소에게 먹이를 주고, 젖을 짜고, 청소를 돕는 바람에 귀가가 두 시간 가까이 늦어졌다. 이틀 후 리하르트는 다시 안나를 찾아가서 젠타가 낳은 강아지 한 마리를 선물했다. "이 녀석이 널 지켜줄 거야"라고 말하며. 안나의 부모님에게 식사를 초대받은 리하르트는 거실에 앉아 2주 후에 세 친구와 함께 함부르크에서 뉴욕행 배를 탈 예정이라고 말했다. 안나의 부모님은 많은 질문을 했다. 왜 이주하기로 했는지, 그곳에서 무엇을 할 계획인지. 안나가 한 질문은 단 하나였다—리하르트(Richard)의 이름을 미국에서는 어떻게 발음하는지. 집을 나오면서 리하르트는 안나에게 강아지에게 무슨 이름을 지어줬냐고 물었다. 그러자 안나가 '리치!'라고 대답을 했다. 리하르트는 자기도 모르게 웃음을 터트리고 말았다.

출발 당일, 리하르트는 막 스무 살이 되었다. 거의 모든 마을 사람들이 네 명의 젊은이를 에워싼 채 이별을 고하고,

성수로 이마에 십자가를 그리며 하나님의 은총을 빌어주었다. 가족들이 눈물을 흘리며 배웅하는 가운데 네 사람은 파사우를 거쳐 함부르크로 향하는 열차를 타기 위해 걸어서 벡샤이트로 향했다. 작은 트렁크를 들고 마르크트 광장을 뒤로 한 채 목초지와 밭을 가로지르고 있을 때, 개가 짖는 소리가 들렸다. 리하르트가 돌아서자 맨발의 안나가 이쪽을 향해 키가 큰 풀숲을 헤치며 달려오는 것이 보였다. 그 뒤로 강아지가 따라왔다. 빨갛게 상기된 얼굴로 리하르트를 따라잡은 안나는 작은 성모 마리아의 그림을 쥐여주며 이렇게 말했다. "성모님이 지켜주실 거예요." 이 말만 남긴 채 안나는 다시 발길을 돌려 우거진 풀숲을 달리기 시작했다. 뒤에 강아지를 달고. 리하르트는 그 뒷모습을 오래도록 배웅했다. 그 풍경은 몇 주 동안 리하르트의 머리에서 떠나지 않았다.

밀워키에 도착한 리하르트는 바로 고아원 관리실에서 일자리를 구했다. 숙소도 제공받았다. 리하르트는 밀워키 시내에 발을 들인 순간부터 고향 마을에서는 느껴본 적 없던 가벼운 행복감을 느꼈다. 쉬는 시간에는 뮐피르텔에서 온 다른 이민자들과 함께 시간을 보냈다. 미시간 호수에서 수영하는 법을 배우고 국경일과 주말엔 마음껏 놀왔다.

1년 후 리하르트는 큰 구두 공방에 일자리를 구했고, 기술을 배워 드디어 이 땅에 정착하는 데 필요한 충분한 자금을 마련할 수 있게 되었다. 그리고 혼자 살 새로운 아파트로 이사를 했다. 고아원의 수녀님, 아이들과 헤어지는 건 힘들었다. 리하르트는 그 후에도 오래도록 정이 든 그들을 만나러 가곤 했다.

마틸다와 크사버

처음으로 함께 맞은 여름, 크사버는 독일의 한 출판사에서 실습을 했고 마틸다는 빈에 남아 식당에서 아르바이트를 했다. 마틸다는 크사버와 떨어져 있는 것이 견디기 힘들었다. 그가 그리운 나머지 머리가 어떻게 될 것만 같았다. 일이 없을 때는 집 안에 틀어박혀 울적해하면서 수영도 가지 않았다. 친구들과 약속도 잡지 않았다. 항상 크사버만을 생각했다. 지금 뭘 하고 있을까, 누구와 만날까, 누구에게 웃어주고 있을까, 내가 없어서 외롭다고 생각할까. 룸메이트인 칼린은 그런 마틸다의 모습을 홀렸다고 표현했다.

결국 마틸다는 고용주에게 부탁해서 이틀 연휴를 얻어 열차에 올라탔다. 깜짝 놀래켜 주려고 크사버에게는 미리 연락하지 않았다. 역에 도착하자마자 곧장 출판사로 향한 마틸다는 입구 앞에서 크사버를 기다렸다. 건물에서 나와 마틸다를 발견했을 때 크사버의 얼굴에서는 기쁨이 넘쳐흘렀다. 크사버는 허겁지겁 달려와 마틸다를 오랫동안 꼭 껴안았다. 마틸다는 감동한 나머지 눈물을 참을 수 없었고, 그 눈물을 크사버의 입술이 닦아 주었다. 둘이서만 있을 때 이토록 열정적인 크사버는 본 적이 없었다. 마틸다는 크사버와 함께 보내는 이틀을 마음껏 즐겼다. 시간은 순식간에 지나갔다. 마틸다는 크사버와 단둘이 있는 것이 좋았다. 친구나 지인이 없는 자리에서 크사버의 태도는 높은 확률로 부드러워졌기 때문이다. 눈치 빠른 지식인을 연기하지도 않았고, 자신을 조금 더 진지하게 대해 주었다.

사귀기 시작한 지 1년이 지난 이듬해 봄에 두 사람은 드디어 메란으로 함께 여행을 떠났다. 저렴한 펜션에 방을 잡고 둘은 늦잠을 잤다. 일어나서는 아침을 든든하게 먹고 동네나 교외를 산책했다. 빈보다 훨씬 강렬하게 느껴지는 봄 햇살을 만끽하고, 또 작은 식당에서 푸짐한 야식을 즐겼다.

마지막 날 밤, 두 사람은 동네를 둘러보다가 한 리조트의 로비로 들어가는 사람들 틈에 합류했다. 간판에는 지역 오케스트라가 비발디, 쇼스타코비치 등의 곡을 연주할 것이라는 안내문이 적혀 있었다. 두 사람은 티켓을 사서 뒷자리에 앉았다.

압도적인 음악은 시작부터 마틸다를 사로잡았고 이내 들끓는 듯한 감정의 소용돌이가 휘몰아쳤다. 벅찬 감동이 밀려왔다. 인터미션 동안 마틸다는 좁고 곰팡내 나는 집의 TV 앞에 앉아 차례차례 음식을 입에 밀어 넣기만 하는, 인생에서 희망을 잃은 어머니를 생각했다. 그리고 그저 자기 자리를 갖고 싶다는 이유로 읽지도 못하는 〈파수대〉를 들고 북독일의 거리에 서 있을 아버지도 생각했다. 난생처음 부모님에게 깊은 동정을 느낀 마틸다는 그들과 화해할 수 있을 것 같은 기분이 들었다. 그러다 갑자기 누구에게서도 사랑을 받지 못한 내성적인 소녀였던 자신의 모습이 번개처럼 뇌리를 스쳤다. 그러자 손쓸 새도 없이 어린 시절의 여러 광경이 되살아났다. 이불에 또 실수를 했다며 양탄자를 터는 막대기로 마틸다를 때리던 어머니. 동생과 함께 지저분한 마당에서 빈둥빈둥 허송세월을 보내던 지루한 일요일. 열린 창문으로 들려오던 어머니가 아버지에게 악을 쓰는 소리. 침대에 누워서 낮은 천장을 보며 빨리 하루가 끝났으면, 하루가 끝나면 그만큼 어른이 되는 날이 가까워지거든, 하고 밤이 깊어져 잠들 때까지 시간을 분 단위로 세던 고된 나날들.

부모에 대한 동정은 금세 자신에 대한 연민으로 변했다
— 마틸다는 할 수만 있다면 그때의 작은 소녀를 품에 꼭
끌어안고 위로해주고 싶었다. 그 소녀는 아직도 마틸다 속
에서 살아가고 있었다. 그 순간 음악이 마틸다의 내면에
서 또 다른 작용을 일으켰다. 음악의 힘은 너무나 강렬해
서 그녀의 내면으로 파고들어 마음을 지배하고 마치 마약
처럼 마틸다를 황홀하게 만들었다.

살아 있다는 활력과 즐거움, 한 번도 느껴보지 못한 감
정이 마틸다의 온몸을 채웠다. 자신이 젊고, 강하며, 하
고 싶은 것은 무엇이든 할 수 있다는 느낌. 미래가 밝게 빛
났다. 크사버와 함께하는, 행복으로 가득 찬 삶이. 그래, 다
른 누구도 아닌 크사버여야 했다. 크사버는 마틸다가 인생
을 온전히 맡긴 사랑의 상대였다. 그의 행복을 위해서라
면 어떤 일이라도 할 생각이었다. 내게는 두 사람 몫의 에
너지가 있다. 마틸다는 크사버의 손을 꽉 움켜쥐었다. 온몸
이 떨려왔다.

제발 음악이 끝나지 않기를, 마틸다는 기도했다. 그리
고 이 벅찬 감정이 결코 달아나지 않기를 기도했다. 그 이
후로도 오랜 시간 동안 마틸다는 이때의 감정을 양식으
로 삼아서 살아갔다. 물론 얼마 지나지 않아서 세월과 함

께 그때의 감정 역시 빛이 바랬지만, 그날의 콘서트가 생각날 때마다 마틸다의 몸에는 다시 그때의 각오가 따스하게 흘러드는 것이었다.

마틸다가 크사버에게 들려주는 이야기

그는 예술가다.

주요 활동은 그림 그리기. 대개는 수채화로 그린 추상화다. 그는 쨍쨍하고 선명한 색상을 이유 없이 싫어하기 때문이다. 집중해서 그림을 그리는 날은 약을 많이 먹지 않아도 괜찮다. 그림을 팔 때는 내가 도와야 한다. 그 사람한테는 무리이기 때문이다. 그는 사람들과 관계를 맺는 것이 서투르다. 난 기꺼이 도움의 손길을 내민다. 거대한 캔버스를 동료와 친구들에게 헐값에 양도한다. 다들 도움을 주는 걸 기뻐한다. 그는 가끔 점토를 반죽해 인물상도 만든다. 여자나 몸이 뒤엉킨 커플을 형상화한 인물상을. 그의 거처는 그런 관능적인 조각상으로 가득하다. 우리 집에도 몇 개 놓여 있다. 그는 캘리그래피도 즐긴다. 지금은 『파우스트 1부』를 언셜체(uncial script, 기원전 3세기부터 그리스, 기원후 3세기부터 로마에서 사용된 글자—옮긴이)로 필사하는 중이다. 난 그걸 위해 줄 쳐진 종이 묶음과 깃털 펜을 준비했다. 그는 매일 오전 내내, 거르지 않고 책상에 앉아 글씨본의 힘을 빌려 한 단어씩 베껴 쓰고 있다. 그가 쓰는 글자는 규칙적이고 아름답다. 이 작품이 완성되면 골동품 가게에 팔기로 했다.

크사버 주인공의 애인은 재능이 풍부한 사람인가 보다. 그런데 나이는 몇 살?

마틸다 굉장히 젊어.

마틸다와 크사버

뮌헨의 한 출판사에서 실습을 마친 크사버는 고향으로 내려가 어머니에게 얼굴을 비춰야겠다고 생각했다. 거의 반년 동안 내려가지 않았기 때문이다. 하지만 혼자 가기가 싫어서 마틸다에게 함께 가지 않겠냐고 물었다.

눈이 부시도록 하늘이 맑게 갠 9월의 어느 날 두 사람은 크사버의 고향 집으로 내려갔다. 둘 다 기분이 좋았다. 두 시간 반쯤 열차를 타고 역에 도착하자 마을 분이 마중을 나와 있었다. 그분이 운전하는 걱정스러울 정도로 오래된 벤츠를 타고 30분 동안 덜컹거리며 길을 달려 크사버의 고향 집 앞에 도착했다. 드라이브를 하는 동안 마틸다는 뒷좌석에 앉아 넋을 잃고 몽상에 잠겨 있었다. 연세가 지긋한 마을 어르신은 마틸다에게 유독 싹싹하게 굴었고 마틸다도 그걸 즐겼다. 크사버가 어머니에게 자기 얘기를 꺼냈고, 그래서 어머니가 자신과 만나고 싶어 했다는 사실에 마음이 들떴다. 그 사실은 마틸다에게 큰 의미로 다가왔기에 조금 긴장되기도 했다.

광활한 낡은 집엔 '슈로트'라는 이름이 붙어 있었다. 집은 마을 외곽 언덕 위에 우두커니 서 있었고, 주위에는 목초지와 숲밖에 보이지 않았다. 지배자의 위엄을 과시하며 주위의 경치를 내려다보는 그 집이, 마틸다는 처음 본 순간부터 마음에 들었다. 하지만 그 마음은 가슴속에 간직해 두었다. 크사버가 이 집을 싫어한다는 걸 알고 있었기 때문이다. 그리고 바로 그날 밤, 마틸다는 그 이유를 알게 되었다. 크사버가 어린 시절 이야기를 마틸다에게 해준 것은 그때가 처음이었다.

마을 어르신의 차에서 내리자 크사버의 어머니 잉게가 집 앞에 서서 기다리고 있었다. 검은 치마에 하얀 블라우스 차림에 팔짱을 끼고. 잉게는 크사버에게 달려들어 껴안고 키스를 했다. 잉게가 크사버를 얼마만큼 사랑하는지 마틸다는 두 눈으로 확인할 수 있었다. 그 순간 부러움과 질투심이 비수처럼 날아와 가슴에 박혔다. 어머니의 사랑을 받고 있는 크사버가 부러워서 정신이 나가버릴 듯했다. 크사버는 유년 시절과 사춘기를 거치며 줄곧 이 사랑을 받아온 것이다. 갑자기 크사버의 자신감의 이유를, 언제나 어깨 힘을 빼고 살아갈 수 있는 이유를 이해할 수 있었다.

마틸다에게는 "카민스키 씨"라는 딱딱한 호칭이 전부였다. 잉게는 손가락 끝을 팽팽하게 뻗은 채 마틸다와 짧은 악수를 나누더니 머리 꼭대기에서 발끝까지 심사한 뒤에 오래 신어서 허름한 샌들을 눈여겨보고는 이렇게 말했다. "요즘 여학생은 그런 걸 신니?" 잉게의 위엄 있는 분위기에 마틸다는 위축되었고, 이렇게 생각했다 ― 이 사람은 외동아들의 여자 친구가 좀 더 품위 있는 여성이길 바랐던 것이다. 대학을 나온 부모님을 둔, 부유하고 사교적인 가정의 여식을. 마틸다는 분명히 그런 아가씨가 아니라는 걸 잉게는 한눈에 간파한 것이다.

세 사람은 정원의 테이블에 둘러앉았다. 테이블은 공을 들여 아름답게 세팅되어 있었다. 그들은 커피를 마시고 잉게가 직접 구운 건포도 케이크를 먹었다. 잉게는 열심히 분위기를 띄우려, 부자연스러울 정도로 쾌활하게 끊임없이 말을 이어나갔다. 마치 침묵이 뭔가 무서운 것이라도 되는 것처럼. 그때 마틸다는 잉게가 항상 침묵 속에서 살고 있다는 것을 깨달았다. 몇 년 전에 천식으로 남편을 떠나보낸 후 잉게는 넓은 집에서 홀로 살고 있는 것이었다. 그러나 크사버는 말수가 적었고, 질문이 오면 짧게 대답만 했다. 마틸다에게는 아무것도 묻지 않았다. 그날은 유난히 날씨가 따뜻했는데, 잉게는 파라솔을 펴는 것이 좋겠냐고 물었다. 그러고 나서 대답을 기다리지 않고 파라솔을 펼쳤다. 마틸다는 목조로 된 창고 지붕에 내려앉아 당당하게 주변을 흘겨보고 있는 까마귀를 관찰하고 있었다.

잉게는 마틸다의 어머니 마르타와는 정반대의 인간이었다. 세련되고 교양 있고 부지런하며, 무엇보다도 가족을 아꼈다. 그렇지만 그 가족도 지금은 크사버와 자신 둘뿐이었다. 처음 만난 날부터, 잉게는 마틸다에게 대가족을 갖고 싶었지만 유산을 경험한 뒤 더는 아이를 갖지 못했다는 이야기를 자세히 들려주었다. 그 이야기는 평균적으로 네 명의 자식을 둔 마을 여자들에 비해 하나만 키운 자신을 마틸다가 나태하다고 여길까 두려워하는 데서 나온 것 같았다. 그리고 잉게 자신이 그 일에 열등감을 갖고 있는 듯 보였다.

크사버가 마틸다를 데리고 2층 집의 무수히 많은 방들을 보여주었다. 2층에는 침실 다섯 개와 욕실 한 개, 1층에는 부엌과 두 번째 욕실 말고도 잉게의 침실이 있었다. 심지어 독립된 현관이 따로 마련된, 지금은 아무도 살지 않는 공간도 있었다. 옛 구두 공방이었다.

자세히 살펴보니 집이 얼마나 오래됐고, 보수를 필요로 하는 상태인지 확실히 알 수 있었다. 그리고 그걸 위한 자금이 부족한 것도. 대부분의 방에는 부서진 가구와 곰팡이 얼룩이 있었고, 벽지가 벗겨져 있었으며, 50년대 초에 만들어진 욕실 두 곳은 낡아빠졌다는 표현으로는 부족할 정도로 허름했다. 마틸다는 이렇게 넓은 집을 본 적이 없었다. 모든 방의 크기가 열 평 가까이 됐고, 지하실도 다락도 큼지막했다. 마틸다는 이 낡은 집이 편안했다. 이곳에서 살았으면 얼마나 좋았을까, 하고 생각할 정도로. 풍요로운 자연에 둘러싸여 주민들끼리 온종일 얼굴을 맞대지 않고도 살 수 있는, 여러 개의 큰 방이 있는 이 집에서.

그날 밤 크사버가 마틸다의 방으로 몰래 들어와―잉게가 두 사람에게 서로 다른 방을 줘서 크사버는 할 말을 잃었다―속삭이는 목소리로 왜 그렇게 '슈로트'가 불편한지를 이야기해 주었다. 여기서는 살 수 없고 살고 싶지도 않아, 라고 크사버는 말했다. 하지만 잉게는 크사버가 바로 이곳에서 살기를 원했다. 그의 조상들처럼.

크사버가 마틸다에게 들려주는 이야기

5년 뒤인 1914년, 유럽에서 큰 전쟁이 어두운 그림자를 드리우기 시작하자, 합스부르크 제국과 독일 제국에서 건너온 미합중국의 이민자는 진정한 의미로 이방인이 되었다. 리하르트를 포함한 이민자 모두가 고향의 가족들을 걱정하며 불안한 나날을 보냈다. 하지만 1년 뒤인 1915년 여름, 리하르트는 갑자기 하늘을 나는 듯한 행복을 느끼게 된다. 멋진 여자를 만나 첫눈에 사랑에 빠진 것이다. 도로시 오플래허티라는 이름의 아가씨는 위스콘신 애비뉴(밀워키의 중심가-옮긴이)에 새로 오픈할 예정인 조그마한 신발 가게에서 쇼윈도를 꾸미고 있었다. 가게 앞을 지나가던 리하르트는 도로시와 눈이 마주쳤다. 그리고 그날 저녁 바로 두 사람은 밥을 먹으러 갔고 그 이후로 종종 만남을 갖게 되었다. 도로시의 아버지는 아일랜드인으로 이민자의 아들이었다. 얼마 전에 세상을 떠난 도로시의 어머니는 원주민과 폴란드인의 혼혈이었다. 도로시는 가족들과 함께 시카고에 살았지만 어머니가 오랜 투병 끝에 돌아가신 후, 솜씨 좋은 구두 장인인 아버지는 새 인생을 시작하고자 시카고에서 모든 걸 다 정리하고 네 딸과 함께 밀워키로 향했다. 그곳에서 이제껏 용기가 나지 않아 주저했던 구두 가게를 창업하기로 마음먹은 것이었다.

신발 가게는 개업 초기부터 순조로웠다. 리하르트와 도로시의 관계도 마찬가지였다. 리하르트는 도로시에게 진심 어린 사랑을 느꼈고, 도로시와 함께라면 행복할 수 있을 거란 예감이 들었다. 하지만 리하르트의 친구들은 두 사람의 관계를 이해하지 못했다. 고향에서 배우자를 데려오거나 (동향의) 이주민을 배우자로 선택한다는 그들의 암묵적인 규칙을 깨는 일이었기 때문이다. 하지만 리하르트는 개의치 않았다. 리하르트는 도로시와 그녀의 명랑하고 수다스러운 여동생들, 사려 깊고 호탕한 아버지와 함께 보내는 시간을 사랑했다. 사랑이 넘치고 다정하고 두터운 신뢰가 있는 가족들이 살고 있는 집을, 그 집의 큰딸 도로시를 사랑했다. 그들을 가로막는 단 한 가지는 도로시와 모국어로 대화를 할 수 없다는 짐이있다. 아무리 노력해도 뜻대로 표현되지 않는, 전해지지 않는 부분이 있었다. 반대로 속이 후련했던 점은 도로시가 자유로운 사고방식의 소유자이고, 고향 마을의 젊은 여성들처럼 엄격한 가톨릭 신자가 아니며, 어떤 종류의 규범이나 강박도 무턱대고 따르지 않는 사람이란 사실이었다. 그래서 도로시는 1917년 여름에 떠난 피크닉에서 처음으로 리하르트에게 몸을 맡겼다.

두 사람은 함께 많은 걸 했다. 1918년 봄에는 조심스럽게 장래에 관한 이야기를 나누기 시작했다. 하지만 1918년 11월, 리하르트의 누이에게서 절망의 편지가 도착하면서 그 이야기는 끝나버렸다. 편지가 모든 것을 한순간에 바꿔놓았다. 리하르트는 줄곧 머릿속에 가족들과의 재회를 그리고 있었다. 그러나 현실에서의 재회와는 완전히 다른 그림이었다. 리하르트는 도로시에게 프러포즈를 하려고 했다. 도로시와 결혼해서 유럽으로 신혼여행을 가고 싶었다. 자신이 자란 곳을 도로시에게 꼭 보여주고 싶었다.

그러나 누이가 보내온 편지에는 참혹한 변고가 담겨 있었다. 다섯 명의 러시아 병사가 술에 취해 큰 소리로 떠들어대며 가족들의 낡은 집에 침입해 노쇠한 어머니와 큰형인 요제프를 기절할 때까지 때리고 창문과 문을 막은 뒤 불을 질렀다는 소식이었다. 아버지는 그때 다른 형제들과 숲으로 장작용 나무를 베러 갔기 때문에 무사했다. 돌로 지은 집은 전소됐고 시체는 검게 타버렸다. 남은 가족은 헛간에 묵고 있고, 먹을 만한 변변한 음식도 없다고 했다. 리하르트는 도로시와 그녀의 가족들에게 작별을 고하고, 반드시 돌아오겠다고 약속한 뒤 귀향길에 올랐다. 그리고 12월 24일, 10년 동안 찾지 않았던 마을에 도착했다. 고향으로 돌아온 리하르트는 눈앞의 광경을 도저히 믿을 수 없었다.

당장 미국으로 돌아갈 수 있는 상황이 아니며, 지금까지 모은 미국 달러로 가족들을 돕고, 집과 구두 공방을 재건해야 한다는 건 분명했다. 적어도 1년은 이쪽에 남을 수밖에 없다 — 리하르트는 도로시에게 그렇게 적은 편지를 보냈다. 하지만 1년은 2년, 그리고 남은 평생이 됐다.

크사버

크사버의 어머니, 잉게의 형제들은 모두 2차 세계대전에서 전사했다. 어머니가 가문을 잇고 후대에 물려줘야 하는 것은 정해진 수순이었다. 성이 바뀌지 않도록 잉게는 결혼을 하지 않았다. 그래서 크사버는 어머니의 성을 물려받았다. 아버지와 어머니는 끝까지 결혼을 하지 않았다. 크사버는 이 사실을 이해하는 것부터 애를 먹었다. 아버지는 매우 신실한 가정에서 자랐기 때문에 결혼하기를 원했고, 자신의 아이가 혼외 출생자라는 걸 괴로워했다. 하지만 어머니 잉게에게는 자신의 성을 남기는 것이 더 중요했다.

"그 집에 살고 있는, 자신의 이름을 가진 인간보다 항상 가문과 이름이 더 중요했던 거야." 크사버는 씁쓸하게 입을 일그러트리며 그렇게 말했다.

집과 땅은 어머니에게 삶의 의미 그 자체였다. 어머니는 집의 붕괴를 막기 위해 하루 종일 분주했다. 위아래로 광을 내고, 부서지고 오래된 곳을 레이스 천과 손으로 뜬 덮개와 자수가 들어간 쿠션 등으로 가렸다. 어머니는 외아들인, 예전엔 자식이 많아 분가가 많았던 잔트 가문의 마지막 상속자인 크사버가 제대로 살아갈 수 있도록 집을 유지하고 싶었던 것이다. 크사버가 대학을 졸업하면 고향으로 돌아와 '슈로트'에서 산다는 것이 어머니에겐 의심할 여지도 없는 사실이었다. 크사버는 이곳에서 아내와 많은 자식들에게 둘러싸여 살면서 서재에서 소설을 쓰고, 세계적인 명성과 부를 얻게 된다—어머니는 그렇게 생각하고 있었다. 그러니 집을 판다는 건 도저히 상상조차 할 수도 없었다. 수백 년 동안 유서 깊은 한 가문이 살았고, 일용할 양식을 주었던 집을—예전에 잔트 가문은 구두 공방과 작은 농장을 운영하며 먹고살았다—팔 수 있을 리가 없잖니. 그것이 어머니의 입버릇이었다. 크사버는 '유서 깊다'는 말이 그중에서도 제일 싫었지만, 집과 땅은 무슨 수를 써서라도 지켜나가야 한다고, 크사버의 아들과 딸에게, 심지어 그 자손들에게 길이 전해야 한다고 어머니는 생각하고 있었다.

사춘기 시절 딱 한 번, 크사버는 어머니한테 따귀를 맞은 적이 있었다. 만약 누군가의 강요로 자신이 이 집에서 살아가게 된다면, 이런 오래된 돌로 된 집은 부수고 현대식 방갈로를 짓겠다고 선언했을 때였다. 크사버는 어린 시절부터 언젠가 이 집을 자신이 이어받고 유지해 나갈 의무가 있다는 자각을 가지고 있었다. 아니, 그것은 의무보다 더 무거운 것이었다. 크사버가 짊어진 것은 도덕적인 사명이었다. 크사버에겐 이 고향 집에 생명력과 노동력을 모두 쏟아부은 조상들에 대한 책임이 있었다.

잔트 가문은 헤크네스도르프의 유서 깊은 가문이며 200년 전부터 구두 공방과 신발 가게를 운영해 왔지만, 어머니는 1970년대가 되자 애통한 심정으로 공방의 문을 닫아야 했다. 사람들 모두 이제는 마을의 구두 공방이 아닌 시내의 큰 신발 가게를 찾고, 망가진 신발도 고치지 않고 버리는 시대가 되었기 때문이다. 어머니는 태어나면서부터 줄곧 구두 장인의 딸이었고, 오랫동안 가장으로서 가업을 이끌어왔다. 그러다 갑자기 실업보험을 타는 신세가 되자 주변에서는 파산한 게 아니냐고 수군대기 시작했다. 어머니가 정말 파산했는지는 크사버조차 알 수 없었다. 어머니는 결코 그에 대해 이야기를 하지 않았다. 그러나 크사버는 은행에 빚이 있는 것이 분명하다고 어림짐작했다. 갑작스럽게 절약이 생활신조가 됐기 때문이다. 어머니는 경영에 적합한 인간이 아니었다. 항상 수요 따위는 무시하고 온갖 도매업자에게서 우아한 숙녀화를 산더미처럼 떼왔다. 하지만 구두 공방이 문을 닫은 후에는 아르바이트로 창고 회사의 사무 일을 도왔다. 자전거로 다닐 수 있는 직장이었다. 어머니는 운전면허가 없었다.

과거 잔트 가문이 살던 집은 지금의 집보다 훨씬 더 작고 간소했다. 그러나 그 집을 러시아 병사가 불태우는 바람에 잉게의 아버지 리하르트가 같은 장소에 더욱 커다랗게 새로 지은 것이다. 당시의 화재로 리하르트의 어머니와 맏형이 죽었다. 리하르트의 큰누이는 리하르트에게 뷜피아텔의 처참한 사고에 대해 자세히 적은 편지를 보냈다. 석 달 뒤에 리하르트는 어머니와 맏형의 무덤 앞에 섰고, 그 후에 가족들이 가까스로 비바람을 피하고 있는 헛간을 보았다. 4년에 걸친 전쟁이 가족과 고향에 불러일으킨 참상에 리하르트는 할 말을 잃었다. 잔트 가문은 여태껏 꽤 부유했지만, 리하르트는 이제 한 집안의 장남이 되었고 연로한 아버지와 형제들에 대한 책임감을 느껴야 했다. 결국 밀워키로 돌아갈 날은 하루하루 멀어져갔다. 리하르트는 가족을 버리고 돌아갈 수 없었다. 그리고 이웃 마을 농장 주인의 딸 안나에게 마음이 가기도 했다.

결국 리하르트는 미국에서 모은 달러로 집을 재건했다. 리하르트가 손수 완성한 설계를 바탕으로 예전보다 더 아름답고 큰 집을 지었다. 1년 동안 리하르트는 몇 번씩이나 열차를 타고 시내로 나가 은행에서 달러를 환전했다. 집을 설계하고 짓는 것, 나중엔 집을 유지해 나가는 것이 리하르트의 인생의 목표가 되었다. 온 가족의 협력으로 2년 뒤인 1920년에 새집이 완성됐다. 사우스캐롤라이나에 있는 대농의 저택과도 비슷한 광활한 저택이었다. 가난에 허덕이는 마을 주민들은 그 웅장한 저택에 감탄하며 저택을 보기 위해 건축 현장으로 몰려들었다. 집이 완성되자 리하르트는 다시 구두 공방을 열고 안나와 결혼을 했다. 밀워키로 돌아가는 원래 계획은 결국 지키지 못했다. 자식 복을 타고난 부부는 슬하에 두 아들과 세 딸을 두었다. 1935년에 마지막으로 태어난 아이가 크사버의 어머니인 잉게보르크였다. 리하르트는 잉게를 ― 그리고 집을 ― 누구보다 더 사랑했다. 하지만 평소에는 말수가 적은 과묵한 남자였다.

마틸다가 크사버에게 들려주는 이야기

14년 전쯤 나는 다섯 시간 동안 차를 몰고 그를 마중하러 나갔다. 차가 없어서 친구인 실비아의 볼보를 빌렸다. 장소는 금방 찾을 수 있었고, 첫 만남도 아무런 문제없이 끝이 났다. 사실 훨씬 더 힘들지 않을까, 예측을 했었다. 그래서 어떤 문제가 생겨도 대응할 수 있도록 준비를 갖추고 있었다. 하지만 계획을 변경해야 할지도 모를 경우를 대비해 세워놓은 플랜 B는 어느 단계에서도 실행되지 않았다. 나는 울타리를 넘어, 그가 세상모르고 잠들어 있는 나무 아래로 살금살금 다가갔다. 근처에는 아무도 없고, 인기척도 나지 않았다. 이렇게 허술하다니! 그 과수원의 모든 것이 평화롭게 고요했다. 더운 날씨였고, 새들이 지저귀는 소리 말고는 아무 소리도 들리지 않았다. 나는 그를 안아 올려서 차로 옮겼다. 너무 쉬워서 약간 실망스러울 정도였다.

집으로 돌아오는 길에 갑자기 억수같이 비가 쏟아졌다. 너무 많이 내리는 바람에 나는 고속도로를 시속 70킬로미터로 느릿느릿 달릴 수밖에 없었다. 날이 저물어 어두워졌고 마주 오는 차의 전조등 불빛이 눈부셔 눈이 아프기 시작했다. 차를 운전하는 것은 쉽지 않았다. 운전에 익숙하지 않아 부쩍 집중해야 했던 것이다. 덤으로 그가 칭얼거리며 시트 속에서 보채기 시작했기 때문에 더욱 신경이 날카로워졌다. 하지만 곧 그가 다시 잠에 빠져서 나는 한숨을 내쉬었다. 집에 도착하니 늦은 밤이었다. 나는 그를 그의 새 거처로 옮겼다. 지쳐서 죽을 것 같았지만 하늘을 나는 기분이었다. 그의 옆에 눕자마자 잠이 들었다. 마침내 그가 내 것이 되었다. 마침내 나는 더 이상 혼자가 아니게 되었다. 나는 그의 이름을 율리우스라고 지었다.

크사버 영 기분이 찝찝한 이야기군.

마틸다 그래?

크사버 대체 무슨 이야기야?

마틸다 모르겠어?

크사버 응.

가장 힘들었던 것은 그가 처음 왔을 때다. 그는 많이 울었고 나는 좀처럼 그를 달랠 수가 없었다. 덤으로 그는 병에 걸렸다. 심각한 병이었다. 며칠 동안 40도 가까이 열이 오르며 심하게 앓았기 때문에 나는 약을 구해야 했다. 다행히 곧 열은 내렸고 금세 컨디션이 돌아왔다. 혹시라도 열이 내리지 않았다면 어떻게 됐을까. 그를 데리고 병원에 갈 수는 없는데 말이다. 병이 낫자 그는 얌전해져서 예전처럼 울지 않게 되었다.

나는 하루의 시간표를 정확하게 짜고 실행하는 것을 중요시하는 사람이다. 하루의 모든 시간을 제대로 계획하고 일과를 철저하게 준비해서 실행한다. 다행히 마침 여름방학 중이었기 때문에 나는 그와 많은 시간을 함께 보낼 수 있었다. 우리는 체조를 하고, 그림책을 보고, 공작 놀이를 하고, 그림을 그렸다. 나는 그를 자주 안아주었다. 그가 지루해하는 일은 없어야 했다. 그는 모든 걸 즐겁게 받아들였다.

내게 어려웠던 것은 그와 말을 하지 않는 것이었다. 때때로 단어나 문장이 나도 모르게 입에서 슬며시 새어나왔다. 그럴 때마다 그는 흥미진진한 듯, 질문을 던지는 눈으로 나를 바라보았다. 나는 묵언하는 걸 잊지 않도록, 처음 몇 주 동안은 그에게 갈 때면 입에 테이프를 붙였다. 그도 그 모습을 흉내 내서 무수히 많은 테이프를 입에, 코에, 눈에 붙였다. 작은 TV도 소리가 나지 않도록 만져 두었다.

크사버 왜 주인공은 아이와 말을 하지 않지?
마틸다 그야, 그 아이가 말이 없이 자랐으면 했거든.

마틸다와 크사버

크사버의 어머니에게 처음으로 인사를 드리러 갔을 때 두 사람은 이틀 밤을 자고 사흘째 되던 날 빈으로 올라왔다. 돌아오는 열차 안에서 둘은 말다툼을 했다. 마틸다가 어머니에게 더 다가가야 한다, 저렇게 멋진 집에서 사는 인생의 장점을 봐야 한다고 크사버를 타일렀기 때문이다. 하지만 크사버는 생각을 바꾸려고 하지 않았다. 이후의 방문도 역시 며칠에 불과했다. 크사버가 그 이상 머물기를 꺼렸기 때문이다. 크사버는 고향 집을 못 견뎌 했다. 침착함을 잃고 불안한 표정이 됐다. 헤어질 때마다 잉게는 등을 꼿꼿이 세우고 고개를 똑바로 든 채, 큰 집 앞에서 두 사람에게 손을 흔들었다. 그 모습을 보면 마틸다는 슬퍼졌다. 그래서 돌아가는 열차 안에서 자꾸 싸우게 됐다. 아니면 둘 다 침묵한 채 차창 밖을 계속 바라보는 경우도 많았다.

그래서 부활절 연휴에 내려갔을 때는 직접 잉게의 편을 들기도 했다. 대학을 졸업하면 크사버와 이 집에서 살고 싶었다. 크사버와 결혼해서 크사버의 아이를 낳고 싶었다. 유서 깊은 가문의 이름과 재산을 지키고 후손에게 물려주는 역할을 기꺼이 완수할 요량이었다. 이미 머릿속으로는 이 집을 어떤 식으로 살기 좋게 꾸밀지 상상하며 아이들이 마당에서 뒹굴고 노는 모습을 떠올리고 있었다. 그래서 마틸다는 부엌일을 도울 때 조심스럽게 이렇게 말을 꺼내 보았다. "이 집에 살면서 아이가 자라는 모습을 지켜볼 수 있다면 참 멋질 것 같아요."

그러자 잉게는 마틸다에게 힐끗 눈길을 주며 이렇게 말했다. "자기가 이 집에 어울릴 것 같진 않은데." 그게 다였다. 그 이상 더 말한 것은 아니다. 하지만 이 말이 마틸다와 크사버가 어울리지 않는다는 의미를 넌지시 담고 있음은 분명했다. 잉게에게 크사버와 이 집은 서로 떼려야 뗄 수 없는 관계였으니까.

분명 잉게는 크사버에게 이 이야기를 했을 것이다. 돌아가는 열차 안에서 크사버는 마틸다에게 길길이 화를 냈고, 결국 다른 칸으로 옮겨버렸다. 마틸다는 밑바닥까지 떨어지는 느낌에 평정심을 잃고 그 자리에 주저앉았다.

방금 크사버가 말한 헤어지고 싶다는 말이 돌이킬 수 없는, 결정적인 발언이라고 확신한 것이다. 두 사람은 역에서 각자 집으로 돌아갔다. 이틀 뒤에 크사버는 마틸다를 찾아와 사과했고 다시는 어머니의 편을 들지 말아 달라고 부탁했다. 그게 우리가 계속 관계를 이어가는 데 필요한 조건이야, 라고 그는 말했다. 그러고 나서 크사버는 마틸다의 집에서 함께 저녁을 먹었다. 난 도시 사람이야, 절대로 그런 집으로 이사 가지 않을 거야, 하면서.

그 뒤로 마틸다가 잉게의 소망이 자신의 열망과 딱 들어맞는다는 주장을 내색하는 일은 두 번 다시 없었다. 그 후로 크사버가 잉게를 보러 갈 때도 마틸다는 거의 동행하지 않았다. 함께 가도 어차피 돌아오는 열차 안에서 싸움으로 번질 뿐이기 때문이다. 싸우면 크사버는 화를 내고, 마틸다는 풀이 죽었다. 하지만 1년에 한 번은 얼굴을 보여 드리는 게 예의라고 생각해서 마틸다는 크사버와 같이 고향 집으로 내려갔다. 대개 여름이었다.

그로부터 몇 년이 지나 크사버도 마틸다도 서른이 넘은 뒤에야 잉게는 마틸다에게 마음을 열기 시작했다. 잉게는 10년 사이 많이 변해서 기운이 떨어지고 노쇠해졌다. 그러나 아들인 크사버는 아직 대학을 졸업하지도 않았고 작가로서 성공도 하지 않은 데다 고향 집으로 돌아올 낌새도 없고 아이를 가지려고 하지도 않았다. 잉게는 조심스럽게 슬슬 결혼해서 이사 올 생각 않고 뭐 하니, 라고 마틸다에게 물었다. 근처의 작은 마을에는 네가 일할 수 있는 고등학교도 있으니 크사버를 설득해주지 않겠니, 하면서. 마틸다는 단지 어깨를 움츠릴 수밖에 없었다. 크사버가 어떤 일이 있어도 승낙하지 않을 게 빤했기 때문이다.

크사버가 마틸다에게 들려주는 이야기

1917년 12월 24일, 어머니와 형의 무덤 앞에 선 리하르트의 등 뒤로 개가 짖는 소리가 들려왔다. 돌아보니 늙은 목양견이 눈앞에 있었다. 그리고 그 옆에 있는 건 커다란 파란 눈동자에 주근깨가 가뭇가뭇한 얼굴, 늘씬한 황갈색 머리칼의 여인이었다. 여인이 작은 목소리로 말했다. "리치는 날 멋지게 지켜줬어." 그 한마디에 리하르트는 금세 옛 광경을 떠올렸다. 미국으로 가는 뱃길, 엘리스 섬에서 머무는 동안 내내 머리를 떠나지 않았지만, 새로운 삶에 허덕여 까맣게 잊고 있던 광경 — 열네 살의 안나가 등 뒤에 강아지를 거느리고 맨발로 키가 큰 풀숲을 달려오던 모습.

그 뒤로 안나는 일주일에 몇 번씩 리하르트를 찾아와서 집을 짓는 일을 열심히 도왔다. 가족들과 일꾼들의 식사, 빨래, 병든 아버지의 간병을 도맡았다. 안나는 조용하지만 필요한 일이 있을 때면 항상 그곳에 있었다. 리하르트는 안나의 부지런함에 감탄했고 그녀를 사랑하게 되었다. 안나도 리하르트를 사랑하고 있다는 사실을 숨기려 하지 않았다. 리하르트가 돌아오기를 기다렸고, 아니 그뿐만이 아니라 예감까지 했었다고 먼저 털어놨다. 하지만 안나는 리하르트에게 몸을 허락하는 것은 거부했다. 결혼식이 끝난 다음이어야 한다고 말했는데, 그것 또한 리하르트를 감격하게 만들었다.

이렇게 해서 리하르트는 1919년 10월, 곧 집—그의 집이 맞을까?—의 일부가 될 예정인 돌벽 앞에 서서 결단을 내리기 위해 괴로워한 것이다. 어느 쪽 인생을 택해야 할지. 어떤 사람과 함께 나이를 먹어가야 할지. 리하르트는 끝내 결정을 내리지 못하고 자신에게 시간을 준다. 시간이 정해 주리라 생각한 것이다. 시간이 지나면 저절로 알게 될 거라고. 하지만 시간은 안나의 편이었다. 왜냐하면 안나는 지금 여기 있지만 도로시는 멀리 떨어져 있었기 때문이다. 만약 도로시로부터 눈물 젖은 편지가 오면, 매일같이 리하르트를 향한 마음을 적은 편지가 오면, 그녀에게로 돌아가자고 리하르트는 마음먹었다. 하지만 그런 자신은 도로시에게 어떤 약속을 남기고 왔던가? 곧, 1년도 지나지 않아 도로시의 편지는 오지 않게 된다. 리하르트는 실망하고 상처를 받는다. 이렇게 금방 잊히다니! 그렇게 1929년 봄, 리하르트는 안나에게 프러포즈를 한다. 하지만 제단 앞에 섰을 때조차 리하르트는 여전히 이것이 옳은 결정이었는지 의심을 버릴 수 없었는데, 막상 결혼식 이후에는 그런 의심조차 사라져버렸다. 많은 일과 책임과 의무 때문이었다. 자기가 행복한지 아닌지 리하르트는 알 수 없었지만 리하르트에게 그런 질문을 하는 사람도 없었다.

차례차례 아이가 태어난다. 거의 매해 한 명씩 태어나서 마침내 아이는 다섯이 된다. 리하르트는 아이를 많이 원하지 않았지만, 엄격한 가톨릭교도였던 안나는 피임을 용납하지 않는다. 안나의 연로한 부모님은 둘이서만 생활하는 게 힘들어져 리하르트의 가족이 있는 곳으로 이사해 병간호를 받는다. 부모님과 함께 동생도 온다. 리하르트의 동생 카를은 자신의 몫인 유산을 달라고 요구하며 실랑이를 벌인다. 누이들이 드디어 결혼을 한다. 늦둥이로 또 한 아이―잉게보르크―가 태어난다. 2차 세계 대전이 발발하여 1차 세계 대전 후에 재건했던 모든 것이 다시 무너진다. 두 아들이 모두 전사한다.

안나는 일을 하고, 기도를 하고. 또 기도를 하고, 일을 한다. 다만 리하르트와는 대화를 하지도, 함께 춤을 추지도, 웃지도, 수영을 하지도 않는다. 리하르트와 산책을 하지도, 함께 신문을 읽지도 않고, 세상의 일들에 대해 같이 논의하지도 않는다. 남들이 있는 앞에서는 리하르트의 입술에 키스를 하지도 않고, 리하르트의 안부를 묻지도 않는다. 안나는 여위고 수척해져 간다. 안나에게는 모든 것이 하나님의 뜻일 뿐이다. 사람은 오직 하나님을 섬기며 살면 되고, 그렇게 하면 모든 것이 잘 풀릴 것이다, 라고 안나는 생각할 뿐이다. 이렇게 세월은 흐른다.

그러던 어느 날 다락을 개조해서 방을 만들 때 한쪽 구석에서 먼지 쌓인 상자가 발견된다. 그 안에는 오래된 사진과 편지 들이 들어 있다. 상자 속을 살피던 리하르트는 도로시와 그녀의 가족 사진을 여러 장 찾아낸다. 리하르트와 도로시가 함께 있는 사진도 있다. 그리고 도로시가 처음 보낸 편지도. 리하르트는 들뜬 마음을 가라앉히며 그 편지를 다시 읽어 본다. 밀워키에 살았던 것은 그야말로 아주 오래전의 일이다. 모든 것이 저 멀리, 희미하게 번져 있는 듯하다. 미국에 있던 것은 정말 나였을까? 여러 가지 기억들이 되살아난다. 올바른 결정을 내리려고 몸부림쳤던 몇 주 동안의 나날들도. 그 모든 것이 30년 전의 일이다. 지금 리하르트는 환갑의 나이가 되었고, 자신이 행복하지 않았다는 것을, 그때 잘못된 결정을 내렸다는 것을 인정하지 않을 수 없었다. 그리고 미국에서 고향으로 돌아오는 계기가 된 편지를 보낸 누이가 빛바랜 편지를 읽는 리하르트를 발견하고는, 실은 당시에 몇 년 동안 계속 배달된 도로시의 편지를 자신이 받아서 태워버렸다고 털어놓는다. 리하르트가 다시 가족 곁을 떠나는 걸 무슨 짓을 해서라도 막고 싶었다며. 누이는 큰오빠인 요제프가 죽은 뒤 리하르트가 집안의 맏아들이 된 데다 잔트 가문의 재산을 물려받기에 걸맞은 인물이며, 동생 카를은 그렇지 않다고 생각한 것이다. 가문과 가업이 적절한 사람의 손에 맡겨져 오래 이어지는 것은 중요한 일이었으니까. 리하르트가 기절초풍하며 격분하는 것을 보고 누이는 가문의 번영이 개인의 행복보다 더 중요하다, 무엇보다도 너는 훌륭하게 해냈지 않느냐, 이제 큰 가게와 공방을 차리고 근사한 가족들이 곁에 있지 않느냐, 라고 말한다. 행복한 줄 알아야 해, 하면서.

2년 뒤 안나가 뇌졸중으로 세상을 떠난다. 반년 후 리하르트는 미국에 가기로 마음을 먹는다. 도로시가 어떻게 지내는지 알아보기 위해서. 연로한 리하르트는 비행기를 타자마자 잠이 들고, 꿈을 꾼다. 젊은 남자로 돌아간 자신이 뉴욕 항구에 막 도착하는 꿈이다. 도로시가 달려들어 정신없이 그를 끌어안는다.

마틸다 그래서? 리하르트는 도로시랑 다시 만나? 도로시는 어떻게 됐어?
크사버 그건 독자들의 상상에 달려 있지.
마틸다 못됐다!

마틸다와 크사버

크사버는 아홉 살 때 주에서 주최하고, 각 학교에서 참가자를 모집한 작문 콩쿠르에 지원해 최우수상을 받았다. 콩쿠르의 주제는 '나의 꿈'이었다. 응모한 아이들 중 대부분이 여학생에 이미 4학년이었지만, 크사버는 아직 3학년이었다. 대부분의 아이들이 굶주림과 빈곤이 없는 평화로운 세상을 염원하거나 세계 여행을 하는 꿈을 이야기했지만, 크사버는 판타지 소설을 썼다. 『벌거벗은 천사의 나라에서』라는 제목의 산악지대에 있는 거대한 지하 제국에 관한 이야기였다. 인간을 지키는—나체의—수호천사들이 살고 있는 나라로 갑자기 어린 소년이 잘못 흘러들어 가게 된다. 소년은 천사들이 일하는 모습을 지켜보고, 마침내 천사들을—그리고 인류 전체를—악마로부터 구해내게 된다는 내용이었다.

마틸다가 처음 크사버의 고향인 '슈로트'를 찾았을 때 어머니 잉게는 이 작문을 읽어 보라고 건네주었다. 잉게의 허락을 받은 마틸다는 작문을 빈으로 가져와 복사본을 만들고, 다음에 찾아갔을 때 잉게에게 원본을 돌려주었다. 그로부터 몇 년 후 마틸다가 가르치는 반에서 한 남학생이 글쓰기 숙제로 천사의 나라에 관한 멋진 판타지 소설을 썼다. 문득 크사버의 작문을 떠올린 마틸다는 예전에 만든 복사본을 꺼내 보았다.

두 이야기가 너무도 비슷한 바람에 마틸다는 당황했다. 크사버의 글이 더 어린아이 같은 문체임은 분명했다. 하지만 그건 당시의 크사버가 다른 하나의 글을 쓴, 마틸다가 가장 좋아하는 학생인 필립 쿰피치보다 네 살이나 더 어렸기 때문이다. 어쨌든 두 글의 유사성에 운명을 믿지 않는 마틸다조차 운명이 손짓하는 거라 생각할 수밖에 없었다. 그렇게 마틸다는 두 글을 머릿속에서 전개하기 시작했다. 우연히 지하에 있는 천사의 나라로 흘러들어 간 소년이 온갖 모험을 거쳐 천사의 나라와 인류 전체를 악마로부터 구한다는 이야기를 디테일 하나까지 차근차근 다듬었다. 그러나 스토리를 들려주고 천사의 나라 이야기를 쓰면 어떻겠냐고 제안하자 크사버는 코웃음을 치더니 자신은 아동문학 작가가 아니며, 성인이 읽는 진짜 문학만 쓸 거라며 거부했다. 하지만 마침내 마틸다의 열정에 크사버의 마음도 움직였다. 그로부터 1년 반 동안 두 사람은 함께 세 편의 청소년을 위한 소설을 썼다. 『천사의 날개』, 『천사의 아이』, 『천사의 피』였다. 소설을 집필하는 동안 두 사람의 관계는 그 어느 때보다 돈독했다. 마치 둘 사이에 있던 모든 문제가 사라진 듯했다. 두 사람은 몇 년간 느끼지 못했던 친밀감을 되찾았다.

자신이 그 글을 1967년에 써서 운이 참 좋았다고 크사버는 말했다. 10년만 빨랐어도 벌거벗은 천사에 대해 쓴 것 때문에 아마 상은커녕 벌을 받았을 거야, 라고 하면서. 당시 우수상에 빛난 서른 편의 글이 『아이들의 꿈』이란 제목을 단 한 권의 책으로 인쇄됐고, 관련 행사와 공식 석상에서―즉, 자부심으로 가슴이 벅찬 부모와 교사들 앞에서―낭독되게 됐다. 직함을 단 인간들의 끝이 보이지 않는 연설이 마무리되고 다음 순서로 최우수상을 받은 세 명의 학생이 앞에 나가 본인의 작문을 읽었다. 크사버는 두 여학생이 발표한 후 마지막으로 단상에 올라 거대한 마이크 앞에 서서 자신이 쓴 이야기를 낭독했다. 약간 빡빡한 갈색 코듀로이 바지와 녹색과 오렌지색의 체크 무늬 셔츠, 비스듬히 잘린 앞머리를 한 모습으로 크사버는 낭독을 했다. 큰 소리로, 다소 천천히, 뿌듯함으로 벅차올라. 그런 아들의 모습을 잉게는 아주 자세히 마틸다에게 설명했다. 듣는 마틸다의 가슴도 사랑으로 터질 듯했다. 어린 크사버의 모습이 눈에 아른거렸다.

그때 이후로 크사버는 작가가 되고 싶다고 줄곧 생각했다. 부모님도 적극적으로 밀어주었다. 특히 크사버의 아버지 토마스는 중학교 교사였지만 스스로를 예술가라고 생각했기 때문이다. 토마스는 시와 단편부터 장편까지 다양한 소설을 썼지만 대부분의 글이 책상 서랍 속에 남아 빛을 보지 못했다. 마흔다섯이 되어서야 풀리기 시작해 작은 출판사에서 짧은 시집을 냈지만 책은 전혀 팔리지 않았다. 친척과 친구, 주변 사람들이 200부 정도 팔아줬을 뿐이다. 이후에 작품을 출간해주는 출판사는 더 이상 없었다. 토마스는 아들이 자신보다 더 큰 성공을 이루기를 원했다. 하지만 몇 년 뒤 그는 천식으로 세상을 떠났다.

마틸다와 크사버의 16년 만의 재회

크사버 눈이 참 아름답다. 소복하게 쌓였네.

마틸다 『천사의 날개』제3장에서 내리는 눈, 이런 모습을 상
상했었어.

크사버 나도 마찬가지야.

마틸다 '하지만 엘레나는, 엘리아스를 눈 속에서 찾아낼 때 반
드시 그 자리에 있고 싶었다. 그런 생각에 빠져 있는
데 갑자기 얼굴에 간지러움을 느꼈다. 하늘을 올려
다보자 싸락싸락 눈이 내려와 엘레나의 얼굴에 닿더
니, 마치 처음부터 존재하지 않았던 것처럼 다시 재
빨리 녹아 내리는 것이었다.'

크사버 세 권을 몽땅 다 외운 건 아니지?

마틸다 1권에서 특별히 좋아하는 부분만.

크사버 특별히 좋아하는 부분이 있어?

마틸다 제3장에서 엘레나가 눈사태 후에 엘리아스의 시체를 눈 속에서 찾아도 찾을 수 없는 부분. 제4장에서 엘리아스가 밤중에 갑자기 엘레나의 침대에 앉아 있는 부분. 제7장에서 두 사람이 함께 천사의 나라에서 집으로 돌아와 어머니 앞에 모습을 보이자 엄마가 기절할 듯 놀라는 부분이 좋아.

크사버 내가 제일 좋아하는 건 세 권 모두 제13장이야.

마틸다 (웃으며) 뭐 아무렴, 당신은 결말 쓰는 걸 가장 좋아했으니까. 작업 속도도 제일 빨랐지. 맞다, 필립 쿰피치 말인데, 몇 년 뒤에 사고로 세상을 떠났어.

크사버 필립 쿰피치?

마틸다 그 학생 말이야.

크사버 무슨 학생?

마틸다 그 애가 쓴 『천사의 나라에서』라는 글 기억 안 나? 우리, 그 글이 계기가 돼서 천사 3부작을 썼잖아.

크사버 그 애, 왜 죽었어?

마틸다 락스(오스트리아의 산맥 ─ 옮긴이)에서 스노보드 타다가.

크사버 말도 안 돼.

마틸다 근데 눈사태에 휩쓸린 게 아니라 젊은 스키어랑 부딪혀서 나무를 들이받은 모양이야. 헬멧을 안 써서 병원으로 가는 도중에 세상을 떠났어.

크사버 안됐네.

마틸다 있잖아, 필립의 마지막 말, 뭐였을 것 같아? 응급
실 의사한테 이렇게 말했다더라. "이제 천사의 나라
로 간다"고.

크사버 말도 안 되게 무서운 이야기군. 닭살 돋았어.

마틸다와 크사버

마틸다는 작가와 사귀는 것이 좋아서 어쩔 줄을 몰랐다. 막 사귀기 시작했을 때는 대학교 친구들도 모두 마틸다를 부러워했다. 예술가란 어딘가 특별한 존재였다. 크사버의 직업을 듣고 큰 소리로 웃은 건 마틸다의 어머니뿐이었다.

두 사람이 서로를 가장 잘 이해할 수 있는 관심사는 책 이야기나 크사버가 집필 중인 작품에 관한 이야기였다. 그런 주제로는 몇 시간이고 열정적으로 토론을 할 수 있었다. 크사버는 장편소설을 집필할 때면 항상 마틸다에게 의견을 물었다. 완성된 원고를 맨 처음 읽는 것도 무조건 마틸다였다. 마틸다는 크사버의 소설이 무엇을 말하고자 하는지 항상 즉각적으로 이해했다.

크사버의 머릿속에서 쏟아져 나온 이야기는 손이 따라

잡지 못할 정도였다. 이야기에 사로잡힌다고 해도 과언이 아니었다. 크사버는 이야기를 종이에 옮겨 적는 힘들고 세세한 작업보다 이야기를 생각해 내는 것이 훨씬 쉬웠다. 이야기를 머릿속에서 오랫동안 숙성시키고 구성과 등장인물이 딱 들어맞을 때까지 다듬는 것이 재미있었다. 그러나 그걸 글로 옮겨 적는 순서가 되면 곧바로 끈기가 사라졌다.

"이야기를 머릿속에서 만들어가는 건 신나고 재밌어. 하지만 그걸 글로 쓴다는 건 어디까지나 마조적인 작업이야."

크사버는 종종 그렇게 말했다. 그래서 마틸다는 항상 크사버가 집필 중에 원고를 내던지지 않도록 끊임없이 격려하며 열심히 의욕을 북돋아줘야 했다. 크사버는 집필 중인 작품을 불과 한두 달 만에 내팽개치고 다음 소설에 착수하려고 드는 경우가 많았기 때문이다. 마틸다는 할 수 있는 한 모든 설득력을 발휘해서 몇 주 동안이나 간곡히 크사버를 설득했다. 때로는 그가 원고를 내팽개치는 걸 막기 위해 호통을 치기까지 했다.

크사버는 마틸다와 함께 1994년부터 1995년까지 청소년 소설 3부작인 『천사의 날개』, 『천사의 아이』, 『천사의 피』를 쓰기 전에 총 다섯 편의 장편 소설을 발표했었다. 하지만 어떤 소설도 작가로서의 돌파구가 되지는 못했다. 모든 작품이 비평가들에게 극찬을 받았지만 독자들로부터는 관심을 받지 못했고, 두 번째 소설을 제외하고는 재판을 찍은 작품도 없었다. 마틸다는 크사버의 두 번째 소설인 『다섯 여자, 다섯 남자』를 가장 아꼈다. 소설은 열 편의 긴 대화 장면으로 이루어져 있었다. 마틸다는 매끄러운 대화문을 크사버의 큰 강점으로 꼽았다. 크사버와 마틸다는 직접 소설의 모든 장면을 연기해 보는 놀이를 생각해 냈고, 이를 위해 마틸다는 빨간 하이힐을 사서 러시아 요리인 보르시치를 만드는 법까지 배웠다.

제1장에서는 러시아인 매춘부 루드밀라가 오스트리아군에서 복무하는 열아홉 살 술꾼 앤디를 만나 말을 건다. 주말 휴가를 받아 친구들과 바에서 한잔한 앤디는 이제막 쉬려던 참이다. 루드밀라는 그날 밤 손님을 한 명 더 받아야 한다. 그렇지 않으면 사장이랑 다퉈야 하기 때문이다. 루드밀라는 자기가 사는 초라한 단칸방으로 앤디를 끌고 간다. 하지만 앤디는 섹스를 할 수 있는 상태가 아니라하는 수 없이 대화를 시작한다. 시골에 있는 작은 농장에서 보낸 천진난만한 어린 시절의 추억 이야기를. 루드밀라는 이름의 동네 암소 이야기와 어머니가 아버지를 버리고 아들인 자신을 데리고 도시로 이사한 일, 열한 살 소년

이었던 자신이 한참이나 도시에 적응하지 못했던 일을. 루드밀라도 이야기를 하기 시작한다. 7년 전 모스크바 길거리에서 두 남자가 말을 걸어 서유럽의 모델로 빛나는 성공을 약속했는데, 빈에 도착하자마자 감금당하고 여권을 빼앗긴 일부터 이후 매춘부로 일하며 자신을 때리는 사장에게서 도망치지 못하고 있는 사정까지. 루드밀라는 앤디에게 자신이 얼마나 모델 워킹을 잘할 수 있는지를 몸소 보여준다. 알몸인 채 빨간 하이힐을 신고 앤디의 앞을 어색하게 비틀거리며 걷는다. 이윽고 앤디는 술기운이 깨고 발기를 한다. 두 사람은 관계를 맺지만 앤디는 너무 어이없이 절정에 다다르고 만다. 앤디가 떠나려고 하자 루드밀라는 요금을 청구한다. 그런데 앤디는 주머니에 50실링만 들어 있다는 것을 알게 된다. 나머지 돈은 바에서 술을 마시는 데 다 써버린 것이다. 앤디는 어깨를 활짝 펴고 방을 나선다. 처음으로 여자와 잤기 때문이다. 그리고 루드밀라는 불만을 품은 채 홀로 남겨진다.

다음 장에서는 자신감을 얻게 된 앤디가 식당 종업원 마리를 만난다. 마리는 취업 면접에서 젊은 호텔 경영인 알베르토를 만나고, 알베르토의 아파트로 에바가 찾아온다. 에바와 남편인 유명 변호사 쿠르트는 함께 결혼기념일을 축하하고, 쿠르트는 변호사 사무실에서 법대생 지모네를 유혹한다. 지모네는 록 뮤지션 톰과 도나우 강 둔치에서 사랑을 나누고, 톰은 후미진 식당에서 영화 배우 노라와 만난다. 그리고 노라의 아파트에 매니저인 마르틴이 찾아온다.

마지막 장에서는 만취 상태의 매니저가 러시아인 매춘부 루드밀라의 방에서 깨어나는데, 왜 자신이 그곳에 있는지 기억을 하지 못한다. 머리가 깨질 듯 아파서 제대로 일어나지도 못하고, 속이 메스껍고 현기증까지 난다. 루드밀라가 전날 저녁 만든 보르시치―비트 수프―를 한 그릇 가져오더니 침대 가장자리에 웅크리듯 앉아 오전 내내 자신의 어린 시절 이야기를 한다. 루드밀라는 러시아 동부 오호츠크 해 연안의 마가단이라는 도시 근교의 작은 마을에서 태어났다. 그 마을은 겨울에는 영하 40도까지 내려가고, 모스크바보다 캐나다에 훨씬 가까웠다. 루드밀라가 다섯 살 때 부모님이 마을을 떠났다. 더 이상의 추위를 견디지 못하고 도시에서 새로운 삶을 시작하기로 한 것이다. 루드밀라는 알코올 중독인 할머니와 할머니가 보살피는 길고양이 스무 마리와 함께 살게 되었다. 때때로 부모님으로부터 가능한 한 빨리 데리러 가겠다는 약속이 적힌 편지가 왔다. 그러나 얼마 안 돼 편지는 몇 년 넘게 오지 않았다. 루드밀라는 열여덟 살이 되자 부모님을 찾기 위해 모스크바 행 비행기를 탔다. 그런데 모스크바 공항에서 두 남자가 말을 걸어왔다. 남자들은 루드밀라가 아름다운 모델상일 뿐만 아니라 얼굴에 어울리는 몸매도 가지고 있다고 칭찬하며, 서구에서 모델로 일할 생각이 없냐고 물었다. 처음에는 빈, 그다음엔 다른 도시, 어쩌면 미국도 갈 수 있을지 모른다고 했다. 루드밀라는 망설임 없이 좋다고 대답을 하고, 다만 먼저 부모님을 찾아야 한다고 말했다. 남자들은 루드밀라를 작은 호텔 방으로 데려가더니 부모님을 찾아주겠다고 약속했다. 그러곤 결국 찾지 못했다며, 우선 몇 달간 외국에서 돈을 많이 벌고 나서 부모에게 돌아가면 어떻겠냐고 루드밀라를 설득했다. 며칠이 지나 루드밀라는 빈에 도착하자마자 냉엄한 현실과 맞닥뜨린다. 지금은 모스크바로 돌아가 부모님과 재회할 수만 있다면 바랄 게 없는 상황이다. 매니저 마르틴은 이 젊은 러시아 여성의 집에서 안락함을 느낀다. 오랫동안 느껴본 적 없는 편안함이다. 루드밀라가 허브티를 만들어주고 다리를 주물러준다. 루드밀라의 이야기에 감동한 마르틴은 자신이 도와주겠다고 약속을 한다. 자신의 연줄로 새 여권을 마련해 도망갈 수 있게 도와주겠다고 마음을 먹은 것이다. 결국 두 사람은 다시 한 번 관계를 맺는다. 지난밤의 첫 번째 정사를 마르틴은 기억 못하지만. 한낮이 되자 마르틴은 루드밀라의 방에서 나와 집으로 돌아간다. 그곳에는 애인이 기다리고 있다. 아내와는 이미 몇 년 전에 이혼을 했다. 애인은 마침 근교로 여행을 계획하고 있었기 때문에 마르틴은 살짝 당황한다. 차는 이미 현관 앞에서 기다리고 있고 짐도 다 꾸려 놓은 상태였다. 두 사람은 곧바로 산을 향해 떠난다. 마르틴의 머릿속에 러시아인 매춘부는 더 이상 없다.

마틸다는 크사버의 다섯 장편소설 중에서 이 작품을 가장 좋아했다. 그 이유는 이 소설이 슈니츨러의 『윤무』을 바탕으로 한 것이고, 마틸다에게는 『윤무』야말로 크사버와의 인연의 첫 페이지였기 때문이다. 1988년 5월의 그 강의가 슈니츨러의 『윤무』에 관한 수업이 아니었다면 크사버가 종이와 볼펜을 빌려달라고 마틸다에게 말을 거는 일은 결코 없었을 것이다. 마틸다는 그날 이후로 빈의 의사이자 작가였던 슈니츨러에게 특별한 유대감을 느끼고 있었다.

마틸다가 크사버에게 들려주는 이야기

여름 방학이 끝나고 수업이 시작되자 나는 엄청난 긴장 감에 시달리게 되었다. 지금의 이중생활을 어떻게 유지할 지 몰랐기 때문이다. 이제부터는 매일 몇 시간도 넘게 그를 혼자 내버려둬야 한다. 학교가 끝난 오후와 저녁, 그리고 주말에는 그의 곁에서 지낼 수 있지만 늘 그렇지는 않다. 가끔가다 정원 일도 해야 하고 장도 보러 가야 하니까. 게다가 내가 개인적인 인간관계를 완전히 끊는다면 친구인 실비아도 직장 동료들도 미심쩍어할 것이다. 남의 눈을 끄는 것만큼은 절대로 피하고 싶었다. 그래서 나는 독서 회, 하이킹과 극장 등을 지인들과 함께 계속 다녔다. 한번은 경찰이 찾아와 여러 가지 질문을 했는데, 30분 만에 돌아간 게 전부였다.

전반적으로 아무런 문제없이 그를 옮겨온 것이다. 내

가 없는 동안엔 어린이 채널에서 영화를 보는 것을 허락했다. 단, 평소처럼, 소리 없이. 그는 마치 최면술에 걸린 듯 극도의 집중력으로 영화를 보았다. 살랑살랑 상체를 앞뒤로 흔들며 눈을 동그랗게 뜨고 TV 화면을 응시했다. 소리를 전혀 내지 않고 입을 계속해서 움직이는 애니메이션 캐릭터와 배우들을 그는 따라 했다. TV 앞에 앉은 그는 마치 열심히 공기를 찾아 허덕이는 물고기 같았다. 찬장 위에는 그가 원할 때 언제든지 꺼낼 수 있도록 항상 색칠 놀이와 공작 놀이 도구를 놓아 두었다. 모든 것이 완벽하게 옮겨졌다는 확신에 나의 긴장은 곧 풀어졌다. 나는 마음의 평정을 되찾았다.

크사버 당신의 그 이야기, 점점 더 묘해지는데.

마틸다와 크사버

　사람은 누구나 어떤 모티브를 가지고 산다. 모티브는 인생이라는 악보와 멜로디를 형성하는 하나의 주제다. 대부분의 경우 모티브는 그 사람의 성장과 깊이 연결되어 있으며, 삶을 통해 퍼져나가고 점점 커져간다. 그 영향력을 조금이라도 약화시키려고 열심히 노력해도 거기서 벗어날 수는 없다. 자신의 인생 모티브를, 적어도 삶의 한 귀퉁이에서 제대로 자각하는 인간도 있다. 한편으로는 전혀 자각하지 못하는 인간도 있다. 자각하지 못하는 이유는 대부분 스스로를 인정하지 못하기 때문이다. 또 두 번째 모티브가 첫 번째 모티브와 얽히고설켜서 첫 번째 모티브가 다르게 보이도록 영향을 주기 때문이기도 하다.

　모티브에는 어떤 것이 있는가? 예를 들어 크사버의 어머니 잉게의 모티브는 누가 봐도 '충성'이다. 잉게는 죽을 때까지, 아니 죽어서도 여전히 '충성'을 관철했다. 잉게는 남편 토마스에게 충성을 다했다. 토마스는 잉게의 일생을 통틀어 처음이자 유일한 연인이었고, 실제로 잉게는 다른 남자에게 단 한 번이라도 마음이나 눈길조차 준 적이 없었다. 그리고 잉게는 아들에게도 충성을 다했다. 아들을 위해서라면 무슨 짓이라도 했다. 하지만 잉게가 가장 열렬하게 충성을 바친 상대는 조상과 조상이 물려준 집안이었다. 죽음 직전, 잉게는 갑자기 결단을 내리고 옛 친구와 함께 재단을 설립했다. 그리고 그 재단의 설립자 겸 총재가 되었다. 재단의 재산은 단 하나, 쓰러져가는 거대한 집 '슈로트'였다. 재단의 수익자는 크사버와 만일 크사버가 가족을 꾸리게 될 경우 그 가족이었다. 재단의 목적은 크사버가 평생 집을 팔지 못하도록 막는 것이었다. 그게 잉게의 가장 큰 걱정이었기 때문이다―자신이 죽은 뒤에 아들이 곧바로 집을 팔아버리지 않을까. 잉게는 어떤 수단을 써서라도 그걸 막고 싶었다. 그래서 크사버의 사후에 집을 상속받을 수 있는 사람은 크사버의 자손뿐이고, 만약 크사버가 자손을 남기지 않을 경우에는 집을 작가협회에 기부하기로 했다. 잉게의 두 번째 모티브는 뻔하게도 '엄격'이었다. 잉게는 자신에게도 남에게도 엄격했다. 잉게의 충성이 항

상 사랑으로만 가득하진 않았던 이유가 이 때문이었다. 크
사버의 아버지 토마스의 모티브는 '온화', 마틸다의 어머
니 마르타의 모티브는 '증오', 마틸다의 아버지 파울의 모
티브는 '복종'이었다.

마틸다의 모티브는 '의욕'으로, 마틸다는 충분히 그걸
자각하고 있었다. 그뿐 아니라 자랑스럽게 여겼고 자신
의 목표로 삼고 있었다. 넘쳐흐르는 의욕이, 인생이란 내
배의 키를 꽉 잡고 있다. 나 자신의 소망을 분명하게 파악
하고 있고, 그 방향으로 배를 저어 나아간다는 것. 이보다
충실한 삶의 방식이 있을까? 마틸다라는 인간의 모든 것
이 의욕으로 이루어져 있었다. 온몸의 모공에서 '나는 인생
을 낭비하지 않는다, 그러므로 나는 존재한다'는 신조가 발
산되고 있었다. 하지만 노력만 할 줄 아는 따분한 인간으
로 보이고 싶지는 않았기 때문에 마틸다는 자신의 의욕
에 아주 약간의 가벼움과 명랑함을 더하려고 노력했다. 물
론 반드시 그 시도가 성공하는 것은 아니었다. 왜냐하면 마
틸다의 두 번째 모티브는 '우울'이었기 때문이다.

교사가 되고 10년 동안 마틸다는 단 하루도 결근하지 않
았다. 교장에게 아프다고 말해서 약점을 잡힐 바에야 기관
지염을 견디고 기어서라도 출퇴근하는 편이 낫다고 마틸다

는 생각했다. 학생과 동료 교사가 뭔가 고민이 있는 것처럼 보이면 곁으로 다가가 힘을 주었다. 다른 사람들에게서 의욕이 넘친다, 유능하다는 말을 들으면 스스로가 자랑스러웠다. 학부모에게서 이만큼 다양한 방법을 수업에 도입하려는 의욕 넘치는 선생님은 처음이라는 칭찬을 들을 때마다, 역시 자신이 자랑스러웠다. 마틸다는 몸가짐을 가다듬는 데 신경을 썼다. 직장에서도, 친구나 크사버에게도 언제나 친절하고 밝고 낙관적으로 행동했다. 하지만 사실 마음속 깊은 곳은 완전히 다른 경우가 많았다. 어머니의 모습이 마틸다의 마음속 깊이 뿌리를 내리고 있었던 탓이다. 비만에 악취가 나고, 기분이 안 좋고, 무기력하고, 기름진 머리로 지저분한 겉옷을 입고 소파에 앉아 있던 어머니의 모습이. 마틸다는 어머니와 정반대의 존재로 존재하고 싶었고, 매일 그 소망에 따라 행동했다. 그것은 강박관념 같은 것이었다. 나른함은 응당 죽어 마땅한 죄였다. 주말이나 휴가 때도 마틸다는 의욕적으로 생활했다. 수업을 준비하거나 학생들의 숙제를 첨삭하는 것 외에도 자유 시간에는 다양한 활동을 계획하고 실행했다. 하이킹, 사이클링, 공연 관람, 미술 감상. 집에서 뒹굴뒹굴하는 건 상상도 못했다.

다만 크사버만큼은 의욕적으로 사는 마틸다에게 감탄하지 않았다. 그것이 마틸다를 힘들게 했다.

마틸다가 크사버에게 들려주는 이야기

그의 두 번째 생일부터 여덟 번째 생일까지. 그 시간이 가장 행복했다. 그 후에는 모든 것이 어려워졌다. 그는 육체적으로 점점 강해졌고, 갑자기 통제하기 어려울 정도로 분노하며 발작을 일으키곤 했다. 제일 심한 발작은 내가 문밖으로 나가려고 할 때 일어났다. 게다가 누군가 위층에 있는 우리 집 현관 앞에 서서 초인종이라도 누르면 그는 좀처럼 잠들지 않으려고 했다. 그는 나를 내보내지 않으려고 했다. 아니, 아니다. 실은 내보내고 싶어 했다. 그렇지만 어떻게 해서든 자기도 함께 나가고 싶어 했다. 그는 좁은 집의 바깥세상을 궁금해 했고, 왜 그것이 허용되지 않는지 이해하지 못했다. 문을 아주 잠깐 열어서, 그 틈으로 몸을 빼내고, 밖에서 문을 걸어 잠그는 작업은 이제 거의 불가능에 가까워졌다. 그는 나에게 매달리고, 나를 때리고,

내 팔과 다리를 물어뜯었다. 나도 달리 어쩔 수 없어서 되받아쳤다. 그런 싸움은 우리 모두에게 고통스러운 것이었다. 나는 마침내 야구 방망이를 사서 들어갈 때도, 나갈 때도 손에 들 수밖에 없는 지경에 이르렀다. 하지만 1년쯤 지났을 때 그는 이 무기마저 두려워하지 않게 됐고 문까지 나를 쫓아왔다. 한번, 그의 왼손을 너무 세게 때린 적이 있다. 아마 손가락뼈가 부러졌을 것이다. 그 후로 몇 주 동안 그의 손은 자주색으로 부어올라 있었다. 아직도 그는 왼손을 완전히 움직일 수 없다. 왼손은 그 후유증이 남아 기묘하게 굳어 있다.

크사버 너무 잔인해. 마틸다, 그만해!

어떻게든 대책을 짜내야 했다. 지금까지는 결단을 내리지 못했지만 더 이상 다른 선택지가 없었다. 그가 잠들기를 기다렸다가 나는 얇은 쇠사슬의 한쪽 끝을 그의 한쪽 발목에 채워 자물쇠로 고정시켰다. 다른 한쪽 끝은 그를 이 집에 데려오기 전에 미리 벽에 박아 놓은 고리에 걸어서 마찬가지로 자물쇠로 고정시켰다. 이 사슬이 있어도 그는 집을 자유롭게 움직일 수 있다. 욕실에도, 침실에도, 거실에 있는 부엌에도, 복도에도 나갈 수 있다. 오직 현관문에만 닿지 않는다. 나는 사슬의 길이와 고리를 부착할 곳을 정확히 계산했다. 그는 딱 현관문 1미터 앞에서 멈출 수밖에 없다. 그렇지만 거기서 팔을 뻗으면 그의 손끝은 열린 문에 닿고 문 너머에 있는 지하실도 눈에 들어온다. 내가 떠날 때 그는 두 팔을 뻗은 채 그곳에 서서, 나를 향해 의미가 형성되지 않는 괴성을 퍼붓는다. 결국 나는 그에게 진정제를 주게 되었다. 그가 열 살 무렵의 일이다. 어쩔 수가 없었다.

나는 이제 그가 어렸을 때처럼 항상 그의 곁에서 잠들지 않게 되었다. 함께 시간을 보내다가 그의 기분이 까칠하고 힘들어지면 나는 그의 곁을 떠난다. 오직 평온하고 편안한 저녁을 보낼 수 있을 때만 나는 그의 손에 내 손을 맡기고 큰 침대로 끌려가 준다. 그런 일은 대개 일주일에 서너 번이다. 잠자고 있는 그를 쳐다보는 것이 나는 좋다. 이리저리 삐죽삐죽 치솟은 덥수룩한 짙은 갈색 곱슬머리를 어루만진다. 그는 아직도, 옛날에 입었던 옷을 돌돌 말아서 껴안고 잔다. 그렇게 하지 않으면 잠을 잘 수 없다. 목과 뺨에 낡은 옷가지를 꼭 갖다 대고 자는 것이다. 트랙터 그림이 있는 파란색 티셔츠에 천을 덧댄 청바지. 내가 데리러 갔을 때 그가 입었던 옷.

크사버 트랙터 그림이 있는 파란색 티셔츠? 천을 덧댄 청
        바지? 잠시만…… 그건 야코프가 유괴됐을 때 입었
        던 옷이잖아!

마틸다 그래.

크사버 잠시만, 당신의 이 이야기는, 대체 무슨 이야기지?
        주인공이 아이를 집에 데려와서 말을 못하게 키우
        고, 쇠사슬로 묶어 놓고, 그 아이와 섹스를 해? 아
        직 열여섯 살짜리 애랑?

마틸다 열여섯 살이 되는 것은 12월인데.

크사버 이봐, 당신 지금 야코프를 납치했다고 말하고 싶은
        거야?

마틸다 당신 아들은 좋은 애인이야.

크사버 그만해, 마틸다. 다 병적인 망상이야!! 당신이 야코
        프를 납치했다고? 말도 안 돼!

마틸다 어떻게 단언하지?

크사버 알았어, 알았다고, 당신이 이겼어. 그런 거지? 당신
        이 나보다 훨씬 상상력이 풍부해! 사실 당신이 작가
        가 되었어야 했어. 이걸로 만족해?

마틸다 응, 더 할 말 없어? 경찰서로 안 가도 돼? 아드님을 보고 싶지 않아?

크사버 야코프가 납치됐을 때 입은 옷은 뉴스를 보고 알았겠지!

마틸다 뉴스만 본 게 아닐지도 몰라.

크사버 안 믿어!

마틸다 왜 안 믿지? 알려줘, 크사버! 어떻게 그럴 수 있어? 정신이 제대로 박힌 사람이면 저기 유리장에 있는 권총을 집어 들고, 경찰에 신고하고 나서 당장 지하실로 뛰어가야 하는 거 아니야? 아니면 지하실로 달려간 다음에 신고할래?

크사버 말도 안 돼! 이건 꿈이야!

마틸다 14년 전부터, 계속 악몽을 꾸고 있지? 아니야?

크사버 야코프가 어디에 있다는 거야?

마틸다 여기, 바닥 아래. 마리아 고모님의 지하 벙커.

크사버 마리아 고모님의 지하 벙커??

마틸다 그래. 이미 말했잖아, 지하 대피소 이야기. 체르노빌 원전 사고 후에 고모님이 만드신.

크사버 당신 망상은 병이야!

마틸다 아마 지금쯤 그이, 그림을 그리고 있지 않을까?

크사버 당신 미쳤어!

마틸다 아까부터 똑같은 말만 하네. 그이가 보고 싶지 않아?

크사버 알겠으니까 야코프에 대해 자세히 말해 봐!

마틸다 좋아. 키가 커. 175센티미터야. 몸무게는 60킬로그램. 매주 키와 몸무게를 재거든. 당신이랑 닮았어, 크사버. 당신과 비슷한 흑갈색 곱슬머리에 멀쑥한 체격이고.

크사버 야코프는 나를 닮은 데가 없어!

마틸다 왜? 어렸을 때 금발이어서? 하지만 그 후에 흑갈색이 됐어.

크사버 이제 게임은 끝이야! 우리는 서로 이야기를 들려준 것뿐이야. 예전처럼. 당신의 이야기가 오싹하고 재미있었다는 건 인정해. 하지만 이제 이쯤 하고 끝내자고!!

마틸다 그이, 당신처럼 보조개가 있어.

크사버 나처럼 보조개 따위 없어! 헛소리 그만해! 스톱! 컷! 게임은 끝이야. 이제 지긋지긋해! 이야기는 여기서 끝이야!

마틸다 아직 끝이 아니야.

크사버 마틸다, 왜 이러는 거야?

마틸다 왜 내가 야코프를 납치했냐고? 동기가 확실하지 않아? 당신은 성공하자마자—그것도 내 덕분에, 내 아이디어 덕분에 성공하자마자 — 날 떠났어! 처참하게! 한마디 말도 없이! 그래서 복수하고 싶었어! 내가 그렇게 원했던 아이를, 당신은 다른 여자와 만들었지!

크사버 그건 내가 잘못했어, 마틸다. 이미 여러 번 사과했잖아. 정말 미안해! 하지만 야코프는 여기 지하에는 없어! 당신이 그래도 여전히 팜므파탈을 연기하고 싶다면 말리지 않겠지만, 혼자 해줘. 나는 호텔로 돌아갈래!

마틸다 어떻게 그렇게 딱 잘라 말할 수 있는 거야? 야코프가 마리아 고모님의 지하 벙커에 없다고. 말해봐, 크사버! 그때 실제로 무슨 일이 있었던 거야?

크사버 뭐라고?

마틸다 우리 놀이의 특별 버전, 기억나? 서로가 상대방의 이야기에 어울리는 결말을 생각해서 그걸 들려주는 거잖아. 내가 지금 한 이야기에 어울리는 결말을 만들어. 그게 끝나면 경찰서로 가자.

크사버 경찰서는 안 가! 당신이 야콥을 납치했다니 거짓말이야!

마틸다 그게 아니야. 출두하라니까, 크사버! 근데 그전
에 내 이야기의 결말을 알려줘!

크사버 무슨 소리야?

마틸다 어서!! 저런 이야기로 내가 얼마나 더 도발을 해야
하는 거야? 나한테 진실을 말해. 그리고 경찰에 출두
해. 그만 끝을 내고 다시 자기 삶을 되찾아!!

마틸다와 크사버

크사버의 모티브는 '허영'이었다. 그러나 크사버가 이 모티브를 자각하는 경우는 거의 없었다. 작가가 되고 싶다, 작가만 바라보겠다고 스스로 결심한 것도 바로 허영이 이유였다. 수많은 관중 앞에서 상을 타고 낭독하는 영예를 안았을 때, 크사버는 아홉 살 나이로 마이크 앞에 서는 일분일초를, 객석의 시선 하나하나를 마음껏 즐겼다. 다른 아이들처럼 긴장하지도 않았다. 그저 뿌듯함이 차오르고, 누구보다 강해진 것 같았다. 그때부터 크사버는 아버지의 취미인 문예 활동에 더욱 흥미를 가지게 되었고, 아버지의 낭독회뿐만 아니라 다른 작가의 낭독회에도 출석하게 되었다.

그로 인해 알게 된 것은, 많은 사람들이 낭독을 하거나 이야기하는 작가를 보며—말 그대로 그 발끝에 앉아—노골적인 숭배를 드러내고 눈을 반짝인다는 것이었다. 특히 여자들은 남자 작가의 입을 응시하고 있었다. 마치 작가의 입에서 나오는 한마디 한마디가 신성한 것이기라도 한 듯이. 마치 작가의 모든 말을 자기 안으로 빨아들이려는 것처럼. 한번은 어떤 작가의 낭독회가 끝나고 우아한 옷을 입은 여자가 같이 온 친구한테 이렇게 말하는 걸 들은 적이 있다. "참, 정말 재밌는 사람이야. 어쩜 저렇게 여러 가지 이야기를 할 수 있을까!" 그때 열일곱 살이었던 크사버는 생각했다. 언젠가 사람들에게 이런 말을 듣는 것이 앞으로 내 목표다! 하지만 크사버는 목표를 향해 한눈팔지 않고 노력하는 타입이 아니었기 때문에 오랫동안 이 목표를 달성할 수 없었다.

작가가 되려고 결심한 두 번째 이유는 고된 육체노동에 대한 혐오다. 어머니인 잉게는 땀을 뻘뻘 흘리며 일한다는 것이 무엇인지 아들이 배우길 바랐다. 그래서 크사버는 여름방학이 되면 한 달 내내 마을 농장에서 일을 도와야 했다. 구두 공방이 문을 닫았을 때는 아버지의 미장일을 돕고, 몇 주 동안 집도 수리해야 했다. 땀범벅이 되어, 저주의 말을 내뱉으며, 무더위 속에서 중노동에 종사한 크사버는 자신이 육체노동에 적합하지 않다는 결론에 도달했다. 몸이 고된 일의 끝에는 죄책감밖에 없었다. 자신은 농민이나 건설 노동자나, 어쨌든 육체적인 중노동을 하는 사람이 될 수 없다고 뼈저리게 느꼈기 때문이다. 힘든 일을 할 때면 속이 안 좋아지고 때로는 구역질이 나고 어지럽기까지 했다. 거의 내부분의 마을 남자들은 뭐가 됐든 육체노동에 종사하고 있었고, 크사버는 그런 그들을 동정했다. 밤에 퇴근할 때는 땀범벅에 더럽고, 무엇보다 곤죽이 되어, 퇴근 후의 자유시간을 보람차게 활용한다는 생각은 도저히 하지 못하는 남자들. 그들은 힘든 일을 할 뿐 아니라 큰 책임을 지고 있기도 했다. 집 대출금을 갚아야 하고, 아이들을 부양해야 하며, 아내를 만족시켜야 했다. 크사버는 절대 그렇게 살고 싶진 않았다.

허영심 때문에, 크사버는 다양한 배역을 연기해야 했지만 그것을 자각하지는 못했다. 어머니 앞에서는 애정 어린 아들, 공부를 열심히 하는 학생 역을 맡았다. 어머니가 주변의 친구들에게 아들에 대해 말할 때에는 좋은 말만 하길 원했다. 그래서 딱히 가고 싶지 않아도 자주 집에 내려갔던 것이다. 크사버는 거의 두 달에 한 번씩 의무감으로 고향 집에 방문을 했다. 선물로 꽃을 가져가고, 열심히 어머니 말씀을 듣고, 어머니에게 요리를 해드렸다. 하지만 이제 '슈로트'로 내려오지 않겠냐는 얘기가 나오면 크사버는 얼버무리기 바빴다. 어머니에게 상처를 주고 싶지 않았기 때문이다. 결코 어머니에게 진실을 말하지 않았다. 사실 자신이 고향 집을 감당하기 힘들어한다는 사실도, 빈에서는 제대로 대학을 다니지 않는 것도. 이런 일로 싸움을 하는 상대는 마틸다이지, 어머니가 아니었다.

학교 수업에 출석하는 날은 드물었지만, 크사버는 몇 안 되는 과목 중 구두시험에서는 교수들 앞에서 모든 것을 묻는 철학자 역을 맡았다. 친구들 앞에서는 정치에 관심이 많고, 환경 보호와 곤경에 처한 난민들을 위해 동분서주하는 지적인 예술가 역을 맡았다. 실제로 함부르크 아우에서는 며칠씩 시위에 참여했고(1984년 도나우 강, 함부르크 아우에서 활발히 실시된 수력발전소 건설 반대 시위─옮긴이), 한때는 국제앰네스티에서 자원봉사도 했다. 그리고 크사버는 여자들 앞에서는 상냥하고 배려심 있는 작가였다.

크사버의 허영은 직업을 선택하는 데 결정적인 역할을 했을 뿐만 아니라 끝없이 그를 이 여자에게서 다음 여자에게로 이끌었다. 크사버는 여자를 사랑했고 필요로 했다. 여자가 들끓는 애정과 지적 욕구와 탐닉할 듯한 흥미를 드러내며 자신을 바라보는 순간이 필요했다. 크사버는 그런 순간을 갈망했고, 그 순간 없이는 살 수 없었다. 사랑에 빠진 여자들의 황홀한 시선을 받고 싶었다. 어릴 때 어머니의 눈길을 맘껏 받았던 것처럼.

크사버는 외모도 준수하고 매력적이라 여자들의 마음을 쉽게 사로잡았다. 열여섯 살부터는 섹스도 맘껏 즐겼다. 상대는 대부분 나이가 더 많았다. 여자들은 크사버를 숭상했다. 나는 작가가 되고 싶어 ─ 나중엔, 나는 작가야 ─ 하고 말하면, 여자들은 믿을 수 없다는 표정을 지었다. 물론 진짜 작가가 되고 나서도 무수한 낭독회에서 청중의 시선을 받을 수 있을 만큼 성공한 것은 아니었기 때문에, 남녀관계라는 조그마한 무대에 만족할 수밖에 없었지만. 그러나 몇 번 만나고 나면 사랑도, 감동도 옅어져서 여자들은 자신의 고민을 크사버에게 쏟아내기 시작한다. 만나는 사람이나 전에 만났던 사람에 대한 푸념, 고된 어린 시절, 까다로운 자식들. 여자들의 이야기는 거의 대부분 떠나는 것과 남겨지는 것에 관한 것이었다. 떠나는 것에 대한 불안감과 남겨진 후의 고독에 관한 이야기였다.

여자들 중에서 어떤 사람의 이야기가 재미있다는 생각이 들면, 크사버는 그 여자와 오래 사귀었다. 아니면 바로 관계를 끊었다. 집안이 어렵다느니, 열여덟 살이나 됐는데도 고약한 부모가 아직 차를 안 사준다느니 하는 하찮은 푸념을 크사버는 참을 수 없었다. 그럴 때는 곧장 침대에서 일어나 여자가 아직 말하고 있는데도 옷을 입기 시작했다. 크사버가 듣고 싶은 건 진짜 비극이었다. 그게 크사버가 여자들과 사귀는 두 번째 이유였다. 크사버는 다른 사람의 인생 이야기를 듣는 것이 즐거워 어쩔 줄 몰랐고, 집필에 도움이 되는 것과 그렇지 않은 것을 구별했다. 여자들은 크사버와 열정적인 하룻밤을 보낸 후, 과거로부터 현재에 걸친 가족의 모든 비극과 비밀을 기꺼이 이야기해 주었다. 크사버는 가끔 그런 이야기에 관해 메모를 하기도 했다. 언젠가 소설에 써먹을 수 있을지도 모르기 때문이었다 (이야기를 실제로 소설에 사용한 적은 거의 없었지만 그래도 이야기를 듣는 것을 좋아했고, 막연하게 언젠가 소설에 활용하고 싶다고 쭉 생각했다. 그리고 원래 이야기를 듣는 게 글쓰기보다 더 좋았다. 작가로서는 치명적인 결함이었다).

마틸다를 만났을 때는 그때까지 몇 명의 여자와 사귀어 왔는지조차 정확하게는 모르는 수준이 되었다. 그런 것을 자진 신고할 생각은 없었기 때문에 마틸다에게 그동안 사귄 친구는 세 명이라고 둘러댔다. 마틸다는 크사버의 눈에 아주 성실하고 부지런한 여성으로 보였다. 그렇기에 내가 마음에 들었으면 좋겠다, 표면적이고 얄팍한 여자나 밝히는 놈으로 보이고 싶지 않다, 라는 이유에서 한 거 짓말이었다. 이렇게 둘의 관계엔 처음부터 거짓이 자리 잡 게 되었다.

사귀기 시작했을 무렵부터 크사버는 마틸다가 자신 과 자신의 경력에 아주 큰 도움이 될 존재임을 예감했다. 왜냐하면 크사버가 글을 쓰고 또 쓰도록 마틸다보다 더 능 숙하게 유도하는 사람은 없었기 때문이다. 크사버는 나 쁜 놈이 아니었다. 결코 마틸다를 고의로 이용하려 한 것 은 아니었다. 크사버는 정말 마틸다를 사랑했다. 마틸다 의 에너지와 진중함에 감동을 받았고, 실제로 만난 뒤 몇 년 동안 그 덕분에 엄청난 혜택과 영향을 받았다. 크사버 역시 마틸다의 지고지순한 사랑과 숭배심에 가까운 마음 에 몇 년 동안 푹 빠져들었다. 다른 여자들이 눈동자를 반 짝이며 크사버를 바라보는 것도 몇 번의 만남 뒤엔 사라지 고는 했다. 대부분 관심도 감동도 희미해졌다. 하지만 마틸 다의 숭배는 믿을 수 없을 정도로 오래갔다. 그 덕분에 크 사버는 9년 동안이나 다른 데 눈을 돌리지 않을 수 있었 던 것이다.

어째서 '의욕'과 '허영'이 잘 맞았을까? 어떻게 그 럴 수 있었을까? 왜 둘은 사랑에 빠졌을까? 나중에, 특히 마틸다는 곧잘 그런 생각을 했다. 크사버의 바람을 알아차리고 엄청나게 괴로워하던 시절에 특히. 그 답은, 크사버의 두 번째 모티브가 마틸다와 같았기 때문이다. 바로 '우울'이었다. 게다가 두 사람은 같은 열정을 공유하고 있었다 —문학에 대한 사랑. 이야기를 듣는 것에 대한, 말하는 것에 대한 사랑. 공상의 날개를 펼치는 것에 대한 사랑.

확실히 크사버는 다른 여자들과 잠자리를 하고 그녀들의 이야기가 듣고 싶기는 했다. 하지만 거기까지였다. 크사버가 자신의 이야기를 하는 상대는 마틸다뿐이었고, 함께 살아가고 싶다고 생각하는 상대도 마틸다뿐이었다. 정말로 자기를 이해해주고 있는 사람은 마틸다뿐이라고 느꼈기 때문이다. 크사버가 하루 중에서 가장 좋아하는 시간은 저녁부터 밤까지로, 마틸다의 목소리가 조용하고, 부드러워지고, 낮만큼 날카롭지 않은 시간이었다. 둘이서 함께 요리를 하고, 따뜻한 계절에는 발코니에서 저녁을 먹는 시간. 둘이서 함께 작업실에서 일하는 시간. 크사버는 작업 중인 소설을 쓰고, 마틸다는 다음 날 수업을 준비하는 시간. 둘이서 소파에 드러누워 각자의 하루를 이야기하는 시간.

크사버가 다시 들려주는 마틸다의 이야기

크사버 당신의 이야기에 어울리는 결말뿐만이 아니야. 새로
운 이야기를 다시 들려줄게. 제목은 '국어교사'야. 당
신도 함께 결말을 만들자. 중간에 덧붙이고 싶으면,
끼어들어도 괜찮아.

마틸다 알겠어.

크사버 16년 넘게, 작가와 국어교사는 연인 사이다. 친구들
의 눈에는 완벽한 연인, 그 자체로 보인다. 두 사람
은 서로를 이해하고, 똑같이 책을 사랑하고, 대화하
기를 좋아해 매일같이 이야기를 나눈다. 때로는 이
야기로 게임을 벌이기도 한다. 두 사람 사이에 몇 안
되는 문제점은 작가가 좀처럼 원하는 성공을 얻
지 못하는 것과, 국어교사가 아이를 원하지만 작가
는 생계가 불안해서 아이를 갖길 거부한다는 것이

다. 그걸 제외하면 두 사람은 행복하다. 적어도, 행복 하다고 생각했다.

마틸다 두 사람의 행복은 서로에 대한 의존을 바탕으로 하고 있다. 작가는 애초에 살기 위해서, 즉 경제적인 의미에서 국어교사를 필요로 한다. 왜냐하면 두 사람의 생계를 책임지고 있는 건 국어교사니까. 그리고 마찬가지로 국어교사도 살기 위해 작가를 필요로 한다. 감정적인 의미에서. 왜냐면 그녀는 작가를 죽도록 사랑하니까.

크사버 국어교사는 콤플렉스가 너무 많아서, 작가가 정말 자신을 사랑한다는 것을 보지 못하고, 단지 이용당하고 있다는 생각에 빠져 있다. 어느 날 작가는 멋진 아이디어를 떠올리고, 그 아이디어를 바탕으로 1년 반에 걸쳐 청소년용 3부작 소설을 써낸다.

마틸다 기억이 얼마나 거짓으로 흐려지는지, 이게 그 증거야. 훌륭한 아이디어를 작가에게 제공한 건 국어교사고, 그 후로 함께 1년 반에 걸쳐서 3부작 소설을 완성하는 거잖아.

크사버 한 대형 출판사가 3부작을 사서, 무명의 작가는 하룻밤 사이에 누구나 아는 유명 작가가 돼 성공을 손에 거머쥔다.

마틸다 이렇게 의존의 균형이 깨지고 어느 날 아침, 작가는 작별을 고하지도 않고 국어교사를 버리고 떠나간다. 국어교사는 그 후 작가가 호텔왕의 부잣집 딸과 결혼을 하며, 그 여자가 임신했다는 것을 알고 몹시 마음고생을 한다.

크사버 작가는 다른 여자를 사랑하고, 혹은 사랑을 한다고 생각하고 국어교사를 떠난다. 작가는 그 후 평생 동안 과거의 선택을 후회하게 된다. 새로운 사람과의 행복은 잠시뿐이었다. 한 살 반의 아들 야코프가 납치돼 실종되기 때문이다. 아내가 비극을 딛고 일어서지 못하는 탓에 결혼 생활은 파탄이 난다. 작가가 그 후에 쓰는 소설도 성공하지 못한다. 작가는 베를린에 살고 있지만 책을 쓸 수가 없었고, 술을 퍼붓고 불행한 연애를 반복하다 점점 추락한다. 몇 년이 지나나이 쉰이 됐을 무렵 어머니의 죽음을 겪는다. 작가는 인생을 새롭게 시작할 기회라고 생각하고 어머니가 물려준 집으로 이사를 간다. 집을 공사하기 시작하고, 그제야 다시 새 소설 작업을 시작한다. 하지만 작가는 행복하지 않다. 어렴풋한 과거의 추억과 삶의 의미를 그리워할 뿐이다.

마틸다 작가는 자기 연민에 빠진다.

크사버 국어교사는 모든 걸 잊어버리려고 다른 마을로 이사를 간다. 하지만 잊을 수는 없다. 마음속에 깊은 상처를 입어 남성들과 지속적인 관계를 맺지 못한다. 국어교사는 자기 연민에 빠진다. 그녀의 삶은 조용히, 외로이 흘러간다. 어느 날 병원에서 불치병에 걸렸고, 앞으로 시간이 얼마 남지 않았다는 선고를 받는다. 길어야 몇 달밖에 남지 않았다고. 국어교사는 죽기 전에 한 번만 더 작가를 만나고 싶다고 생각한다. 둘 사이에 아직 매듭을 짓지 않은 문제가 있기 때문이다. 국어교사는 교묘하게 수를 써서, 근무하는 학교에서 열리는 창작 워크숍에 연인이었던 작가를 배정받을 수 있도록 교육부에 있는 지인에게 부탁한다. 작가에게는 재회가 우연이라고 생각하도록 만들어야 하기 때문이다.

마틸다 점점 더 재밌어지네.

크사버 혹시, 정말 그런 거야?

마틸다 글쎄, 그럴지도 모르지.

크사버 국어교사와 작가는 일주일을 충실하게 보낸다. 많은 이야기를 나누고, 싸우기도 하고, 서로의 이야기를 선보인다. 다시 예전의 친근함을 되찾는다. 작가의 눈에는 국어교사가 완전히 다른 여성이 된 것처럼 비친다. 비밀스럽고, 관능적이고, 어깨의 힘이 빠진, 강한 여성으로. 두 사람은 예전에 즐겨 했던 게임을 한다. 자신이 만든 이야기를 며칠에 걸쳐, 이른바 '한 조각' 씩 상대방에게 들려주는 게임이다. 모든 것은 국어교사의 계획대로였다. 작가는 집필 중인 소설의 내용을 말하고, 국어교사는 한 유괴 이야기를 꺼낸다. 작가는 점점 그 이야기가 이상하다고 생각하기 시작한다. 캄푸쉬 사건이나 프리츨 사건을 떠올리게 하는 내용이다(오스트리아에서 일어난 감금 사건. 1988년 당시 열 살이었던 나타샤 캄푸쉬가 납치됐고, 이후 2006년에 탈출할 때까지 8년간 감금당했다. 또 요제프 프리츨은 1984년부터 2008년까지 24년간 딸을 자택 지하에 감금하고 폭행, 학대를 반복했다—옮긴이). 다만 국어교사의 이야기는 실제 사건과 성별이 다르다. 한 여성이 남자아이를 납치해 집 지하 벙커에 감금하고 성적으로 학대한다는 이야기다. 이 이야기에서 눈에 띄는 점은 여자가 아이를 말 없이 키운다는 내용이다. 작가는 처음

에 그 의미를 모른다. 그런데 그 이야기가 작가의 유
괴된 아들 이야기임에 틀림없다는 것이 점점 분명
해진다. 그러자 아이를 말 없이 키우는 것의 의미 또
한 이해할 수 있게 된다. 작가와 국어교사 사이에 말
은 엄청난 중요성을 지녔었다. 유괴된 아이는 그 말
을 하도록 허락되지 않는 것이다. 작가는 이를 깨
닫고 깜짝 놀란다. 국어교사가 복수를 위해 아들
을 납치한 것이다! 작가는 분노로 미칠 듯 소리치
며 곧장 경찰서로 달려가려 한다. 그런데 국어교사
가 갑자기 고모의 유품인 왈터를 작가 얼굴에 들이
대고, 지하실로 가자고 한다. 작가는 국어교사가 자
신도 지하 벙커에 감금할까 불안해진다. 두 사람
은 몸싸움을 벌이고, 작가는 권총을 빼앗아 궁지에
몰린 국어교사를 쏴 죽인다. 그리고 미친 듯이 지하
로 뛰어 내려가 아들을 벙커에서 해방시키려 한다.
그런데—

마틸다 그런데?

크사버 지하에 벙커 같은 건 없다. 국어교사의 이야기는 정
말로 창작이었던 것이다! 작가가 발견한 것은 한 권
의 『몬테크리스토 백작』. 뒤마가 쓴 복수의 대장정을

그린 장편소설이다. 국어교사는 어렸을 적에 탐닉하듯이 이 책을 읽고 또 읽었다. 그 책은 작가가 교묘하게 다듬어진 복수 계획의 희생양이 되었음을 알리고 있었다. 게다가 작가는 그곳에 작별 편지가 있는 것을 발견한다. 그 편지에서 국어교사는 재차 작가를 향한 열렬한 마음을 털어놓고, 그녀가 받은 깊은 상처들을 묘사한다.

마틸다 편지는 엄청나게 센티하다.

크사버 그럴 수도 있겠지. 아무튼 국어교사는 이렇게 멋들어지게 꾸민 거실에 피범벅이 되어 쓰러진 채 숨을 거둔다. 작가의 이름을 부르면서. 국어교사는 병으로 인한 고통스러운 죽음을 기다릴 생각이 없었다. 작가가 쏜 총에 맞아 죽고 싶었다. 굳이 털어놓자면 작가의 손에 죽고 싶었다. 덤으로 국어교사는 복수도 완수한다. 왜냐하면 작가는 살인죄로 감옥에 가기 때문이다. 일석이조인 셈이다.

마틸다 당신다운 결말이야. 하지만 납치된 아이는 결국 어디에 있지?

크사버 그건 아직까지 아무도 모르는 거야. 어쨌든 국어교사의 집 지하에는 없어.

마틸다 왜 국어교사 집의 지하에 있으면 안 돼?

크사버 국어교사가 납치한 게 아니기 때문이지.

마틸다 국어교사가 아이를 납치한 게 아니라는 걸, 어째서 단언하지? 말해봐, 크사버!

크사버 요컨대 사람의 끝은 어디인가? 이런 질문인 거지. 국어교사는 누가 봐도 그런 일을 할 수 있는 사람이 아니야. 아이를 납치하고 싶었다. 수백 번도 넘게 상상했다. 세세히 망상했다. 하지만 실행은 할 수 없었다.

마틸다 하지만 작가도 혹시 의심한 게 아닐까? 야코프의 납치범은 전 여자 친구 — 국어교사 — 일지도 모른다, 자기가 그녀를 버렸기 때문에 복수했을지도 모른다, 이렇게 경찰에 말하지 않았을까?

크사버 마틸다 —

마틸다 적어도 국어교사는 경찰에게서 그 비슷한 말을 들었어. 14년 전에 찾아와, 진술 조사를 위해 국어교사를 연행하고, 온 집을 뒤엎으며 수색한 경찰은 말이야.

크사버 뭐라고? 마틸다, 정말 미안해! 그런 일이 있었는지 전혀 몰랐어. 날 믿어줘! 경찰은 나한테서 당신 얘기를 들은 게 아니야. 수사를 하다 알게 됐던 거야.

마틸다 있잖아, 내 이야기의 진짜 결말을 말해줄 순 없어? 같이 경찰서로 가기 전에. 또다시 끔찍할 뿐이야! 앞으로도 계속 마음의 평안을 얻지 못할 거야. 평생 동안. 앞으로도 아들의 울음소리가 들릴 것 같아서, 공포에 땀을 흠뻑 흘리며 한밤중에 깨어나게 될 거야.

크사버 진짜 결말 같은 건 없어! 이건 우리가 서로 들려주는 이야기라고! 도대체 당신은 무슨 말을 하고 싶은 거야?

마틸다 답이 틀렸어. 이건 이야기 이상이야. 인생이잖아. 그럼, 말해줄게. 그 유괴 사건의 어디가 이상하다는 것인지, 내가 어떻게 알고 있는지.

마틸다와 크사버

"개개인의 인생에는 정말 아무런 의미가 없어. 중요한 건 그 삶을 통해 써 내려간 이야기이지." 크사버는 마틸다에게 그렇게 말한 적이 있다. "그렇다고 이야기라고 다 중요한 것도 아니야. 예를 들어 '그녀는 평생 기를 쓰고 일하다가 죽었습니다' 이런 내용의 이야기는 해당하지 않거든. 뭐, 언젠가 내 어머니를 묘사하면 딱 좋을 문장이긴 하네. 내 말은 감동적이고, 재미있고, 훌륭한 이야기가 중요하다는 거야. 후세대의 기억에 남을 만한, 잊혀지지 않고 계속 전해지는 이야기. 중요한 건 말이야, 인생 그 자체가 아니야. 인생이란 한순간에 우주의 먼지가 돼서 사라지는 덧없는 거지. 중요한 건 그 후에도 기억에 남는 이야기야. 사람들의 기억에 남아 전해지는 이야기가 감동적이고 생생할수록, 그 바탕이 된 인생도 가치가 있는 삶이었다고 후세에 평가받게 되는 거지. 그런 이야기는 늘 여러 세대에 거쳐 전해지는 법이거든. 진짜 인생보다도 더 오래, 이 세상에 계속 존재하는 거야! 엄청나지 않아? 왜 인간이란 동물은, 자식 낳는 걸 후세까지 자신의 존재를 남기기 위한 가치 있는 일이라고 칭송하는 걸까? 멋진 이야기를 남기는 게 훨씬 의미 있는 일이잖아! 그런 이야기들을 전하는 게 작가의 몫이야. 뭐니 뭐니 해도 인간에게는 이야기가 필요하니까. 이야기가 없다면 삶이 어떻겠어! 인간에게는 버팀목이 될 수 있는 이야기가 필요해. 이야기를 듣고 무언가를 확신하기도 하고, 무언가를 실행하거나 바꾸려는 용기를 얻기도 하지. 물론 그냥 감동을 받거나 즐기기만 해도 괜찮아."

"그렇지만, 즐거운 이야기보다 슬픈 이야기가 더 기억에 잘 남잖아. 오로지 후세에 가치 있는 비극을 남기기 위해, 사람들은 인생에서 많은 시련을 견뎌야 하는 거지." 마틸다는 그렇게 대답했다.

"슬프지만 네 말이 맞아. 비극적인 시련, 때로는 색다른 시련이 기억에 잘 남는 법이지. 그런데 모든 사람의 삶에 있어서 가장 큰 비극이 뭐라고 생각해?"

"글쎄."

"가장 큰 비극은 말이야, 어떤 인간도 한 번밖에 살지 못한다는 사실이야. 난, 그건 한 번도 살지 않는 것과 마찬가지라는 생각이 들거든. 젊었을 적에 아무것도 모르고 잘못된 길을 택해서, 나이가 들고 나서야 인생을 엉망으로 만들었다고 깨닫는 사람이 얼마나 많을까. 진짜 코미디야. 질 나쁜 농담이지. 그렇잖아? 자, 이제 죽는구나, 내 인생은 참 별거 아니었어! 라니. 왜 그렇게 허무한 인생이 되는 걸까?"

"자신에게 무엇이 최선이었는지를 깨닫는 건 보통 시간이 흐르고 난 후라서가 아닐까. 슬픈 현실이지. 또 그런 지혜는 거의 나이가 든 후에 쌓이니까."

"맞아. 바로 그거지! 그런데 왜 젊을 때는 그런 지혜가 없을까? 대체 무슨 이유로? 왜 그럴까, 내 지론이 뭔지 알아?"

"아니. 근데 이제 알게 되겠는걸." 마틸다는 웃었다.

"어느 쪽이 먼저였을까? 인생일까, 이야기일까? 나는 이야기라고 생각해! 신은 옛날에 천국에서 천사들에게 직접 창작한 이야기를 들려주고 있었어. 말을 듣지 않는 구름의 이야기나, 별, 바람, 텅 빈 지구, 그 외에도 우주의 모든 별의 이야기들을 말이야.

그러던 어느 날, 마침내 이야깃거리가 다 떨어졌어. 그때서야 신은 인간을 만들었어! 자신이 즐기기 위해, 그리고 이야기를 하고 이야기를 들려주기 위해서. 이야기가 필요했기 때문이야. 천사들만 지루해하던 게 아니야. 신도 지루하기는 마찬가지였어. 그런 이유로 신은 사람을 만들고, 얄궂게도 한 번밖에 살지 못한다는 설정을 생각해 냈어. 한 인간의 삶에서 나오는 이야기가 저마다 더욱 드라마틱하도록, 더 재미있어지도록. 신은 지구라는 별 앞에 자리를 잡고 앉아서 인간들의 삶을 구경해. 그리고 잘못된 결정을 내리는 바람에 많은 인간들의 인생이 알아서 불행으로 치닫는 것을 보고 크게 즐거워하지! 배를 잡고 웃어! 누구나 아는 이브와 사과 이야기가 첫 번째이자 가장 좋은 예잖아. 음험한 뱀이 하는 말을 귀담아듣는단 결정을 이브는 얼마나 뉘우쳤겠어! 하지만 없던 일로 되돌릴 수는 없었지. 모든 인간이 마찬가지야. 결정은 한 번 내리면 그만이야! 취소할 수 없어. 내가 말하는 건 큰 결정이야. 낮에 뭘 먹을지, 같은 결정이 아니고. 한 번 결단을 하면, 인생이 거기에 따라 굴러가지."

"하지만 그렇기 때문에, 한 사람 한 사람의 인생이 모두 소중하지 않을까? 만약 세상 사람들이 전부 자신의 결단을 무르기 위해 시간을 돌릴 수 있는 버튼을 가지고 있다면, 분명히 계속 눌러댈 거야! 생각해봐."

"물론, 그런 버튼은 좋지 못해. 그렇지만 어떤 인간이든 또 다른 기회는 필요해! 나이가 들면 무엇을 잘못했는지, 무엇이 좋았는지 알게 돼. 죽어서 끝이 아니라, 그렇게 알고 난 다음에 어떤 문을 통과해서 또다시 스무 살이든, 열다섯 살이든, 스물일곱 살이든 되고 싶다고 말할 수 있는 권리가 있다면 좋을 텐데. 누구나 인생을 다시 시작하고 싶어 하는 지점으로 돌아갈 권리 말이야. 누구나 다시 한 번 삶을 살아갈 수 있어. 처음 태어날 때와 똑같은 인간으로서 말이지. 첫 번째 인생과 다른 조건은 하나도 없어. 그저 첫 번째 인생에서 뭘 잘못했냐는 의식은 가지고 있어. 그리고 첫 번째 인생이 끝났을 때 얻은 지혜를 가지고 두 번째 기회에 도전할 수 있는 거야. 그럼 공평하잖아? 왜 이런 말들 많이 하잖아─그래, 자네에겐 한 번 더 기회가 필요해! 라거나, 자네에게 한 번 더 기회를 주지! 라고 말이야. 왜 인생 그 자체에 이걸 적용할 수 없는 걸까?"

마틸다가 크사버에게 이야기하는 진실

마틸다 1995년, 이미 만난 지 15년이 된 작가와 국어교사는 함께 청소년을 위한 3부작 소설『천사의 날개』,『천사의 아이』,『천사의 피』를 쓴다. 집필을 하던 두 사람은 오랜만에 더없는 행복을 느낀다. 작가는 이 3부작을 출판할 대형 출판사를 구했고, 내년에 결혼해서 아이를 갖자고 국어교사에게 약속한다. 두 가지 모두 국어교사가 오랫동안 바라던 일이다. 작가는 이제 나도 마음의 준비가 됐어, 라고 말한다. 책은 출판되고 곧바로 큰 성공을 거둔다. 작가는 업무로 방방곡곡을 돌며 많은 돈을 번다. 그러던 어느 날 작가는 자신의 소지품을 챙겨 집을 떠난다. 작가가 어디로 갔는지 국어교사는 모른다. 국어교사는 작가를 찾아낼 수 없다. 몇 주일이 흐르고, 작가는 독일에서 호텔왕의 부잣집 딸이자 두 살 연상인 여자와 결혼을 한다. 작가의 아내가 된 여자가 요즘 즐기기 시작한 취미는 시골에 틀어박혀 농가를 경영하는 것이다. 심지어 곧 아이가 태어난다고 한다. 국어교사는 모든 소식을 한 학생이 펼쳐놓은 잡지를 통해 알게 된다. 국어교사는 쓰러지고, 병원의 신경과로 옮겨져서 7개월 동안 입원을 한다.

크사버 뭐라고??

마틸다 아무래도 교단에서 의식을 잃은 모양이다. 정신이 들자, 국어교사는 자신이 학교 회의실의 소파 침대에 눕혀져 있다는 것을 깨닫는다. 보통 아픈 학생이 휴식을 취하는 장소다. 의사가 매서운 눈으로 내려다보고 있다. 의사는 국어교사에게 말을 할 수 있겠냐고 묻는다. 국어교사에게는 무의미한 질문 같다. 그녀는 그저 쭉 잠을 자고 싶을 뿐이다. 그런데 병원에서 정말 말을 할 수 없게 되었다는 사실을 알게 된다. 국어교사는 순순히 말을 듣는다. 그리고 작가에게 분노와 상처 입은 마음을 토로하는 편지를 써서 그것을 의사에게 넘긴다. 그리고 또 다른 의사가 국어교사의 미래에 기다리고 있을 무수한 가능성을 하나하나 나열하는 것에 귀를 기울인다. 당신은 아직 서른여덟 살이잖아요, 새 파트너를 만나 가정을 꾸리는 시간은 충분히 있답니다! 당신에게는 보람찬 멋진 직장이 있잖아요! 하지만 10월에 발행된 잡지에서 야코프란 이름이 적힌 아기의 사진을 본 국어교사는 심장이 찢어지는 것 같은 아픔을 느낀다. 이건 내 아이였어야 하는데. 크리스마스에 국어교사는 인스브루크에 사는 마리아 고모를 찾아가서 겨우 말을 하게 된다.

크사버 마리아 고모님, 대체 무슨 마법을 쓰신 거지?

마틸다 고모는 국어교사에게 호통을 친다. 이제 말 좀 해! 세상 사람들 다 겪는 일이야! 인생에는, 떠나는 것과 남겨지는 것밖에 없어!

크사버 인생에는 떠나는 것과 남겨지는 것밖에 없다, 말이지.

마틸다 크리스마스 휴가가 끝나면 국어교사는 다시 빈에 있는 아파트에서 어떻게든 살아가야 한다. 하지만 아직 업무에 복귀할 수 있는 상태는 아니다. 집을 비웠을 때 쌓인 우편물을 체크하던 국어교사는 작가에게 온 비뇨기과의 편지 봉투를 발견한다. 그 편지에는 검사 결과, 작가에게는 생식 능력이 없는 것으로 판명됐다고 적혀 있다. 아마 작가는 집을 떠나기 직전에 받은 건강검진에서 비뇨기과 검사도 한 것 같다. 작가에게는 생식 능력이 없다! 생식 능력이 없다! 국어교사의 꿈이 이루어질 일은 결코 없었던 것이다. 국어교사가 작가의 아이를 낳을 일은 결코 없었던 것이다! 그리고 그것은 다른 여자들도 마찬가지다. 그렇게 생각하자 국어교사의 마음은 조금이나마 위로가 됐다. 하지만 그렇다면 야코프의 아버지는 누구일까? 작가는 알고 있는 것일까 —야코프가 자기 자식이 될 수 없다는 사실을.

크사버 —작가는 오랫동안 몰랐어.

마틸다 고모가 죽고, 국어교사에게 집을 남긴다. 국어교사는 그 집으로 이사한다. 작가와 너무나 오랫동안 살았던 동네를 떠나는 것이 싫지 않다. 천천히, 국어교사는 자신의 삶을 되찾아 간다. 그리고 그때 〈스타 가정 방문〉이란 방송 프로그램이 생기고, 처음 두 에피소드에서 호텔왕의 딸과 그 남편인 작가가 사는 광대한 농장이 소개된다.

크사버 그걸 봤어? 우리가 같이 살 땐 TV 같은 거 없었잖아.

마틸다 새로운 동네로 이사한 국어교사는 TV을 가지고 있
어. 부자인 호텔왕의 딸은 꿈꾸듯 황홀한 눈빛으
로 밭 이곳저곳을 돌아다니고, 고무장화를 신고 외
양간으로 들어가 소에게 건초를 던져준다. 그리
고 시청자들을 향해 마침내 나답게 살 수 있게 되
어 행복하다고 말한다. 자연이라는, 인간이 원래 있
어야 할 곳으로 돌아온 것이라며. 시간이 있을 때에
는 직접 소를 끌고 목초지로 데리고 간다. 그녀는 대
부분의 농장 일을 직접 해내고 있다. 고용된 사람
은 일주일에 한 번만 오는 청소부와 농장을 돕는 브
루노, 그리고 유모 학생뿐. 게다가 그 여자아이는
오전에 동네에 있는 대학을 다닌다. 오후에만 아이
를 돌봐준다. 남편인 작가는 무뚝뚝한 얼굴로 아내
의 옆이나 뒤편에서 걷고 있다. 칭얼대는 아이를 계
속 안은 채.

크사버 야코프는 주의력 결핍 과다 행동장애였어. 그래서 조
금—

마틸다 힘들었다고? 그러나 작가도 역시 행복하다고 말한
다. 이 자연에서, 이 오래된 농장에서. 그리고 미소
를 보인다. 그동안 작가를 전혀 닮지 않은—그리

고 솔직하게 말하면, 엄마도 닮지 않은—작은 아이는 작가의 머리를 계속 잡아당기고 있다. 국어교사는 TV 화면에서 새로운 삶을 사는 작가가 행복하다, 어떻다 중얼거리는 얼굴을 보며, 그 목소리를 듣는데—흠, 의심이 든다. 국어교사는 믿지 않는다. 작가에 대해서라면 지나칠 정도로 잘 알고 있으니까. 작가는 불행해 보이고, 화가 나 보이고, 어딘가 공격적으로 보인다. 그에게 있던 여유와 쿨한 모습은 사라져 버렸다.

크사버 너무한걸. 작가는 아마 수면 부족이었을 거야. 아들 때문에 며칠 동안 잠을 못 잤겠지.

마틸다 어쨌든 부부는 자녀와 촬영 팀과 함께 농장을 돈다. 그리고 목재가 넉넉하게 사용된 사치스러운 집의 내부도 보여준다. 최신식 막사, 소들이 풀을 뜯어 먹는 녹색 목초지, 감자 밭과 양배추 밭, 그리고 독일 최초의 바이오가스 발전 설비를. 농장 부지에서 사용되는 전력을 여기서 충당하고 있다고 강조한다. 작가는 이 설비를 유난스레 자랑스러워하며 몇 번이나, 이것은 환경 친화적인 미래의 발전 설비라고 되풀이한다. 방송은 끝이 나고 국어교사의 삶은 계속 된다. 그리고 2개월 후, 1998년 5월, 모든 뉴스 프로그램과 신문에 사건이 보도된다. 한 살 반인 야코프 조넨펠트가 납치되었다. 정원의 사과나무 밑에 놓인 유모차에서 자고 있던 아이가 자취를 감췄다. 스웨덴 출신의 보모인 리브 룬드스트룀이 야코프를 두고 헛간에서 남자 친구와 통화를 하고 있던 사이에 그것도 꽤 긴 시간을. 리브는 처음에 구속되지만 얼마 뒤 풀려난다. 납치와 관련이 없는 것은 분명하기 때문이다. 조사를 시작하지만 사건과 관련된 단서도, 몸값을 요구하는 편지도 오지 않는다. 몇 주가 지나도, 아이의 행방은 묘연할 뿐이다.

크사버 이제 그만하면 안 될까? 나한텐 너무 괴로운 기억이야.

마틸다 유괴사건 며칠 후, 야코프의 부모가 TV에 나와 납치범에게 호소한다. 엄마는 완전히 초췌해져서 금방이라도 쓰러질 것 같다. 그리고 아버지인 작가도 그렇게 보인다. 하지만 국어교사는 작가의 얼굴을 보고 뭔가 이상하다는 것을 깨닫는다. 작가의 머릿속을 완전한 광기가 집어삼키고 있는 듯 보인다. 그리고 국어교사는 보통 이상한 정도가 아니라고 확신을 한다.

크사버 그야 완전한 광기가 집어삼켰겠지. 내 자식이 내 집 마당에서 납치당했어!

마틸다 아내의 아이가 아내의 집 마당에서 납치당했다, 이겠지. 국어교사는 낯익은 작가의 표정을 보고 그가 거짓말을 하고 있다는 것을 알게 된다. 국어교사의 눈은 속일 수 없다. 작가의 얼어붙은 시선이 보인다. 작가의 오른쪽 눈꺼풀이 떨리는 것이 보인다. 눈동자가 부질없이 이리저리 움직이는 것이 보인다. 국어교사는 스스로에게 묻는다—작가는 이 사건과 어떤 관련이 있는가? 그는 진실을 말하고 있는가?

크사버 제발, 마틸다, 부탁이야. 제발 그만해!! 내가 어떤 마음으로 살아왔는지, 얼마나 참아왔는지 넌 몰라!

마틸다 더 말할까? 내가 그때 무슨 일이 있었을 거라고 생각하는지? 아니면 직접 이야기할래?

마틸다와 크사버

시간이 흐르고, 두 사람의 사이에는 처음 만나기 시작했을 때는 없었던 문제가 생겨나기 시작했다. 무엇보다도 경제적인 문제였다. 크사버가 서른이 될 즈음 어머니 잉게가 매달 보내오던 생활비를 끊었기 때문에 두 사람은 자기들 힘으로만 생계를 꾸려갈 수밖에 없게 된 것이다. 다행히 마틸다는 풀타임으로 교사 일을 하고 있었고 과외도 했기 때문에 벌이가 나쁘지 않았다. 그래서 어렵지 않게 여러 비용을 지불할 수 있었다. 마틸다는 혼자서 집세, 식비, 여행 경비를 부담했다. 그리고 그것이 두 사람의 관계에 불균형을 가져왔다. 두 사람은 그 불균형을 혐오했다. 유독 마틸다가 그랬다. 크사버가 본인에게 경제적으로 의존하는 탓에 열등감을 갖게 했고, 그래서 자신에게 가시 돋친 퉁명스러운 태도를 취하게 된 것만 같았다. 실제로 마음속으로 크사버는 마틸다를 헐뜯고 얕보게 되었다. 소시민적인 국어교사 마틸다는 분명히 생활을 꾸릴 만한 돈을 벌고는 있다. 하지만 창조적인 작가인 자신이 훨씬 더 재능 있고 지적이고, 나아가 인류에게 더욱 중요한 존재다, 자신은 후세에 무언가를 남길 테니까, 이렇게 말이다.

시시한 게임이 시작되었다. 마틸다가 한 영화를 마음에 들어 하면 크사버는 꼭 그 영화를 무시했다. 이런 것들은 형편없는 대중 영화다, 스토리가 엉망진창이다, 세속적이다, 말하고자 하는 것이 아무것도 없다, 라고 폄하를 했다. 반면에 마틸다가 마음에 들어 하지 않으면 크사버는 그 영화를 어딘가 특별하다든지, 아주 독특해서 좋다고 평가했다. "이 영화는 뭔가 남다른걸!"—비록 그것이 '고작 할리우드 영화'일지라도 말이다. 이윽고 마틸다는 이 게임의 규칙을 간파하고, 반드시 크사버에게 먼저 의견을 묻게 되었다.

여행을 가자는 말이 나오면 작은 가정의 기둥이자 돈줄인 마틸다는 부족한 예산 때문에 이탈리아로의 캠핑 여행만 가능하고, 그 이상은 어렵다고 주장했다. 비행기를 타고 호텔에 묵는 그런 여행은 할 수 없다고. 크사버가 캠핑 여행을 질색한다는 걸 잘 알면서도 말이다. 결국 두 사람은 조그마한 2인용 텐트 앞에 접이식 의자를 놓고 앉아 식사를 했다. 소형 버너로 만든 스파게티를 플라스틱 접시 주위를 날아다니는 벌을 쫓아내면서 먹었다. 마틸다는 자연을 마음껏 느낄 수 있어서 행복하다고 주장하며 만족의 한숨을 내쉬었다. 그러나 크사버는 몰래 마음속으로, 자신을 괴롭히고 만족하는 의미에서 짓는 한숨일 거라고 짐작했다. 크사버는 숨 막히는 텐트 속에서 잠을 설치며 뜬눈으로 밤을 지새웠다. 새벽 2시쯤이 되어서야 시끌벅적하게 난리치던 야영객들의 소란도 잦아드는가 싶었는데, 5시가 되니 벌써 텐트 안이 환히 밝아졌다. 심지어 쓰레기 수거차도 모습을 보였다. 크사버는 편안함과 프라이버시가 그리웠다. 수많은 발자국으로 짓밟힌 잔디 위에 배정된 조그마한 구획은 마치 무대 위와도 같았다. 화장지 롤을 손에 들고, 종종걸음으로 화장실로 향하는 자신의 모습이 누구에게나 훤히 보였다. 창피했다. 마치 고문 같았다. 크사버는 해마다 내년 여름에는 여행 자체를 보이콧하고 집에만 있어야겠다고 다짐했다. 가고 싶으면 마틸다 혼자 가라고 하자. 하지만 늘 그랬듯 결국은 캠핑에 대한 마틸다의 열정에 감염되어 설득을 당하고 말았다.

그러던 어느 날, 기다렸다는 듯이 그 사건이 일어났다.

가을이 오면서 마틸다는 여름용 겉옷을 모두 세탁한 다음 지하실에 두려고 했다. 그리고 옷을 정리하다가 크사버의 데님 재킷에서 '사랑의 키스를, 유리'라고 적힌 러브레터를 발견했다. 마틸다는 곧바로 크사버에게 편지를 쓴 사람이 누구냐고 물었다. "유리라고, 알지?" 크사버는 처음에 부인했다. 하지만 마틸다는 크사버가 거짓말을 하고 있다는 것을 즉각 간파했다. 거짓말을 할 때의 크사버의 표정과 몸짓은 이미 다 알고 있었다. 거의 알아차리지 못할 정도로 희미한 얼굴의 움직임—그 증세가 다시 나타났으니까. 다소 경직된 시선, 오른쪽 눈꺼풀이 일으키는 찰나의 경련. 크사버가 마틸다에게 상처주지 않으려고 거짓말을 할 때면 늘 나타나서 오히려 진실을 알려주는 움직임이었다. "무슨 소리야? 그런 거 아니야. 어머니는 널 좋게 보고 있어, 진짜야. 네 험담한 적 한 번도 없어" 또는 "아니, 진짜야. 저번에 캠핑 여행 정말 즐거웠어" 같은 말을 할 때의 증세.

결국 크사버는 마지못해 바람을 인정했다. 상대는 율리아나라는 철학과 학생이고, 크사버가 개최한 창작 워크숍에 참가해서 만나게 됐다. 마틸다와는 정반대의, 틀에 박히지 않은 자유분방한 여성이다. 바닥까지 닿는 긴치마를 입고, 주렁주렁한 팔찌를 짤랑거리고, 무지막지한 골초에다

주당인. 마틸다는 크사버를 구슬려 캐물었고 크사버는 해명으로 일관했다. 크사버에게 율리아나와의 바람은 아무 의미가 없는 선택이었다. 지금까지 그보다 훨씬 더 자극적인 관계를 즐겨왔으니까. 율리아나의 존재가 큰 의미를 가지는 건 단지 마틸다와의 관계 때문이었다. 율리아나에 의해 크사버의 거짓말이 뿌리째 흔들리고, 크사버에 대한 마틸다의 믿음이 사라졌기 때문이다. 마틸다는 실망하고, 상처받고, 자문했다―그는 나를 배신하고, 우리의 관계에 흙탕물을 끼얹고 있는데, 왜 나는 그런 크사버를 위해, 이토록 열심히 이것저것 하고 있는 걸까. 마틸다는 몇 개월이나 의욕도 기운도 없이 하루하루를 보냈다. 살이 빠져 여위고, 몸의 떨림이 멈추지 않게 되었고, 멍한 상태로 살았다. 그런 마틸다의 모습에 크사버는 마음이 아팠다. 그리고 마틸다를 위로하려고 열심히 노력했다. 이때만큼 크사버가 마틸다에게 자상했던 적은 없다. 크사버는 두 번 다시 율리아나를 만나지 않았다. 4년 후, 마틸다와 크사버는 신문에서 율리아나의 사망 소식을 보았다. 율리아나는 담배에 불을 붙인 채 잠이 드는 바람에 자기 방 침대에서 숨졌다.

그게 마틸다가 알고 있는 유일한 크사버의 바람이었다. 그 후에도 간혹 바람을 피우는 낌새를 느낀 적은 있지만, 다시는 상대의 이름이나 자세한 사연을 묻지 않았다. 크사버는 1년 넘게 다른 여자와 만나지 않았고, 그 후 바람도 훨씬 줄었으며, 무엇보다 용의주도해졌다. 그리고 마틸다에게는 또 다른 큰 문제가 생겼다. 마틸다 쪽은 점점 더 강하게 아이를 가지고 싶어 하는데 크사버는 그렇지 않았던 것이다.

마틸다가 크사버에게 들려주는 추리

크사버 어차피 나는 당신이 그렇게 원했던 아이를 만들 수
　　　 없었어.

마틸다 그래도, 난, 분명히 타협을 할 수 있었을 거야.

크사버 정말? 그렇게 아기를 원했잖아.

마틸다 내가 원했던 건 당신과의 삶이야. 아기라면 입양
　　　 을 할 수도 있었어.

크사버 뮌헨에서 건강검진을 받았을 때 나한테 정자가 없다
　　　 는 걸 알았어. 그때 야코프는 이미 한 살이었고. 어디
　　　 보자, 그럼 그 애가 내 아이가 아니라는 사실을 당신
　　　 이 먼저 안 셈이네.

마틸다 아이 아빠는 데니스의 두 번째 남편, 술꾼에다 폭력
　　　 을 휘두르던 그 레이서야. 데니스는 그때 그 남자로
　　　 부터 도망치려고 안간힘을 쓰고 있었지.

크사버 어떻게 알았어?

마틸다 그냥 추측. 잡지에 자주 실리기도 했고. 정답이야?

크사버 응.

마틸다 부유한 아내는 작가에게 모든 것을 털어놓고 이대로 아무것도 묻지 말고 아이의 아빠 역할을 맡아달라고 부탁한다. 두 사람을 맺어준 그때의 열정적인 사랑을 빌미로. 누구 자식인지는 상관없잖아, 라고 아내는 말한다. 하지만 작가는 배신당하고 기만당했다고 느끼며, 불행의 구렁텅이에 빠진다.

크사버 뭐, 그 이전부터 이미 불행했지만.

마틸다 그래?

크사버 우리 관계는 처음부터 별로 좋지 않았어. 결혼식 직후부터 이미 허영과 기만에 찌든 태도가 너무 거슬렸거든. "나는 자연으로 돌아가서 인간 본연의 삶을 살고 싶어!"라니 말 다했지. 나는 자연으로 돌아가고 싶지도 않을뿐더러, 인간 본연의 삶 따위는 살고 싶지 않았어.

마틸다 당신은 자연을 콘크리트로 매워버리고 싶어 하는 사람이었지.

크사버 다 끝났다고 생각했어. 보모 겸 농부가 되어버렸거든. 데니스는 놀러 다니기 바빴어! 그 사람의 콧대 높은 친구들은 이제―

마틸다 이제?

크사버 진절머리가 났지. 나도 작가가 아니라 그냥 부속품이었어. 부유한 데니스 조넨펠트의 남편. 근데 그 정도는 어느 정도 극복할 수 있었어. 나한테 가장 힘들었던 건 데니스와 이야기를 하지 못하는 시간이었어. 대화가 전혀 안 되는 거야. 우리가 사는 세상은 너무 멀리 떨어져 있었어. 서로를 도무지 이해할 수 없었지. 데니스는 온종일 미신 같은 것에만 몰두해 큰 소리로 떠들어 댔어. 요가가 어떻고, 명상이 어떻고, 자연의 근원적 모습이 어떻고. 책에 대한 대화가 그리웠어. 이야기를 나누는 것도. 당신이 그리웠어.

마틸다 그럼 다음 문장은 작가는 점점 불행해졌다, 이렇게 되겠네. 광활한 농장에 우두커니 앉아 대부분의 시간을 까다로운 야코프와 단둘이서 보낸다. 바깥 생활만 하는 부유한 아내. 작가는 야코프를 사랑할 수 없다. 지금 벌어진 이런 막다른 상황에 대해 아이는 아무런 책임이 없다고 매일같이 자신을 타이르는데도 말이다. 야코프가 유난히 고집이 세고, 깐깐하고, 성가시기 그지없다는 점이 사태를 더 나쁘게 만든다. 작가는 벌써 몇 주째 아내와 헤어지는 것이 좋지 않을까 계속 생각하고 있다. 내가 한 추리, 맞아?

크사버 딱이야.

마틸다 그리고 어느 날, 사태가 급속도로 악화된다.

크사버 무슨 뜻이야? 이번엔 뭘 추리하는 거지?

마틸다 진짜 어떤 일이 있었는지, 말해줄 생각은 없어?

크사버 지금은 당신의 추리에 관심이 가서.

마틸다 무슨 일이 있었는지, 내 가설은 두 개야. 우선 첫 번째 가설. 작가는 스웨덴인 보모와 바람을 피우고 있었고, 두 사람은 헛간이나 어디서 섹스를 하고 있었다. 사과나무 밑에서 막 잠이 깬 아이의 주변에는 아무도 없다. 거기서 아이는 농장 안을 어슬렁거리다 어떤 사고를 당해 죽는다. 작가와 보모는 아이의 시체를 발견하고, 공포에 정신을 차리지 못한다. 그리고 시체를 숨겨서 모든 걸 납치처럼 보이게 만들기로 결정한다— 얼굴색이 안 좋은데, 괜찮아?

크사버 아이는 어떤 사고를 당해서 죽어?

마틸다 어쩌다 사고로. 농장은 넓고, 한 살 반 된 아이한테는 위험 요소로 가득하잖아. 벽을 기어오르다가 떨어진다든지. 부지 안을 자유롭게 뛰어다니는 말에 치인다든지. 독이 있는 열매를 먹는다든지. 콤바인이나 트랙터 아래로 숨어들었는데 운전자가 알아차리지 못한다든지. 뭐, 그건 좀 아닌가.

크사버 시체는 어디에 숨기고?

마틸다 묻었어. 부지가 광활해서 문제는 없었어. 분명 어딘가에 공사 중인 장소가 있어서, 그냥 시멘트를 흘려 넣거나, 타일을 깔거나, 그런 작업을 했을 거야.

크사버 그럼, 두 번째 가설은?

마틸다 작가는 어느 날 오후, 다시 필사적으로 소설을 집필하려고 노력 중이다. 하지만 속도가 나질 않는다. 벌써 몇 달 전부터 자꾸만 찾아오는 슬럼프에 또 빠져들고 있는 것이다. 아주 더운 날에 야코프는 정원에서 잠을 자고 있다. 사과나무 밑에서. 아기의 엄마는 친구와 함께 3일간 이스탄불 여행을 떠났다. 보모가 막 학교를 마치고 돌아와, 정원에서 공부를 하며 아이를 돌본다. 그러다가 헛간에 가서 스웨덴에 있는 남자 친구와 통화를 시작한다. 이윽고 잠

291

에서 깬 야코프가 울음을 터트리며 유모차에서 기어 나와 서재에 있는 아버지를 찾아 나선다. 야코프는 작가가 일을 하게 가만히 두지 않는다. 울며불며 계속 훼방을 놓자 작가는 야코프를 보모에게 데려가려고 한다. 그런데 야코프는 싫다고 투정 부리며 자지러질 듯이 울며불며 마구 날뛰고, 작가를 퍽퍽 치기 시작한다. 애써 유지하던 인내심의 끈이 끊어진다. 폭발한다. 작가는 아이를 거세게 흔든다. 너무 오래, 심하게 흔들어서 이윽고 아이는 울음을 그친다. 축 늘어진 아이를 작가는 바닥에 내려놓는다. 아이는 균형을 잃고 비틀거리다가 쓰러진다. 그리고 벽난로에 뒤통수를 부딪쳐, 즉사.

크사버 내가 살인자라고?

마틸다 그래.

크사버 그럼, 난 시체를 어떻게 한 거지?

마틸다 작가는 시체를 어딘가에 묻었다. 부지가—

크사버 넓기 때문에 문제 없었다.

마틸다 자, 정답은 어느 쪽이야?

크사버 잠깐—이제 너무 피곤하다—잠깐 바깥공기를 쐬고 싶어.

마틸다 나도. 현기증이 나네.

30분 후

크사버 얼굴이 안 좋은데.

마틸다 괜찮아. 바깥공기를 쐬니까 속이 좀 괜찮아졌어.

크사버 마틸다 있잖아, 난 범죄자가 아니야, 단지―

마틸다 나약할 뿐이다?

크사버 벌써 몇 년 됐어. 출두하려고 몇 번씩 경찰서 앞까지 갔어. 근데 못 하겠어! 사건이 일어났을 때 바로 진실을 그대로 이야기하지 않은 건, 나 자신을 보호하기 위해서만이 아니었어. 또 지켜야 할 사람이 있었어.

마틸다 리브 말이야?

크사버 맞아. 진실을 말하면 리브의 삶은 엉망이 되었을 거야. 난 리브를 지키고 싶었어. 정말 어렸거든. 물론 내가 비겁했던 탓도 있지만.

마틸다 그럼, 내 첫 번째 가설이 맞았구나.

크사버 일부는. 결말은 똑같진 않아.

마틸다 경찰서로 가! 크사버, 제발 출두해! 이대로는 아무것

도 해결되지 않아. 경찰에게 다 얘기하면 자유로워
져서 새로운 삶을 시작할 수 있잖아.

크사버 이 나이에?

마틸다 요즘 세상에 쉰넷은 아직 젊은이지! 당신 할아버지
가 주인공인 소설을 탈고하고―멋진 이야기일 거라
고 믿어―그리고 이 일도 소설로 쓰면 좋겠다.

크사버 이 일이라니?

마틸다 우리 일이나, 있었던 일 전부 다! 마음껏 쓰면 되잖
아! 자, 그럼 같이 경찰서로 갈까?

크사버 근데 리브는 어떻게 될까?

마틸다 리브도 이해해줄 거야. 그리고 한결 마음도 놓일 거
야. 그때 한 거짓말은 이미 시효가 다 끝났을 거고.

크사버 역시 안 되겠어! 도저히 못 하겠어! 데니스는―

마틸다 드디어 데니스도 아들에게 무슨 일이 있었는지 알
수 있겠지.

크사버 있잖아, 혹시 모든 게 다 끝나고 나서, 함께 가주겠
어?

마틸다 어딜?

크사버 '슈로트'로.

마틸다 무슨 뜻이야?

크사버 무슨 뜻이냐면―나한테 한 번 더 기회를 줄래?

마틸다 나―이제 뭐가 뭔지 모르겠어.

크사버 우리 입양을 생각해보는 것도 좋겠어.

마틸다 이 나이에?

크사버 요즘 세상에 쉰넷은 아직 젊은이라며!

마틸다 집에 가자. 그리고 차로 경찰서까지 가자.

크사버 그럼, 집으로 가는 동안만 내 이야기에 어울리는 결말을 들려줘.

마틸다 좋아.

마틸다가 들려주는 크사버의 이야기의 결말

리하르트 잔트는 시카고로 간다. 63년 평생 동안 비행기를 타는 것은 처음이다. 기내에서 잠이 든 리하르트는 30년 전 자신이 뉴욕 항구에 도착해 배에서 내리는 꿈을 꾼다. 손에는 작은 트렁크를 들고 있다. 꿈에서 리하르트는 1년 넘게 고향에서 살았다. 고향에서 가족을 돕고 집과 구두 공방을 재건했다. 저축한 돈을 다 쏟아부었지만 만족스러웠다. 중요한 것은 가족이 행복하게 사는 것이고, 돈이라면 밀워키에서 또 벌 수 있었으니까. 정식 절차를 밟아 리하르트는 모든 것을 동생인 칼에게 양보하고 시카고로 향한다. 뉴욕 항에 도착하자 도로시가 달려와 두 사람은 오랜 시간을 꼭 껴안는다. 사랑하는 도로시의 얼굴에 여러 번 키스를 퍼부으며. 그때 객실 승무원이 커피는 어떠시냐고 물어보는 바람에 리하르트는 잠에서 깨어난다.

밀워키에 도착하자마자 리하르트는 위스콘신 애비뉴로 향한다. 놀랍게도 '오플래허티' 구둣방은 아직도 그 자리에 있었다! 외관은 훨씬 커지고 완전히 달라졌지만 여전히 영업 중이었고 게다가 번창하고 있는 듯하다. 다양한 연령대의 손님들이 오고가고 있다. 리하르트는 저렴한 호텔에 짐을 풀고, 옛 추억이 담긴 장소를 찾아다닌다. 그러나 아무에게도 연락을 하지는 않는다. 사실 대부분의 시간은 위스콘신 애비뉴에서 구둣방을 바라보며 보낸다. 가게 앞을 기웃거리거나 때로는 벤치에 앉아 가게 입구를 바라본다. 이윽고 가게에 들어가, 필요도 없는데 신발 한 켤레를 산다. 카운터의 젊은 여점원에게 도로시 오플래허티에 대해 물어보려고 하지만, 결국 용기를 내지 못한다. 다음 날 또다시 벤치에 앉아 있는데 한 여성이 다가와 옆에 앉는다. 도로시다. 리하르트는 바로 알 수 있었다. 여전히 아주 아름답고, 여전히 얼굴엔 특유의 미소를 띠고 있다. 먼저 입을 연 것은 도로시 쪽이다. 농담조로 밀워키로 다시 오는 데 왜 이렇게 오랜 시간이 걸렸느냐고 묻는다. 그리고 이미 일주일 전부터 리하르트가 가게 앞을 기웃거리는 모습을 지켜봤다고. 그 말을 듣고 리하르트는 더이상 자신을 억누를 수 없게 된다. 눈물이 뺨을 타고 흘러

내린다. 도로시는 그저 잠자코 그를 안아준다. 그러고 나서 두 사람은 산책을 한다. 도로시는 자신의 삶을 이야기한다. 여동생과 함께 아버지의 구두점을 물려받은 것. 그 후에 구두 디자이너가 된 것. 결혼은 하지 않은 것. 그녀의— 그리고 리하르트의—딸을 혼자 기른 것. 딸이라는 말에 리하르트는 결국 두 손을 든다. 도로시는 리하르트를 집으로 데려간다.

그날 밤 두 사람은 못다 한 이야기를 나눈다. 리하르트가 1888년 11월 고향으로 떠났을 때, 도로시도 자신이 임신한 사실을 몰랐다. 뒤늦게 임신을 알게 된 후에도 일부러 편지에는 적지 않았다. 리하르트에게 부담이 되고 싶지 않았고, 고향의 가족들을 위해 맘껏 시간을 쓰길 바랐기 때문이다. 도로시의 가족도 많은 도움을 줬다. 가족에게서 비난을 받은 적은 한 번도 없다. 아이는 두 할머니, 즉 도로시의 어머니와 리하르트 어머니의 공통된 이름을 이어받았다. 메리였다. 리하르트가 1년이 지나도 돌아오지 않자 도로시는 역시 진실을 알려야겠다고 마음먹었다. 메리를 사생아로 만들고 싶지 않았다. 그러나 편지를 몇 통씩 쓰고 사진을 동봉해도 답장은 한 번도 오지 않았다. "왜 나를 찾아오지 않았어?"라고 리하르트가 묻자, 도로시는 대답한다. "자존심이 앞을 막았어. 근데 후회했어. 따라갔으면 좋았을걸. 그렇지만 만약 갔대도 뭐가 달라졌을까?" "나를 잘못된 선택에서 구해줬겠지." 리하르트는 그렇게 대답한다. 그리고 그의 삶에 대해 이야기한다. 가족과 아내 안나에 대한 의무감에 대해서. 다음 날 리하르트는 딸인 메리, 메리의 남편, 그리고 어린 손자 손녀와 처음 마주하게 된다. 리하르트는 도로시와 많은 시간을 함께 보내고, 여전히 쾌활하고 긍정적인 그녀의 모습에 놀라워한다. 언젠가 도로시는 이렇게 말한다. "나, 당신에게 화가 나진 않았어. 있었던 일은 있었던 일이지, 그걸로 됐어. 내 인생은 과거에도 그리고 지금도 쭉 만족스러웠어." 두 사람은 다시 서로의 마음을 확인하고 리하리트는 좀 더 밀워키에 머무르기로 한다. 이대로 밀워키에 머무는 것도 좋을 것 같다. 도로시는 리하르트와 함께하는 유럽으로의 긴 여행을 생각한다. 리하르트의 고향에 가보고 싶었던 것이다. 두 사람은 그렇게 행복하게 살아간다.

크사버 죽음이 두 사람을 갈라놓을 때까지?
마틸다 죽음이 두 사람을 갈라놓을 때까지.
크사버 여전하네, 참 해피 엔딩을 좋아해.

마틸다 당신에게도 해피 엔딩이 찾아오길 바랄게. 크사버, 경찰서에 가. 데니스와 제대로 마주 보고 사실대로 말해. 과거의 망령에 사로잡히지 말고 새로운 삶을 시작해.

마틸다와 크사버

마틸다가 서른여섯이 됐을 때, 동생 슈테판과 네덜란 드인 아내 나탈리 사이에 둘째 아이가 생겼다. 딸 데지레 다음에 아들 케빈이 태어난 것이다. 한 국제 기업에서 기 계 엔지니어로 일하는 슈테판은 스물다섯에 회사의 요청 으로 네덜란드로 전근하고, 얼마 지나지 않아 나탈리를 만 났다. 마틸다는 나탈리처럼 자상하고 참한 여성이 단순하 고 말수가 적은 남동생에게 흥미를 가진 것이 놀라웠다. 그 리고 두 사람이 아주 좋은 관계로 발전한 것에 더욱 놀랐 다. 마틸다가 동생을 만날 기회는 많지 않았다. 동생이 크 리스마스에 어머니를 방문할 때 마틸다가 동생을 보기 위 해 집에 내려가거나, 여름방학에 네덜란드로 직접 놀러가 는 정도였다. 하지만 만나는 시간은 짧아도, 그때마다 마틸 다는 동생이 행복한 것을 느낄 수 있었다.

슈테판은 갓 태어난 케빈을 보러 네덜란드에 오면 어떻겠냐고 마틸다에게 권했다. 크사버는 여름 감기에 걸려서 동행할 수 없었다.

마틸다는 동생네 가족과 함께, 슈테판이 가족을 위해 레이와르던에 산 작은 집의 정원에서 커피를 마시고 케이크를 먹었다. 나탈리의 부모님—두 분 다 통통하고, 유머가 넘쳤다—도 오셔서 서투른 독일어로 마틸다와 수다를 떨었다. 마틸다는 그네 의자에 앉아 아기에게 젖을 먹이는 나탈리의 모습을 바라보았다. 옆에는 어린 데지레가 앉아 있었다. 나탈리는 화사한 흰 여름 원피스를 입고 있었고, 함께 있는 딸도 비슷한 원피스 차림이었다. 세 가족은 너무나 아름다워서 마치 영화의 한 장면 같았다. 근처에는 장미가 피어 있고, 꽃 주위를 나비가 훨훨 날고 있고, 딸은 때마침 기쁜 듯 까르르 웃으며 데이지 꽃을 만지작거리고 있다. 아기는 젖을 먹다가 잠들어 버린 듯하다. 슈테판이 일어나더니 딸을 사이에 두고 아내의 옆자리에 앉는다. 그리고 부부는 다정하게 키스를 나눈다. 그 모습을 보고 마틸다는 깨달았다. 이 모습이야말로 행복인 거라고. 행복이란 건 이래야만 한다고. 이런 장면의 등장인물이 되기 위해서라면 마틸다는 어떤 것이라도 내놓을 수 있었다. 크사버의 아이를 무릎에 앉히고, 크사버 옆에 앉기 위해서라면.
이 행복한 장면을 눈에 담은 탓에, 마틸다의 가슴에는 화살
이 박힌 듯했다. 한 발이 아니었다. 몇 발이나 되는 화살이
었다. 화살은 칼처럼 날카로워서, 마틸다는 의자에 등을 붙
이고 있어야 했다. 아니면 쓰러졌을 것이다.

　돌아오는 열차 안에서 마틸다는 자신의 모습이 너무
도 비참해 보였고, 죽고 싶을 만큼 저주스러웠다. 마음속에
는 폭풍우가 휘몰아쳤다. 할 수만 있다면 출발할 때부터 도
착할 때까지 울부짖으며 다른 승객들을 향해 악을 쓰고 싶
을 정도였다. "아기를 갖고 싶어, 아기를 갖고 싶단 말이
야!"라고.

　그런데 빈 역에 도착해 꽃다발을 든 크사버를 발견하
자, 마틸다의 심장은 두근댔다. 크사버를 만나 얼마나 기쁜
지, 크사버를 아직도 얼마나 사랑하는지 마틸다는 실감했
다. 크사버는 마틸다를 품에 안았고, 마틸다는 크사버의 냄
새를 가슴 깊숙이 들이마셨다. 그때 처음으로, 자신은 크사
버를 결코 놓아주지 않을 것 같다는 확신이 머리를 스쳤다
— 비록 그로 인해 아이를 포기해야 할지라도. 크사버가 없
는 삶은 상상할 수 없었고, 상상하고 싶지도 않았다.

크사버 잔트의 진술 기록

2012년 3월 9일

요제프 잔거(형사과 소속 형사, 이하 요제프) 이제 그만 1998년 5월 27일 이야기를 해볼까요? 그날 무슨 일이 있었는지 정확히 말씀해 주시겠어요?

크사버 잔트(이하 크사버) 아내는 전날에 이스탄불로 여행을 떠났습니다. 친구 세 명과 같이 주말 여행을 떠났죠. 야코프는 저랑 보모와 함께 집에 있었습니다. 그날은 따스하고 상쾌한 날이었고, 저는 야코프와 단둘이 있었습니다. 가정부도 잠깐 집에 있다가 점심때쯤 돌아갔어요. 리브 — 보모의 이름입니다 — 는 학교 수업을 듣기 위해 시내에 있었죠. 저는 정원에서 쭉 야코프와 놀고 있었어요. 놀이터에서 모래무

덤을 만들면서. 그날은 야코프도 여느 때와 다르게 얌전해서 별로 손이 가지 않았습니다. 그건 지금도 확실히 기억하고 있어요. 그 덕분에 야코프가 고마웠을 정도였으니까요. 금방 리브가 돌아왔고, 셋이서 같이 점심을 먹었어요. 가정부가 라자냐를 만들어 놓았습니다. 점심식사 후에 야코프는 항상 두세 시간씩 낮잠을 잤어요. 나는 서재에 가서 소설 집필을 시작했어요. 따뜻한 날이어서 리브는 야코프를 유모차에 재우고, 정원을 산책했어요. 야코프가 바로 잠들어서, 리브는 유모차를 사과나무 밑에 두고 잔디 위에 담요를 깔고 앉아 공부를 시작했어요. 그리고…… 얼마 지나고 저는 리브에게 갔어요. 대략 3시쯤에요. 우리는 키스를 하고, 리브가 잠자는 아이 옆에서 섹스를 하기 싫다고 해서 같이 헛간으로 갔어요. 사실은 말이 헛간이지, 헛간이라기보다 트랙터나 트레일러 같은 기계들이 여럿 놓여 있는 차고 같은 공간입니다.

요제프 왜 굳이 그곳으로 가셨죠?

크사버 문을 좀 열어놓으면 거기서 유모차를 볼 수 있었기 때문입니다. 집 안으로 들어가면 유모차가 보이지 않았어요.

요제프 룬드스트룀 씨와 헛간에 얼마나 있었습니까?

크사버 20분 정도인 것 같아요. 정확히는 모르겠어요. 시계를 본 게 아니라서.

요제프 그 헛간 비슷한 차고에 있는 동안, 유모차는 항상 눈에 보이는 곳에 있었나요?

크사버 네. 헛간에서 보이는 위치예요. 하지만 저희가 ― 뭐랄까, 그러니까, 계속 보고 있었던 건 아니었습니다.

요제프 그곳에서 유모차까지는 어느 정도 거리가 떨어져 있었죠?

크사버 대략 20미터 정도입니다.

요제프 요약하자면, 룬드스트룀 씨와 성관계를 하던 중이었기 때문에 유모차에서 눈을 뗐다는 거죠?

크사버 맞습니다. 바닥에 낡은 담요가 몇 장 있어서, 리브가 자신의 담요를 그 위에 펼쳐놓고 거기서 우리는 ― 그 관계를 했어요. 그다음에 유모차 쪽을 보니 텅 비어 있더군요.

요제프 그럼 담요는 ― 아마도 자녀 분에게는 담요가 덮여 있었을 텐데 ― 아직 유모차 안에 있었습니까? 아니면 담요도 없어졌나요?

크사버 담요는 있었어요,

요제프 그럼 어떻게 자녀 분이 유모차에 없는 게 확실히 보였을까요?

크사버 확실히 보였습니다! 담요는 잔디 위에 떨어져 있었고, 유모차는 텅 비어 있었습니다.

요제프 그럼 무슨 일이 있었다고 보시나요?

크사버 야코프는 잠에서 깨어나, 조용히 유모차에서 내려, 어디론가 가버린 것 같아요. 어쩌면 우리를 보고 혼란스러웠는지도 모르죠. 왜 아무 소리도 들리지 않았는지 정말 모르겠어요. 우리는 곧바로 일어나서 밖으로 나가 야코프를 찾아다녔어요. 어디선가 놀고 있는 줄 알았습니다. 하지만 15분 가까이 지나도 찾지 못해서 우리는 혼란에 빠졌어요. 정확히는 리브가 겁을 먹었습니다. 그래서 30분 후에 제가 경찰에 전화해서 아들이 사라졌다고 말했어요. 그런데 경찰은 바로 납치라고 생각했어요. 끝까지 데니스에게 몸값 요구는 없었는데.

요제프 앞서가지 마시고. 순서대로 이야기해주시죠. 경찰에 신고하기 전에 룬드스트룀 씨와는 이야기를 나눴나요?

크사버 물론입니다. 걱정이 돼 미쳐버릴 것 같았습니다. 무
슨 일이 일어났는지 잘 모르겠는데, 리브는 계속 소
리쳤어요. 내가 주의 의무를 소홀히 했기 때문이야,
감옥에 가면 어떡해! 라고. 저는 리브를 달래며 반
드시 경찰에 전화를 해야 한다고 설명했어요. 누군
가 정원으로 몰래 들어와 야코프를 납치했을 가능
성도 있다고 말이죠. 리브는 우리의 관계에 대해 아
무에게도 사실을 말하지 말아달라고 애원했어요.
제 아내도 그렇지만, 특히 리브의 남자 친구나 부모
님, 친구들, 남들 눈에 기혼자와 관계를 맺는 가벼
운 여자로 보이고 싶지 않아 했습니다. 그건 리브
한테 존엄성을 잃는 것과도 같았습니다. 그게 아니
더라도 리브는 더 심각한 상황이 될 거라고 그때부
터 이미 예감을 했어요. 그래서 저는 리브가 경찰
에게 어떤 이야기를 할지 상의해서 다듬었어요. 저
는 정원 반대편에 있는 서재에서 집필을 하고 있었
고, 리브는 헛간에서 애인과 오랜 시간 동안 통화
를 했고, 그 사이에 야코프가 사라져버렸다고. 리
브는 이 줄거리를 꼼꼼하게 확인했어요. 젊은 여성
이 주의 의무를 게을리 한 이유가 향수병에 걸려

애인이 그리워져서 전화를 하고 있어서인지, 아이가 사라진 순간 섹스를 하고 있어서인지, 이 두 개는 커다란 차이가 있다고 금방 깨달았기 때문입니다. 후자라면 책임은 우리 둘이 함께 져야 했겠지만, 그래도요.

요제프 그런데 그 줄거리는 당신한테도 나쁘지 않았을 텐데요? 부인이나 세간에 바람을 피웠다는 사실이 들통나면 아주 귀찮은 일이 됐을 테니까요. 특히 바람피우느라 아이를 제대로 돌보지 못했고 하필 그 순간에 납치당해 버렸다면. 아닙니까?

크사버 전 지금까지 야코프가 납치당했다고 생각한 적이 없어요. 하지만 먼저 질문에 대한 답을 드리죠. 물론 사실대로 말하지 말아달라고 리브한테 부탁받은 건 나한테도 다행이었습니다! 하지만 기분은 끔찍했습니다. 상상도 할 수 없을 거예요! 할 수만 있다면, 온 세상 사람들에게 진실을 소리치고 싶었죠. 그 죄의식에서 벗어날 수만 있다면. 저는 남들 눈에 괴로움을 견디는 가엾은 아버지가 됐고, 그로부터 몇 달 동안이나 제 책까지 잘 팔렸거든요. 끔찍하지 않아요? 데니스가 나를 어떻게 생각하는지 별 상관이 없었어요. 아내가 바람둥이라고 해도 아무렇지도 않았습니다. 아내가 두 번째 남편— 폭력을 휘두르는 레이서였죠— 으로부터 도망치기 위해, 야코프를 내 자식이라고 속여 내게 떠넘긴 걸 알고 났을 때부터 결혼 생활은 파탄 났었으니까요. 하지만 리브는 단 몇 초라도 둘이만 있게 될 때마다, 몇 번이고 첫 번째 줄거리를 그대로 지켜 달라고 간청했습니다. 저는 리브를 지켜야 한다, 제게는 그럴 의무가 있다—리브는 그렇게 말했어요.

요제프 왜 지금까지 납치라고 생각해본 적이 없을까요? 어떤 일이 있었다고 생각하시는 거죠?

크사버 사고였다고 생각해요.

요제프 사고라면 반드시 시신이 나옵니다.

크사버 바이오가스 발전 설비에서 나는 사고라면 시체는 나오지 않아요. 바이오가스 발전 설비라는 것은 유기체를 발효시켜 바이오가스를 발생시키는 설비입니다. 즉, 반대로 말하자면 바이오가스라는 건 산소를 차단해서 메탄균에 의해 유기물을 발효시켜 발생하는 거죠. 바이오가스 발효조에 떨어지면 사람은 몇 초 안에 죽습니다. 가스에 의해서. 살 방도는 없어요. 아마 뭔가 느낄 겨를조차 없을 거예요. 즉사입니다. 그리고 시체는 한 조각도 남지 않습니다. 치아나 뼈조차. 아이의 몸도 아무것도 남지 않겠죠. 저는 야코프가 바이오가스 발효조에 떨어졌다고 생각해요.

요제프 그렇게 생각합니까? 아니면 그렇다는 걸 알고서?

크사버 물론 그랬다고 단언할 수는 없죠! 어쩌면, 어디 미친 여자가 마당으로 숨어들어 야코프를 데리고 나갔을지도 모르죠. 아이를 잃은 지 얼마 안 됐거나, 어떻게 해서라도 아이를 원했다거나, 그런 이유로 말이죠! 물론 그게 진실이었을 가능성도 있을 수 있죠. 그러면 야코프는 아직 어딘가에서 살고 있는지도 모릅니다. 만약 그렇다면 우리들이 할 수 있는 것은 부디 조금이나마 잘 살고 있길 바라는 것이겠죠. 확실한 것은, 결코 알 수 없어요! 하지만 저는 그런 일이 있었다고 생각하지 않아요! 그렇게 생각을 할 수가 없어요! 야코프는 바이오가스 발효조에 떨어졌던 걸 겁니다. 물 한 잔 주시겠어요?

요제프 진정하세요.

크사버 고맙습니다―그날 오전 내내 저는 야코프와 함께 바이오가스 설비에 있었어요. 농장 일을 돕던 브루노가 쉬는 날이어서 내가 발효 사료인 건초를 저장고에 넣어야 했기 때문이죠.

요제프 바이오가스 발전 설비의 외관을 좀 더 정확하게 설명해 주시겠습니까?

크사버 콘크리트로 만든 커다란 통 같은 겁니다. 윗부분은 콘크리트 덮개로 막혀 있어요. 우리 농장에서는 설비가 외양간의 뒤편에 있었죠. 이 콘크리트 통의 측면에는 사료 투입구가 설치돼 있어요. 스테인리스로 만든 수혈(堅穴, 곧게 판 굴-옮긴이)입니다. 지름 40센티미터 정도의 관 비슷하죠. 이 투입구는 통 덮개와 같은 높이에 있어요. 거기로 하루에 한 번 사료가 투입되는 겁니다. 예를 들어 건초나 옥수수 같은 발효 사료를. 이 바이오가스 발전 설비에 야코프는 정신을 뺏겼습니다. 항상 저랑 같이 설비를 보러가고 싶어 했죠. 그날 오전에도 저는 야코프를 데려갔어요. 야코프는 흥미진진해하며 제가 작업하는 걸 응시하고 있었고, 실제로 꽤 얌전했습니다. 그런데 그때 벌에 쏘여서 자지러질듯 울어대기 시작했어요. 야코프는 벌에 알레르기가 있어서 저는 서둘러 아이

를 데리고 집으로 돌아갔고, 그 바람에 투입구를 막
는 걸 까먹은 겁니다.

요제프 뭘로 막죠?

크사버 나무판자와 육중한 모래주머니로요. 뚜껑에 대해
서 까맣게 잊고 있었어요. 저는…… 전…….

요제프 잠깐 쉬시겠습니까?

크사버 아니, 이제 다 말해버리고 싶어요. — 경찰에 전화
를 한 후에도 리브와 저는 계속 야코프를 찾아다녔
어요. 야코프가 자취를 감추고 나서 한 시간쯤 지
난 후였습니다. 그때 열려 있던 투입구를 발견했습니
다. 몸이 후끈 뜨거워짐과 동시에 차가워졌어요. 정
신을 잃을 뻔했어요. 무슨 이유에선지 야코프가 거기
에 떨어졌다는 걸 바로 깨달았습니다.

요제프 어떻게 알았죠? 들여다봤습니까?

크사버 그럴 리가요! 들여다볼 수도 없어요! 메탄균이 유기
물을 분해 중인 밀폐된 콘크리트 통 속을 어떻게 들
여다봅니까? 그건…… 그러니까, 육감 같은 것이었
습니다! 야코프는 그 바이오가스 설비를 아주 좋아
했어요. 거기까지 걸어가서 들여다보았을 가능성
은 충분히 있습니다. 게다가 투입구가 열려 있었다

고요! 제가 닫는 것을 잊었습니다! 제 책임이에요!

요제프 그리고 어떻게 됐나요?

크사버 겨우 진정하고, 그리고…… 판자와 모래주머니로 투입구를 막았어요.

요제프 경찰에게는 투입구가 하루 종일 닫혀 있었다고 하셨습니까?

크사버 투입구에 대해서는 아무도 묻지 않았습니다. 그래서 아무 얘기도 안 했습니다. 그러니까 거짓말로 증언을 할 필요조차 없었습니다. 이 일은 리브에게도 말하지 않았습니다. 계속 저 혼자 짊어져 왔습니다. 미칠 것 같았습니다.

크사버가 구류 중인 구치소에서 마틸다에게 보낸 편지

친애하는 마틸다!

나는 사흘 전에 뮌헨의 슈타델하이머가에 있는 구치소로 이관됐어. 내 독방은 약 3평 넓이에, 침대와 네모난 책상, 의자와 작은 서랍이 있고, 서랍 위에는 TV가 놓여 있어. 딱 하나 있는 창문은 북향이고, (문에서 보면) 오른쪽 끝에 화장실과 세면대가 있어.

그제 변호사가 왔어. 그 사람은 '과실 치사죄'를 주장할 거라고 하더라. 이건 이제 시효가 지나서 걱정할 필요가 없다는 것 같아.

리브한테 받은 건 짧은 이메일이 다였어. 감시를 받으면서 읽었지. 그녀의 위증죄는 공소시효가 지났고, 어째서 그 당시에 투입구에 대해 솔직하게 말하지 않고 지금까지 몇 년 동안 데니스와 경찰을 비롯한 모두를 속였는지 이해할 수 없다는 내용이 적혀 있었어. 마지막에는 굉장히 실망스럽다고도 했지.

데니스는 나를 직접 만나고 싶다고 우겼어. 처음엔 거절했는데 결국 고집을 꺾었어. 뭐, 데니스와 눈을 제대로 마주쳐야 하는 것도 별 상관없어졌으니까. 머릿속으론 영화 같은 장면을 상상하고 있었어 ― 데니스가 하이힐을 신고 면회실로 성큼성큼 들어와 원망하는 눈으로 나를 위에서 아래로 훑어보고, 손바닥으로 뺨을 후려치고, 내 뺨에는 붉은 손자국이 나는. 그리고 데니스가 머리를 획 돌리고 방을 나가는 장면을. 하지만 현실은 그렇지 않았어. 데니스는 검은 옷을 입고 있었고, 하이힐도 신고 있지 않았어. 간소한 검은색 무릎 길이 원피스는 거창하지도 유난스러워 보이지도 않았지. 그저 그 자리에 걸맞았어. 데니스의 검은 원피스를 보는 순간, 나는 그제야 야코프의 죽음을 정말 실감했어. 그 애는 그때 정말 죽었구나. 5월의 그 따스한 날에. 주근깨가 있는, 금발 머리의 작은 남자아이. 막 엄마, 아빠, 빠방, 소, 삐요삐요를 배운 즈음이었어. 데니스가 검은 옷을 입고 있는 것을 본 순간, 내가 14년 동안 혼자서 품었던 그 추측이 데니스에게도 사실이 되었다는 것을 알았어. 데니스는 벌써 오십 줄이었지만 아직도 굉장히 매력적인 사람이었어. 침착하고, 자제심이 있는. 우리는 이야기다운 이야기는 거의 할 수 없었어. 단지 두세 마디뿐이었지. 둘 다 거의 계속 울었으니까. 우리는 마주 보고 앉아 서로의 손을 잡고 울었어. 데니스는 너무 가늘어서 부서질 것만 같았어. 그녀가 한 말은, 야코프가 더 이상 살아 있지 않다고 느꼈던 적이 자주 있었다, 그래서 아픔도 없이 순식간에 죽었기를, 상상할 수 없는 괴로움을 맛보지 않게 해달라고 기도했었다는, 그뿐이었어. 그리고 나를 미워할 수 없다, 자신은 기독교인이 됐다, 라고도 말했어. 그뿐만 아니라 사랑이 식고 공포만을 느끼게 된 인간에게서 도망치기 위해 그 당시에 나를 이용했던 걸 사과도 했어. 데니스가 돌아간 후에 난 몇 시간 동안 자제심을 되찾지 못했어. 그 정도로 혼란스러웠어. 밤새 잠을 못 자고 데니스의 새파란 얼굴과 커다란 초록빛 눈을 내내 떠올렸어. 그리고 데니스의 작고 얇은 손을. 나이가 느껴지는 손이었어. 그 손으로 데니스는 내 손을 잡고 쓰다듬어 주었어.

　사랑하는 마틸다, 하지만 사실, 내가 이 편지에서 당신에게 말하고 싶었던 것은 완전히 다른 이야기야. 나와 당신의 이야기. 예전에 이메일로 불 이야기를 했던 거 기억해? '슈로트'에 있던 책이랑 커튼 같은 천을 다 태웠던 일

말이야.

그때 모닥불로 다 태운 다음에 나는 건축업자를 불러서 그 사람들과 함께 집을 전면적으로 수리할 계획을 세웠어. 공사를 바로 시작했지. 그로부터 며칠 후, 10월 14일에 있었던 일이야. 날짜는 지금도 잘 기억하고 있어. 이제까지 나를 저 멀리 내팽개치려는 듯했던 그 집이—어쩌면 내가 평생 그 집을 싫어했던 것에 대한 복수였을지도 모르지—나한테 두 가지 선물을 줬어. 그것도 한 시간 만에. 공사하는 분들이 옛 구두 공방의 벽을 뜯어내다가 벽 속에 숨겨진 쇠붙이로 된 상자를 발견하고 내게 가져다준 거야. 게다가 불과 몇 분 전에, 나는 손님방을 정리하다가 침대 옆 서랍장에서 종이 한 장을 발견한 참이었어. 우리가 처음으로 둘이서 '슈로트'에 왔을 때 당신이 무언가 적은 종이였어. 서랍과 뒤판 사이에 끼어 있었는지 그때까지 발견하지 못했던. 내가 그 종이쪽지를 읽기 시작한 바로 그 순간에, 일하던 젊은 친구가 나타나 먼지투성이 상자를 내밀면서 "벽 속에 있던데요"라고 말하는 거야. 나는 상자를 받았어. 그래서 오른손엔 당신의 곱고 반듯한 글자가 가득한 종이를, 왼손엔 먼지가 쌓인 더러운 상자를 손에 든 모습으로 서 있었어. 일단 종이를 두고 상자부터 열려고 했어. 하지만 잘 열리지가 않아서 결국 힘껏 때려 부쉈지. 상자 안에는 오래된 편지가 수북이 들어 있었어. 전부 도로시 오플래허티라는 사람이 보낸 ― 개봉된 ― 편지였어. 밀워키의 번햄 공원에 살고 있는 그 사람이 우리 할아버지에게 1918년 12월부터 1924년 가을까지 보낸 편지였어.

나는 당신이 무언가 적은 종이를 접어서 상자에 같이 담은 뒤, 상자를 들고 마당에 나가 대형 쓰레기로 내놓은 오래된 가구들 몇 개와 함께 놓여 있던 할아버지의 흔들의자에 걸터앉았어. 정원이 온통 내가 둘러싸여 자란 어머니와 조부모의 가구들로 가득 차 있었어.

따뜻한 10월의 햇빛 아래서 나는 젊은 도로시가 할아버지에게 보낸 편지를 읽었어. 편지는 모두 '사랑하는 리하르트!'로 시작했어. 당신이 쓴 종이쪽지는 마지막에 남겨두었어.

도로시가 보낸 편지 중에는 사진이 동봉된 것도 있었어. 좌우 대칭으로 균형 잡힌 이목구비의 멋지고 아름다운 여성의 사진이었어. 가운데로 나눈, 허리까지 닿는 풍성한 검은 머리. 관능적인 입술. 본인도 자랑스러워할 만한 아몬드 모양의 검은 눈동자. 그녀 혼자 찍힌 사진이 대부분이었지만, 가족과 함께 있는 사진도 한 장 있었어. 그녀의 아버지가 의자에 앉아 있고, 도로시와 익살스럽고 장난기 넘치는 눈을 한 세 여동생들이 뒤에 서 있는. 다른 사진에서 도로시는 젊었을 적의 할아버지와 함께 미시간 호숫가에 있었어. 할아버지는 도로시의 어깨에 팔을 두르고 막 그녀를 끌어당기는 참이었어. 두 사람의 얼굴은 매우 가까워. 분명 사진을 찍어주는 사람 쪽을 바라보기 전에 할아버지는 그녀에게 키스를 했을 거야. 반짝이는 듯한 미소를 짓는 두 사람의 격렬한 사랑과 행복이 사진에서 뿜어져 나왔어. 그 사진 뒤편에 도로시는 (물론 영어로) 이렇게 적었어. '함께 보낸 멋진 시간을 당신이 잊지 않도록, 이 사진을 보낼게요—비록 미래가, 내가 그리는 것과는 조금 다를지라도.'

도로시는 그녀의 일상을 글로 엮고 있었어. 아버지의 신발 가게에서 그 주에 무슨 일이 있었는지, 주말에 가족이나 친구들과 무엇을 했는지. 도로시의 문장엔 유머가 가득해서 읽으면서 자꾸 웃음이 나더라고. 편지 말미에는 매번 당신을 사랑한다, 당신이 그립다, 당신이 돌아오는 날을 기다린다, 라고 쓰여 있었어. 그 문장을 읽었을 때 눈물을 참을 수가 없었어. '당신을 다시 껴안고. 가장 좋아하는 얼굴을 볼 수 있는 순간을 꿈꿔요. 그 순간이 오기를, 온 마음을 다해 기도할게요.' 그래도 끝맺음의 말은 애원도, 요구도 아니었어. 기다리다 지쳤다는 말은 한 번도 없었고, 언제 돌아오는지 묻지도 않았어. 그저 맑고 시적이고 사랑이 흘러넘치는 문장이었어.

내가 아는 할아버지는 매우 과묵하고 까다로운 사람이었어. 몇 시간씩 동네를 배회하거나 물건을 고치거나 집을 수리하기만 했지. 한 번에 한 문장 이상 말하거나, 농담을 하거나, 웃고 있는 모습을 본 기억이 없어. 그래서 내 눈엔 할아버지가 불행하고 외로운 인간으로 보였어. 할아버지는 1969년 12월 폐렴으로 돌아가셨어. 내가 열한 살 때였지. 도로시 오플래허티라는 사람의 이야기는 들어본 적이 없었어. 어머니도 분명 들어본 적이 없었을 거야. 알았다면 나한테 말해줬을 테니까. 왜냐하면 어머니는 가족들의 온갖 옛날 일화를 이야기하는 걸 아주 좋아하셨거든. 할머니가 남편의 젊은 시절 연인을 알고 있었을지는 모르겠어. 내가 아는 할머니는 아주 독실하고, 부지런하고, 상냥한 사람이었어. 나를 정말 많이 예뻐하고 마을의 옛날이야기들을 많이 들려줬지. 하지만 할머니 당신의 인생 이야기는 한 번도 들어본 적이 없어.

정리하자면 나는 알지 못하고, 앞으로도 알 수 없을 거야. 할아버지가 그때 도로시의 편지를 모두 전해 받았는지, 아니면 고향에 머무르기를 간절히 원했던 가족 중 누군가가 할아버지의 손에 들어가기 전에 편지를 숨겼는지 말이야. 하지만 만약 가족 중에 누군가가 그랬다면 쇠로 된 상자에 편지를 넣어서 벽에 파묻기보다 태워버렸을 가능성이 더 높지 않을까? 아니면 내가 틀렸을까? 어쩌면 그럴지도 모르지. 우리가 진상을 아는 날은 결코 오지 않을 거야. 정말 할아버지가 직접 새집의 벽에 파묻어 놨을까? 아무튼 우리 할아버지는 도로시의 편지를 읽었던, 안 읽었던 고향에 머무는 걸 택했어. 잔트 가문의 기둥으로 살아가는 인생을, 구두 공방을 이어받아 이웃 마을 안나와 결혼하는 삶을 택했어. 무엇이 옳은 결정일지 깨닫는 게 얼마나 힘들었을까, 나는 상상해 봤어. 그리고 할아버지가 스스로 내린 결정을 후회해본 적이 있는지 강렬한 흥미를 가졌어. 이렇게 『떠나가지 마』라는 소설의 아이디어가 탄생한 거야. 11월에 쓰기 시작했는데 처음부터 정말 즐거웠어.

당신이 쓴 종이는 마지막에 읽었어. 그것도 역시 일종의 편지였지. 처음에 '사랑하는 크사버!'라고 적혀 있었지만, 내게 주거나 보낼 마음은 하나도 없었던 게 아닐까. 당신이 그 편지를 '슈로트'에 두고 간 건 일부러 그랬던 게 아니었을까 싶어. 오히려 어머니나 내가 발견해서 읽었다면 틀림없이 당신은 부끄럽고 어색해했을 거야. 그 편지는 서랍 뒤로 빠져버려서, 없어졌어. 그게 다인 거지. 당신은 그때 내가 태어나고 자란 집을 처음 보고 감격한 나머지, 무심코 미래의 꿈과 희망을 적었던 거야. 기억하고 있어? 이 편지에 동봉할게. 당신도 다시 한 번 읽어보면 좋겠다.

당신의 이 편지에는 사랑이 넘쳐흘러서, 읽으면 가슴이 아파―모든 일이, 당신이 꿈꾸던 것과는 완전히 달라져버리고 말았어! 그래서 온몸에 찌르는 듯한 아픔을 느꼈어. 그리고 깨달았지(이미 오래전부터 알고 있던 것이었지만, 그 순간만큼 선명하게 깨달은 적은 없었어. 언제나 어렴풋한 감각일 뿐이었으니까). 16년 전, 내가 내린 결정이 틀렸었다는 것을. 내가 당신을 버리지 않았다면 어린 야코프를 둘러싼 비극이 일어날 일은 없었어. 하지만 그 이유만은 아니야. 당신과 함께 있을 때만큼의 행복을, 나는 그 후로 다시는 느낄 수 없었기 때문이야. 당신을 사랑했던 만큼 누군가를 사랑할 수도, 당신에게 사랑받은 만큼 누군가에게 사랑받을 수도 없었어. 두 번 다시는 그럴 수 없었지. 시간을 되돌릴 수만 있다면! 그럼 바로 그 1996년 5월 16일, 당신이 돌아오면 난 현관문을 열고 상추와 파와 빵으로 빵빵해진 장바구니를 건네받고, 당신과 함께 요리를 하고, 저녁을 먹을 거야. 발코니에서 성큼 다가온 결혼식을 논의하며 부동산 광고를 체크하는 거지. 더 큰 아파트나 집을 한 채 살 거니까.

편지들을 읽고 나는 며칠 동안 몽유병자처럼 여기저기를 돌아다녔어. 우울했는데 또 가만히 있지를 못하겠는 거야. 속이 안 좋아서 잠을 잘 수도 없고 뭘 먹지도 못했어. 편지들의 내용이 처음부터 끝까지 머리에서 떠나지 않았어. 특히 당신이 머리에서 떠나지 않았어. 당신은 내 마음 안에 머물렀지. 그동안에도 많이 생각했지만, '슈로트'에서 보냈던 그때만큼 당신을 열렬하게 떠올린 적은 없었어. 우리의 아파트에서, 그리고 당신의 삶에서 비겁하게 도망간 게 후회돼서 미칠 것 같았어.

그러다가 당신을 꼭 다시 한 번 보고 싶다는 생각이 들기 시작했어. 당신이 어떻게 지내는지 어떻게든 알고 싶었어. 인터넷으로 당신의 주소를 알아내는 데 그리 오랜 시간이 걸리진 않았어. 당신이 인스브루크에 산다는 걸 알고 아주 신기했지. 나는 짐을 싸고, 호텔 방을 예약해서 길을 떠났어. 10월 23일 날이야. 인스브루크에는 이틀 있었어. 골프를 몰며, 차 안에서 쌍안경으로 당신을 관찰하는 데 많은 시간을 보냈어. 당신이 집을 나서는 모습, 근무하는 학교로 들어가는 모습, 친구들과 산책을 하고 있는 모습을 보았지. 하지만 당신에게 말을 걸거나 당신의 집 초인종을 울릴 용기는 없었어. 겁쟁이란 건 잘 알아! 하지만 내가 얼마나 스스로를 부끄러워했는지 당신은 도저히 상상도 못할 거야. 결국 나는 당신 집 주위를 어슬렁거리고, 차로 학교까지 당신을 따라가서 근처를 서성거릴 뿐이었어(당신이 말한 내 이야기의 결말에 나오는 리하르트 노인네의 행동 그대로). 당신과 다시 얘기를 하고 같이 시간을 보내려면 어떻게 해야 할지 도무지 알 수 없었어. 당신 앞에 서서, 당신을 두 팔로 안고 싶어서 견딜 수가 없었어. 옛날처럼 당신과 와인을 마시거나 함께 요리를 하고 싶었어. 당신에게 이야기를 들려주고, 당신의 이야기를 듣고 싶었어. 당신과 얘기하고, 당신과 웃고 싶었어. 하지만 당신에게 말을 걸 용기가 없었어. 뭐라고 말해야 할까? 우연히 당신의 집이나 학교 근처로 바캉스를 왔다고 해볼까? 하지만 재회를 해도 서먹서먹해서 견디기 어려운 분위기가 될 뿐이었을 거야. 그런 건 원하지 않았어. 결국 나는 어린아이처럼 발걸음을 돌려 집으로 돌아오고 말았어.

그런데 집에 왔더니 출판사에서 이메일이 한 통 와 있었어. 티롤 주 교육부 문화서비스국의 담당자가 보낸 이메일인데, 티롤의 고등학교에서 일주일간 실시하는 창작 워크숍에 관심이 있냐는 내용이었지. 워크숍 개최 예정인 학교 목록도 있었어. 당신이 근무하는 여자 고등학교를 명단에서 발견했을 때는 운명이 손짓하는 것만 같았어. 이로써 우리의 재회는 — 공식적으로 — 우연이 되는 거니까. 그걸로 됐다고 생각했어. 나는 이메일을 준 담당자에게 전화를 걸어서 내가 원하는 여자 고등학교로 보내준다면 맡겠다고 말했어. 여자 담당자가 곧바로 괜찮다고 대답했어. 아무것도 묻지 않고, 그렇게 시원하게 승낙을 받으니까 어쩐지 이상한 생각이 들었지만 굳이 따지지는 않았어.

곧 당신을 만나 꼬박 일주일을 함께 보낼 수 있다는 기대감이 날 지탱해주고, 겨울을 버틸 수 있는 힘을 주었어. 그 덕에 소설을 쓰고, 공사하는 사람들을 감독하고, 때때로 베른하르트와 맥주를 마시러 나갈 수 있었어.

당신과 보낸 일주일은 즐거웠어. 당신의 곁에 있을 수 있어서 즐거웠어. 편안하고 아무 걱정 없이 행복했어. 그리고 경찰에게 가라고 설득해준 것도 고마워. 정말 마음이 가벼워졌어. 거짓을 끌어안고 살아온 긴 세월도 이제 끝이야(하지만 죄의식은 남은 평생 함께하겠지)! 다 당신 덕분이야! 모든 걸 마무리 짓기 위해서 여태껏 몇 번이나 출두하기로 마음을 먹었는지 몰라. 하지만 용기가 없었어. 내게 힘을 준 건 당신이야.

난 드디어 새로운 인생을 시작할 수 있어. 그래서 당신한테 묻고 싶어. 내 인생의 일부가 되어줘. 앞으로 더 많이 당신을 만나고, 더 많은 시간을 함께 보낼 수 있다면 정말 기쁠 거야. 내겐 아주 큰 의미 있는 일이야. 마틸다, 널 사랑해.

너의 크사버로부터

마틸다가 크사버에게 보낸 편지

1980년 9월 21일

사랑하는 크사버!

지금 당신이 어렸을 적에 올라갔던 커다란 은백양 나무 아래에 앉아 있어요. 아홉 살 때 이 나무에 가브리엘이라는 이름을 붙였다면서요? 당신의 이야기에서 중요한 역할인 대천사 가브리엘에서 따온 이름을요. 가브리엘의 은빛 잎사귀들 사이로 바람이 살랑거리며 희미한 음악을 연주하고 있어요. 이곳은 모든 것이 푸르르고 평화로워요. 집은 조그마한 언덕 위에 있고, 눈앞에 펼쳐진 건 목초지와 숲뿐이죠. 멀리 작은 교회의 첨탑이 보여요. 책에 나올 것만 같은 목가적인 마을이네요.

몇 년만 있으면(아마도 10년 쯤?), 우리 아들이 이 가브리엘을 타고 올라가겠죠. 때로는 나무에서 떨어져 울면서 당신이나, 나나, 할머니에게로 뛰어올 일이 있을지도 모르겠어요. 아들 이름은 율리우스나 율리안이고, 누가 봐도 날 닮았어요. 밑으로 둘째 여자아이는 카롤리나 아니면 엘레오노레라는 이름이고, 완전히 아빠 판박이에요. 당신처럼 볼에 보조개가 있고, 당신의 짙은 갈색 곱슬머리와 녹색 눈동자를 물려받았죠. 남매 중에선 여동생이 더 활발해요. 반대로 율리우스, 율리안은 사려 깊고 고지식한 편이죠. 커서는 아버지처럼 작가가 되고 싶어 해요. 딸은 할머니의 입김 때문에 큰 신발 가게를 차리고 싶어 해요. 가게의 신발은 직접 디자인을 하고요. 어린 카롤리나, 엘레오노레는 매일 밤만 되면 할머니의 빨간 에나멜 하이힐을 신고 우리 앞을 비틀거리며 왔다 갔다 해요. 우리는 그것을 보고 바닥에 무너져 내릴 정도로 웃다가 쓰러지죠. 우리는 테라스에 앉아 담소를 나누며 저녁을 먹어요. 당신은 여전히 유명한 작가이고 책도 잘 팔리고 있어요. 저는 가까운 동네에서 하루에 몇 시간씩만 국어교사로 일하고 있어요. 당신의 어머니가 가사와 육아를 도와줘요. 우린 모두 사이가 좋아요.

당신은 종종 밤늦게까지 집필을 하기 때문에 난 침대에서 책을 읽으며 기다려요. 기다리다 지치면 서재로 가서 당신의 무릎에 앉아 키스를 해요. 당신의 얼굴을 온통 수천 개의 작은 키스로 채우며, 마지막으로 당신의 입에 다다르는 거예요. 당신의 키스는 따뜻하고, 라이스 푸딩의 맛이 나요. 내가 당신의 스웨터를 벗기는 동안 당신은 워드 프로세서의 스위치를 끄려고 해요. 나는 손끝으로 금갈색으로 빛나는 부드러운 당신의 피부를 어루만져요. 어깨에서 팔을 거쳐 젖꼭지로, 그리고 더 내려가 배꼽까지. 당신은 자리를 박차고 일어나고, 나도 함께 일어나요. 이미 난 양다리로 당신을 감아버렸으니까. 당신은 나를 매단 채로 방 안을 왔다 갔다 하고, 그동안 우리는 몇 번이고 키스를 해요. 그런 다음에 당신은 나를 할아버지의 페르시안 카펫 위에 눕히고, 우리는 서로 사랑을 나눠요.

다음 날 우리 다섯 사람은 모두 함께 테라스에서 아침밥을 먹어요. 화목한 우리 가족. 분명 그럴 거예요. 우리의 미래가, 정말 기대돼요.

마틸다

마틸다가 병원에서 크사버에게 보낸 편지

사랑하는 크사버!

이 편지는 친구인 실비아에게 부탁해서 그녀가 받아 적어주고 있어요. 직접 쓰기에는 몸이 너무 약해져서요. 게다가 말하기도 괴로워서 아주 짧은 편지가 될 거예요.

10월 14일, 그래, 당신이 도로시의 편지가 담긴 상자와 내가 쓴 편지를 발견한 날—장난이 아니고, 진짜예요!!—나는 병원에서 유방암으로 남은 생이 얼마 되지 않는다는 진단을 받았어요. (맞아요, 당신이 생각해낸 제 이야기의 결말과 완전히 똑같은 이야기죠!) 이상하게 보일 수도 있겠지만, 처음에 떠오른 생각은 '그게 운명이라면 그걸로 좋아!'라는 마음이었어요. 그리고 다음에 떠오른 생각은 '다시 한 번 크사버를 만나고 싶다'였어요.

그 며칠 전에 주 교육부에서 일하는 친구인 아니타로부

터 '학생과 작가의 만남'이라는 프로그램이 진행되고 있고, 그래서 지금 오스트리아의 작가들을 선정해서 연락을 취하고 있다는 얘기를 들은 참이었어요. 진단을 받은 후, 난 아니타에게 부탁해서 당신에게도 기획에 참여할 의사가 있는지 물어봐 달라고 했어요. 당신에게서 승낙의 답장이 왔다는 소식을 듣고, 난 아니타를 직접 만나 당신을 내 학교에 파견해 달라고 청했어요. (이것도 내 이야기의 결말로 당신이 생각해 낸 내용이었죠. 혹시, 대충 눈치 챈 거예요?) 지금 당신의 편지를 읽고 나서야 그때 아니타의 장난스러운 미소와 "어, 옛 남자인가 봐?"라는 물음의 의미를 알게 되었어요. 아니타는 더 이상 말하지 않았기 때문에, 당신이 나보다 먼저 아니타에게 같은 부탁을 했을 줄은 몰랐어요. 즉, 우리는 둘 다 꼭 한 번 만나고 싶었고, 게다가 상대방에게는 그것을 우연이라고 여기게 하고 싶었다는 거네요! 당신 편지의 이 내용을 읽을 때 웃고 말았어요.

내 병에 대해선 당신에게 얘기하지 않았어요. 더 이상 오래 살 수 없다는 것, 그래서 당신을 다시 보고 싶었다는 것을 알게 된다면, 분명 내가 더 서먹했을 테니까요. 분명 당신도 그런 걸 알면 견딜 수 없었을 거예요. 나를 어떻게 대해야 할지 모르게 됐을지도 몰라요. 그런 일이 일어나는 건 정말 싫었어요.

　나도 미칠 것 같이 재회를 기대하고 있었어요. 다시 한 번 당신 앞에 서서, 당신을 껴안고 싶었죠. 당신과 와인을 마시고 옛날처럼 같이 요리를 하고 싶었어요. 당신의 이야기를 듣고, 당신에게 이야기를 들려주고 싶었어요. 당신과 얘기하고 당신과 웃고 싶었어요. 내게도, 우리가 함께 보낸 시간은 참 즐거운 시간이었어요. 다만 한 가지 다른 점은, 전 그것이 마지막이라는 걸 알고 있었다는 점이에요.

　과거의 망령에 시달리지 않는, 당신의 새로운 삶에, 많은 행복이 찾아오기를 기원해요. 크사버, 계속 당신을 사랑했어요.

너의 마틸다

에필로그

날짜 : 2012년 6월 25일

보낸 사람 : 티롤 주 문화서비스국

   친애하는 국어교사 여러분

   '학생과 작가의 만남' 프로젝트에 참여하고 협력해주신 국어교사 여러분들께 진심으로 감사의 말씀을 드립니다! 내년에 다시 이 기획을 개최해 달라는 요청을 벌써 받았을 만큼 작가 분들의 피드백은 매우 긍정적이었습니다. 워크숍에 참가한 학생들의 작품은 문화서비스국에서 취합해 현재 (기획에 참가한 작가들로 이루어진) 다섯 명의 심사위원들이 우수 작품을 고르고 있는 중입니다. 선정된 작품들은 한 권의 책으로 묶어 올가을에 발표할 예정입니다. 구체적인 날짜에 대해서는 추후에 연락을 드리겠습니다.

그러면 즐거운 여름방학 되시고, 9월에는 의욕적인 새 학기를 맞이하실 수 있기를 기원합니다. 감사합니다.

아니타 탄처

티롤 주 문화서비스국에서 출판된 '우리들!'로부터의 발췌

우리들의 국어 선생님

우리들의 국어 선생님은 마틸다 카민스키 선생님이었습니다. 카민스키 선생님은 5년 동안 우리 반에서 국어를 가르치셨습니다. 게다가 학급 담임선생님이기도 했습니다. 카민스키 선생님은 좋은 선생님이셔서 항상 우리의 의견과 고민에 귀를 기울여주셨습니다. 매번 다른 방식의 수업 덕분에 지루한 날이 없었습니다. 수업 중에는 많은 책을 읽고 열심히 토론을 했습니다. 게다가 연극을 보러 가거나 롤플레잉 게임도 하곤 했습니다. 저학년 시절에 철자나 문법을 배울 때 선생님은 언제나 열성적으로 수업 준비를 하셨고, 자율학습을 하게 해주셨습니다. 우리들이 자율학습을 하고 싶어 했기 때문입니다. 그리고 카민스키 선생님은 매년 시 워크숍을 열고, 저희가 만든 시를 인쇄해 책자로 만들어 학생 모두에게 한 권씩 나눠주셨습니다. 선생님은 우리들을 위해 많은 일을 해주셨습니다. 함께 책을 읽다가 특별하다고 느낀 대목이 있으면 선생님은 감동해서 이렇게 외치시곤 했습니다.

"얘들아, 혀 위에서 굴려봐! 맛깔나지 않니?"

지금도 책을 읽다가 좋다고 생각이 드는 대목이 있으면 카민스키 선생의 "맛깔나지 않니?"라는 말이 떠오릅니다. 늘 멋진 옷을 입고, 옅은 화장을 한, 선생님의 그런 모습이 우리들은 아주 멋지다고 생각했습니다. 정말 열 살은 젊어 보였습니다. 선생님은 항상 활기차셔서, 그 밝고 긍정적인 분위기가 우리에게도 전해졌습니다. 어떤 고민도 선생님에게 털어놓고 나면 그다지 힘들고 어렵지 않았습니다.

지난겨울, 우리는 카민스키 선생님의 몸 상태가 좋지 않다는 사실을 알았습니다. 선생님은 점점 더 살이 빠지고 때때로 학교를 쉬기도 하셨습니다. 여태 병가로 나오지 않으신 적이 거의 없었기 때문에 우리는 모두 이상하게 생각했습니다. 그래서 선생님에게 묻자 선생님은 건강에 문제가 있다고 대답했습니다. 하지만 더 얘기해 주지는 않았습니다. 선생님이 암으로 오래 살지 못한다는 것을 우리는 전혀 몰랐습니다.

3월 초에 유명한 청소년 문학 작가가 우리 학교로 와서 창작 워크숍을 열었습니다. 고학년 학생 30명이 참여했습니다. 저희 반에서 신청한 사람은 저를 포함해서 다섯 명이었습니다. 작가의 이름은 크사버 잔트입니다. 잔트 작가님의 『천사의 날개』, 『천사의 아이』, 『천사의 피』를 저는 읽어본 적이 있습니다. 3학년 때 카민스키 선생님이 말씀해 주셨기 때문입니다. 그 후에 동네 도서관에서 빌려 읽었습니다. 정말 재미있는 이야기였어요.

크사버 잔트 씨는 카민스키 선생님과 같은 54세였습니다. 두 분 사이에 뭔가 있다, 아니, 지금도 있을지 모른다고 처음부터 촉이 왔습니다. 둘 사이에는 찌릿찌릿 전류가 흐르고 있는 것 같았습니다. 두 사람이 서로를 보는 눈이나 이야기를 하고 있을 때의 모습이 어쩐지 서로에게 끌리고 있는 것 같았기 때문입니다. 그리고 두 사람이 조금 비슷하다는 것도 깨달았습니다. 예전에 어머니가 오랫동안 같이 산 사람은 얼굴이 점점 비슷해진다고 하셨습니다. 덤으로, 두 사람은 말투까지 똑같았습니다! 옆 반 수잔이 직접 쓴 단편소설을 낭독하고 있을 때 어떤 대목에서 잔트 작가님이 갑자기 큰 소리로 이렇게 말했습니다. "맛깔나지 않니?" 우리는 모두 움찔해서 카민스키 선생님 쪽을 봤습니다. 하지만 선생님은 우리의 시선을 알아채지 못하셨습니다. 작가님 쪽을 응시하고 있었기 때문입니다. 그 얼굴에는 뭐라 말할 수 없는 미소가 떠올라 있었습니다.

그러나 두 분이 어떤 관계인지는 아무도 확실히 몰랐습니다. 우리의 호기심은 점점 더 커져갔습니다. 그래서 카민스키 선생님에게 작가님과는 이 워크숍에서 알게 된 것인지, 아니면 오래전부터 알고 지내시는 것인지 질문을 했습니다. 그러자 선생님은 솔직하게 옛날에 빈에서 알았던 사이라고 말씀을 해주셨습니다. 그 말을 듣고 당연히 우리들은 여러 가지 떠돌기 시작한 소문을 이야기하며, 두 분은 어떤 관계일까 이리저리 상상했습니다.

창작 워크숍은 매우 재미있었고 많은 도움이 되었습니다. 마지막에는 카민스키 선생님이 낭독회를 기획해 부모님들도 초대를 했습니다. 학생들이 직접 창작한 작문을 낭독하고, 카민스키 선생님과 작가님이 진행을 했는데, 두 사람의 진행과 멘트는 참 재미있었습니다.

5월 5일, 카민스키 선생님은 병원에서 돌아가셨습니다. 장례식은 5월 18일이었습니다. 선생님이 수업을 맡은 반 친구들이 모두 참석했고, 모든 선생님과 교장 선생님도 참석

했습니다. 교회는 사람들로 꽉 찼습니다! 미사는 정말 감동적이었고, 모두 눈물을 흘렸습니다. 저를 포함한 많은 학생들이 추도사를 읽었고, 선생님이 맡은 반인 저희 5학년 A반은 카민스키 선생님이 가장 좋아했던 노래를 불렀습니다. 그다지 장례식 미사에 어울리는 노래는 아니었을지 모르지만요.

묘지에 도착했을 때 갑자기 한 경찰관과 그 옆에 있는 작가님의 모습이 눈에 들어왔습니다. 작가님은 뒤편 멀리 있었고, 마침 신부님이 축복을 내려주시고 있던 관을 응시하고 있었습니다. 아주 많이 슬퍼 보였습니다. 우리들은 곧 수군거리기 시작했고 학생들 모두 작가님 쪽을 돌아보았습니다. 모두들 뒤쪽에 서 있는 작가님을 보고 엄청나게 흥분했습니다! 우리에게는 모든 게 수수께끼 같았고, 매력적이었습니다. 워크숍이 끝나고 나서 몇 주 동안이나 작가님의 이름을 신문에서 읽거나 TV에서 봤기 때문입니다. 작가님은 직접 경찰서로 가서 옛날에 아들이 납치됐을 때 진실을 말하지 않았다고 자백했다고 합니다. 그리고 뮌헨의 검찰로부터 살인죄로 기소되었지만 증거 불충분으로 기소는 취하되었습니다. 우리 반에 떠돌던 소문은 물론 끝나지 않았습니다.

카민스키 선생님이 작가님을 설득해서 경찰서로 가도록 만들었다는 소문도 있었습니다.

워크숍은 카민스키 선생님의 체력을 아주 많이 빼앗았던 것 같습니다. 끝난 후 곧바로 선생님은 입원하셨으니까요. 우리는 초반에 교대로 문병을 갔는데, 얼마 지나지 않아 의사와 간호사 선생님이 이제 오지 말라고 하셨습니다. 마지막이 다가오고 있다고. 그리고 선생님은 지금의 당신 모습을 우리에게 보여주고 싶지 않으셨던 것입니다. 우리가 다른 모습을 기억해주길, 죽어가는 여자가 아닌 국어교사로 기억해주길 바라셨던 것입니다.

선생님이 돌아가신 후에 한 가지 더 알아낸 이야기가 있습니다. 선생님은 작가님의 품속에서 눈을 감으셨습니다. 작가님이 간호사 선생님의 전화를 받고 구치소에서 외출 허가를 받은 것입니다. 다행히 늦지 않게 병원에 도착해서 선생님과 작가님은 단둘이 있을 수 있었습니다.

이 글은 제가 지은 평범한 이야기가 아니라, 선생님의 실제 이야기입니다.

5학년 A반 발렌티나, 15살

잃어버린 시간의 퍼즐 맞추기

임홍배

(서울대 독문학과 교수 · 문학평론가)

이 소설을 쓴 유디트 타슐러(Judith W. Taschler)는 1970년 생의 오스트리아 여성 작가다. 대학에 입학하기 전 외국에서 여러 직종을 옮겨 다니며 생활하다가 뒤늦게 대학에 입학하여 독문학과 역사학을 공부했다. 대학 졸업 후에는 한동안 독일어를 가르치는 교직에 몸담았다. 마흔 살이 넘어 처음 발표한 데뷔작 『겨울 같은 여름』(2011)이 인스부르크시가 주관하는 독서 캠페인 '책 읽는 인스부르크'의 수상 작품으로 선정되어 주목을 받기 시작했다. 2013년 발표한 『국어교사』는 독일 최초의 추리문학 작가로 평가받는 프리드리히 글라우저(Friedrich Glauser, 1896~1938)를 기리기 위해 제정된 글라우저 문학상을 수상했다. 당시 심사위원회는 이 작품이 "사랑과 배신과 죽음이라는 인생의 커다란 주제를 한편의 실내악처럼 장인적인 언어로 엮어냈다"고 수상 사유를 밝혔다. 그러나 이 소설은 추리문학상을 받았다고 해서 일반적인 의미에서의 추리소설은 절대 아니다. 미리 밝히면, 이 소설은 추리소설의 형식과 소재를 적절히 빌려와서 사랑과 가족, 만남과 이별, 성격과 운명, 고통과 죽음이라는 보편적이고 인간적인 주제를 섬세하고 깊이 있게 파헤치고 있다.

작품의 구성과 형식

먼저 작품의 구성과 형식적 특징에 대해 살펴보자. 오스트리아의 유명한 청소년문학 작가 크사버 잔트는 인스부르크 소재 중등학교에서 학생들을 대상으로 글쓰기 워크숍을 해달라는 의뢰를 받고 이를 수락한다. 그리고 이 프로그램을 맡은 여교사와 메일을 주고받는 과정에서 그녀가 16년 전에 헤어진 옛 연인 마틸다 카민스키라는 사실이 밝혀진다. 정확히 말하면, 크사버는 16년 전에 아무런 예고도 통보도 없이 어느 날 갑자기 집을 나갔고, 가출한 후로는 마틸다에게 일체 연락을 하지 않았다. 이렇게 헤어진 두 남녀가 16

년 만에 메일로 재회를 하는 것으로 이야기는 시작된다.

학생들을 위한 워크숍은 5월 초에 열릴 예정이며, 그때까지 두 사람은 메일을 통해 연락을 주고받으며 과거를 회상하는 방식으로 이야기가 전개된다. 잃어버린 시간을 찾아가는 회상은 크게 세 갈래로 나뉜다. 하나는 두 사람이 1980년대 대학 시절에 처음 만나 사랑에 빠지고 동거 생활을 시작한 후 14년 넘게 함께 살다가 1996년 크사버가 가출하기 전까지의 이야기다. 또 하나는 크사버가 가출한 후 16년 동안에 벌어진 일들이 이야기된다. 그리고 두 이야기의 중간중간 양쪽 집안 이야기가 이따금 등장하는데, 마틸다의 집안 이야기는 주로 그녀의 어머니와 아버지에 한정되고, 크사버의 경우에는 어머니와 외조부까지 거슬러 올라간다. 이 세 갈래의 이야기가 시간적인 순서와는 무관하게 여러 층위로 촘촘하게 엮이고, 다시 중간중간 2012년 현재의 시점으로 돌아와서 두 사람이 주고받는 이야기가 삽입된다.

일반적인 추리소설이 그러하듯, 소설의 도입부에서 독자는 등장인물과 사건에 대해 아무런 정보도 갖지 못한 상태에서 출발한다. 그리고 이야기가 진행되는 과정에서 베일에 가려져 있던 진실들을 하나씩 확인하게 되는데, 이것은 작품의 주인공인 두 남녀의 경우에도 마찬가지로 해당된다. 다시 말해 두 사람은 함께 과거를 회상하는 과정에서 그동안 서로에 대해 몰랐거나 오해했던 사실들을 확인하게 되고, 그렇게 잃어버린 시간을 찾아가는 과정에서 그동안 완전히 단절되었던 소통의 통로를 차츰 복원하면서 화해의 가능성을 모색하는 것이다. 또한 그 과정에서 자기 자신을 새롭게 인식하게 되고, 변화한 시각으로 상대방을 보게 되면서 다시 마음의 문을 열고 상대방을 진실로 이해하고 포용하기에 이른다. 무엇보다 이 모든 과정이 인간에 대한 깊은 이해를 바탕으로 섬세한 필치로 그려져 있어 심금을 울리는 감동을 자아내고 읽는 재미를 더해준다.

마틸다와 크사버의 관계

독자의 이해를 돕기 위해 남녀 두 주인공의 관계에 대해 간단히 살펴보자. 두 사람은 똑같이 1958년생이고, 1980년 대학 강의실에서 처음 만났으며, 만나자마자 열애에 빠져 2년 후부터는 동거 생활을 시작한다. 크사버는 둘이 만날 무렵 이미 첫 소설을 발표한 작가 초년생이고, 마틸다는 대학 졸업 후 교사 생활을 시작할 예정이다. 그런데 둘의 동거에는 두 가지 문제가 있다. 첫째, 크사버는 아직 무명 작가여서 일정한 수입이 없고, 따라서 경제적으로 마틸다에게 전적으로 의존한다. 마틸다는 이를 기꺼이 감내하며 크사버가 소설 창작에만 전념하기를 진심으로 바란다. 하지만 크사버는 열패감을 견디지 못해 소소한 일상에서 부당하게 마틸다의 속을 자꾸만 긁는다. 또 다른 문제는 마틸다는 아이를 열망하지만 크사버는 경제적으로 불안정한 상태에서 부담스럽다는 이유로 극구 반대한다.

이때 모든 갈등을 한꺼번에 해결할 수 있는 극적인 반전의 계기가 마련된다. 크사버가 '천사 3부작'이라 불리게 될 청소년 소설 『천사의 날개』, 『천사의 아이』, 『천사의 피』를 발표하고 대성공을 거두게 되면서 스타 작가로 떠오른 것이다. 그런데 마틸다의 주장에 따르면, 작품의 아이디어를 제공한 것은 그녀였고, 작품도 둘이 함께 썼지만, 출판사의 제안에 따라 크사버 단독 명의로 발표가 되었다. 다만, 마틸다는 이에 동의하는 대신 아이를 갖기로 크사버와 합의를 했다. 그러나 이 합의는 지켜지지 못한다. 크사버가 유명세를 타고 나서 얼마 후 갑자기 자취를 감추기 때문이다. 그리고 불과 보름 후 마틸다는 크사버가 호텔 재벌의 딸인 데니스 조넨펠드와 결혼할 거라는 잡지 기사를 보게 된다. 크

사버와 데니스가 함께 찍힌 사진 속에서 데니스는 임신이
임박한 상태였다. 청천벽력 같은 뉴스에 마틸다는 그 자리
에서 실신하고 실어증에 걸려 7개월 동안 병원에 입원하
기에 이른다. 이후 간신히 교단에 복귀했지만, 마틸다는 다
시 TV에서 크사버와 데니스 부부가 시골 농장에서 전원생
활을 즐기는 방송을 보게 된다. 크사버는 그새 태어난 아기
를 안고 있다. 하지만 얼마 후 크사버와 데니스 부부의 아기
가 실종되었다는 뉴스가 대대적으로 보도된다. 부인 데니
스가 여행을 가고 크사버와 보모가 농장 저택에서 한 살 반
된 아기를 돌보다가 잠시 자리를 비운 사이 벌어진 사건이
었다. 실종 사건은 크사버와 마틸다가 다시 만나는 2012년
현재 시점까지 해결되지 못한 채 남아 있다. 이 실종 사건이
이 소설에서 추리소설적 요소의 핵심이라 할 수 있다.

밝혀지는 진실

16년 만에 메일을 통해 재회한 마틸다와 크사버는 공백
기간 동안 각자에게 일어난 일들을 서로에게 들려준다. 크
사버의 고백에 따르면, 그는 출판사에서 데니스를 우연히
알게 되어 서로 가까워졌고, 육체적 관계를 갖기 시작한 지

몇 달 후에 데니스의 임신 사실을 알게 됐으며, 마틸다에게 사실을 털어놓을 용기가 없어서 한동안 고민한 끝에 가출을 했다. 그런데 아이가 태어난 후 한참 뒤 크사버는 병원 검사를 받은 결과 자신이 생식 능력이 없다는 사실을 확인하게 된다. 아이는 데니스의 전 남편의 아들이었던 것이다. 데니스의 전 남편은 유명한 카레이서로 가정 폭력을 일삼아 파경에 이른 상태였다. 크사버의 입장에서 보면, 데니스가 비밀을 숨기고 크사버에게 양육의 책임을 뒤집어씌운 꼴이었다. 또한 데니스는 유명 작가로 떠오른 크사버의 지적 능력에 호감을 가져 결혼까지 했지만, 출신 내력이 워낙 다른 두 사람은 전혀 소통이 되지 않았다. 이런 상태에서 아기마저 실종되자 결국 데니스와 크사버는 이혼을 하고 헤어졌으며, 그 후로는 10년 넘게 연락이 없는 상황이다.

2012년 현재 시점에서 재회한 마틸다와 크사버는 각자가 지어낸 '소설'을 상대방에게 들려준다. 그 '소설'에서 마틸다는 마치 자신이 크사버의 아기를 몰래 납치했고, 지금까지 일체 외부와의 접촉을 차단한 채 지하실에 감금해 키우고 있으며, 아이에게 말을 가르치지 않아 15세가 된 지금도 말을 할 줄 모른다고 이야기를 한다. 마틸다가 이런 이야기를 지어내는 이유는 아이의 실종이 크사버와 관계가 있다고 의심하기 때문이다.

의심의 근거는 두 가지다. 우선 크사버가 집을 나간 후 배송된 병원 검사 결과를 보고 크사버가 생식 능력이 없다는 사실을 확인했기 때문이다. 크사버와 데니스의 사이에 태어난 아이가 크사버의 친자식이 아님을 깨달은 것이다. 또한 TV에서 자상한 아빠를 연기하려 애쓰지만, 오랜 시간 함께 살아온 마틸다는 크사버의 표정이 진짜가 아닌 억지로 행복한 척 지어낸 것임을 즉각 알아챈다. 요컨대 남의 아들을 자기 아들인 것처럼 키워야 하고, 백만장자의 상속녀와 사는 것도 전혀 행복하지도 않은 것이다. 그런 상황에서 갑자기 아기가 실종됐으니 마틸다는 크사버가 아기의 실종에 연루되었을 거라고 의심하는 것이다.

마틸다는 아기가 실종될 당시 크사버가 보모와 섹스를 했을 거라는 '소설'을 지어내며 크사버에게 이 '소설'의 마지막 결론을 직접 말하라고 다그치는데, 마틸다의 이 '소설'은 나중에 사실로 판명된다. 작품의 마지막 부분에 이르러 크사버는 결국 마틸다의 권유에 따라 경찰에 자진 출두해 그동안 숨겨온 진실을 털어놓는다. 마틸다의 '소설'대로 크사버는 보모와 헛간에서 섹스를 했고, 그렇게 한눈판 사이에 유모차에 태워두었던 아기가 없어졌던 것이다. 크사버는 농장의 바이오가스 발전 설비의 뚜껑을 실수로 닫지 않았고, 아이가 호기심에 설비를 들여다보려다가 안으로 떨어졌을 거라고 크사버는 이야기한다. 바이오가스 발전 설비는 동식물을 완전히 분해해서 녹이기 때문에, 만약 거기에 떨어졌다면 아이는 흔적도 없이 사라졌을 거라고. 작품의 묘사로 보아 크사버가 고의로 뚜껑을 열어 두지는 않은 듯하다. 그럼에도 크사버는 어째서 곧바로 경찰에 이 추측을 알리지 않았을까? 아이의 유해를 찾아내면 자신이 미필적 고의에 의한 살인 혐의를 받게 될 것이 겁났던 것일까? 아니면, 아무런 말도 없이 마틸다의 집을 나갔듯이 그저 용기가 없었기 때문일까? 작품은 이런 의문들에 대해 직접적인 답을 주지 않는다. 단지 실종 사건 이후로 자신의 인생이 쓰레기처럼 망가졌다고 고백하는 것으로 미루어보면 크사버가 엄청난 죄책감에 시달렸던 것만은 분명하다. 그래서 술주정을 하고 행패를 부리는 장면이 사진에 찍혀 보도되기도 하고, 알코올 중독 치료를 받는다는 뉴스도 보도된다. 마틸다는 그 모든 것을 지켜봤기에 크사버를 더욱 의심했던 것이다. 그러나 이야기를 들려주는 과정에서 크사버는 진실을 고백할 용기를 얻게 되고, 자신을 설득해준 마틸다에게 진심으로 고마움을 느낀다.

인생의 '모티브'

실종 사건과 병행하여 마틸다와 크사버는 각자 지난날의 이야기를 들려주고, 함께 보낸 시절도 다시 이야기한다. 그러면서 둘의 만남과 이별을 번갈아가며 이야기로 풀어내기도 한다. 독자는 둘이 '천사 3부작'을 함께 쓸 때 아마 이런 방식으로 함께 이야기를 썼겠구나, 하는 상상을 하게 된다. 앞서 밝혔듯이 함께 쓴 '천사 3부작'이 대박이 나며 크사버는 유명 작가가 되고, 마틸다는 그토록 원하던 아기를 얻을 수 있는 행운을 거머쥔 듯했다. 그렇지만 3부작의 성공은 결과적으로 둘의 관계를 파탄 내는 화근이 되었다. '인생지사 새옹지마'라는 옛말을 실감하게 된다. 그런데 자세히 보면 '천사 3부작'을 쓸 때의 글쓰기와 16년 만에 재회하여 둘이 함께 쓰는 이야기는 사뭇 결이 다르다. 천사 3부작을 쓸 당시의 크사버는 오로지 유명 작가가 되려는 출세욕에 눈이 멀었다. 돌이켜보면 마틸다 역시 처음 만날 때부터 크사버가 '작가'라는 사실에 무조건 매료되었다. 둘이 동거를 시작하고 10년 넘게 크사버를 헌신적으로 뒷바라지한 것도 결국 크사버의 맹목적인 명예욕을 무조건 밀어준 셈이다. 작가는 이처럼 한 사람의 인생을 이끌어가는 근본적인 동기를 '모티브'라는 말로 요약하고 있다.

> "사람은 누구나 어떤 모티브를 가지고 산다. 모티브는 인
> 생이라는 악보와 멜로디를 형성하는 하나의 주제다. 대부
> 분의 경우 모티브는 그 사람의 성장과 깊이 연결되어 있으
> 며, 삶을 통해 퍼져 나가고 점점 커져간다. 그 영향력을 조
> 금이라도 약화시키려고 열심히 노력해도 거기서 벗어날 수
> 는 없다."
>
> – 본문 중에서

작가가 말하는 이러한 '모티브'는 한 사람이 삶을 대하
는 근본 태도이자 아무리 벗어나려 해도 벗어날 수 없는 운
명적 집착 같은 것이라 할 수 있다. 크사버의 모티브는 '허
영'이다. 유명한 작가로 출세하겠다는 허영심. 그래서 심지
어 여자를 사귈 때도 상대의 인생 내력이나 집안 이야기에
서 자신의 소설에 도움이 되는 요소에만 관심이 있고, 그런
자양분을 흡수하고 나면 더 이상 관심이 없어진다. 마틸다
를 처음 만난 대학생 시절에도 이런 태도는 변함이 없다. 마
틸다를 만나기 전에도 크사버는 그런 방식으로 여자를 수없
이 갈아치웠으며, 마틸다를 사귀게 된 것도 이런 여성이라

면 무일푼인 자신을 무조건 밀어줄 거라고 직감했기 때문이다. 실제로 마틸다는 크사버가 기대한 이상으로 그에게 극진했고, 그럼으로써 예상치 못하게 둘의 관계가 오래 지속되었던 것이다. 크사버는 2012년 현재 시점에서 자신의 허영심에 대해, 그 허영심이 초래한 결과에 대해 모두 털어놓는다. 그런 면에서 크사버는 진심으로 뉘우치고 참회하는 셈이다. 그리고 지난 삶을 돌이켜볼 때 진심으로 사랑했던 사람은 마틸다 뿐이라고 고백한다. 크사버의 진실한 고백과 뉘우침, 그것이 마틸다가 그를 용서하는 조건일 것이다.

이처럼 온갖 우여곡절 끝에 두 남녀는 결국 화해하고 진정한 사랑을 되찾는다. 크사버는 어머니가 유산으로 물려준 시골 저택에서의 새로운 인생에 마틸다도 함께하기를 제안한다. 그러나 마틸다는 유방암 선고를 받은 상태였으며, 실제로 글쓰기 프로그램을 마친 후 얼마 지나지 않아서 숨을 거둔다. 마틸다가 유방암 선고를 받은 바로 그날, 크사버는 1980년 처음 마틸다를 데리고 어머니의 집을 찾아왔을 당시 마틸다가 크사버에게 썼던 편지를 30년이 지난 후에야 발견한다. 편지에서 마틸다는 크사버의 어머니 소원대로 훗날 둘이 시골집에 들어와 함께 살자고 제안을 한다. 그러나 편지는 어쩌다 책상 뒤로 떨어지는 바람에 30년 뒤에야 비로소 크사버의 눈에 띄게 된 것이다. 그야말로 우연이라 할 수밖에 없는 이런 어긋남이 오랜 세월이 지난 후에는 송두리째 잃었던 사랑을 되찾게 해주는 운명적 필연으로 돌아온다.

우리의 삶은 언제나 불확실한 미래를 향해 나아가고, 따라서 현재의 선택 역시 늘 불확실하고 불완전할 수밖에 없다. 그리고 어느 순간 지나온 삶을 되돌아보면서 지난날 잘못된 선택으로 놓친 것들이 보일 때가 있다. 마틸다와 크사버의 만남과 이별, 그리고 재회와 화해는 그렇게 잘못된 선택으로 잃어버린 시간의 퍼즐을 맞춰가는 과정이라 할 수 있다. 그 과정에서 잃어버린 사랑을 되찾고 진정한 화해와 인간적 성숙에 이르는 두 사람의 여정이 슬프고도 아름답다.

국어교사

초판 1쇄 인쇄 2021년 12월 10일
초판 1쇄 발행 2021년 12월 15일

지은이 | 유디트 W. 타슐러
옮긴이 | 홍순란
감수 | 임홍배
펴낸이 | 안숙녀
편집 | 신현대
디자인 | 김윤남

펴낸곳 | 창심소
등록번호 | 제2017-000039호
주소 | 영등포구 영등포로 106, 대우메종 101동 1301호
전화 | 02-2636-1777
팩스 | 02-2636-2777
메일 | changsimso@naver.com

ISBN 979-11-91746-00-6 03850